替天行盜
卷6
鎖龍之井
石章魚 著

人只有在面臨生死抉擇的時候

才會發現友情的真正份量

目錄

CONTENTS

第一章 真正的目的 5

第二章 盲人郎中 35

第三章 欺騙 65

第四章 風雨園的怪人 89

第五章 黑煞附體 125

第六章 為朋友贏得逃亡的時間 157

第七章 當局者迷旁觀者清 195

第八章 遠瀛觀 225

第九章 鎖龍井 255

第十章 頭骨牆 285

第一章

真正的目的

羅獵忽然意識到葉青虹買下正覺寺，
來到圓明園的真正目的絕不是為了尋找當年失落的秘藏，
從頭到尾她的目的都只是為了復仇，
正如她當初尋找七寶避風符一樣，尋符只是藉口，
真正的用意只是復仇，雖然葉青虹並未說明，
可是羅獵仍然能夠察覺到葉青虹對弘親王產生了懷疑。

麻雀道：「你在想什麼？」

羅獵笑了笑：「這段時間你都在北平？」

麻雀點了點頭道：「羅行木死了，尋找禹神碑的所有線索都中斷了，福伯本來讓我留在瀛口給他幫忙，我想了想，還是來到了北平，這段時間我一直都在整理宅子。」說到這裡她看了羅獵一眼道：「其實那天你和安翟跟蹤我的時候我就發現了，所以我就來了個以其人之道還治其人之身。」

羅獵笑了起來，自己終究還是大意了。

麻雀道：「本以為你會來找我，可等了這些天你都不來，所以我只好主動約你了。」

羅獵道：「約我做什麼？」

麻雀被他這句話問得心頭火起，可又不好發作，也不知道應該如何作答，過了一會兒方才道：「畢竟我爸當年將宅子給了羅行木，羅行木又送給了你，所以那宅子本該屬於你的。」

羅獵笑道：「是你的始終是你的，我才不要呢。」

麻雀道：「走吧，去我家裡坐坐，順便我請您吃個飯。」

羅獵欣然應邀，這裡距離麻博軒的舊宅不遠，步行半個小時就已經抵達。羅獵本以為這麼大的宅子會請幾個傭人，到了之後方知原來只有麻雀一個人住。

麻雀請羅獵過來吃飯也不是突然產生的想法，她此前就有所準備，兩人剛到不久，對面御林樓的師傅就送菜過來，還現場片了一隻剛出爐熱騰騰的烤鴨。

宅子裡存著不少的好酒，都是麻博軒在世的時候別人送的，麻博軒生前煙酒不沾，唯一的愛好就是看書，別人送給他的酒全都存在後院的酒窖裡，麻雀特地從中挑選了一罈窖藏三十年的貢酒，據說這罈酒是當年弘親王載祥送給他的。

酒罈打開之後，頓時酒香四溢，羅獵吸了吸鼻子，由衷讚道：「好酒，你居然捨得拿這麼好的酒給我喝。」

麻雀道：「以為我跟你一樣小氣？」

羅獵托起酒罈，將美酒先倒入青花瓷酒壺，然後先給麻雀斟滿了，自己也倒了一杯，端起酒杯道：「為了咱倆的久別重逢。」

麻雀端起酒杯，嫣然笑道：「也不算太久，一個多月罷了。」

羅獵點了點頭道：「小別勝新婚，乾了！」

麻雀俏臉緋紅，啐了一聲道：「討打了你，就會嘴上佔便宜。」主動碰了碰羅獵的杯子，仰首一飲而盡，喝了這杯酒，情不自禁地吐了吐舌頭道：「不好喝，我還是喝茶。」

羅獵指指她鼻樑上的黑框眼鏡道：「這裡只有咱們，沒必要裝學究了。」

麻雀將眼鏡取下，又取出一根紅頭繩，將齊耳的短髮攏到腦後紮起，發現羅獵仍然盯著自己，俏臉一熱道：「看什麼看？沒見過？」

羅獵道：「你是不是對自己沒信心啊？這麼喜歡偽裝？」

麻雀道：「世道不太平，小心為上。」

羅獵點了點頭，夾了塊雞肉塞入嘴裡，鮮嫩多汁。

麻雀拿起酒壺幫他將空杯滿上，小聲道：「你這次來北平是為了什麼？」

羅獵道：「一些小事。」

麻雀顯然對他的回答並不滿意，將酒壺重重一頓道：「信不過我。」

羅獵笑了笑沒說話，自顧自吃著美食。

麻雀道：「讓我猜猜，是不是跟葉青虹有關呢？」

羅獵沒否認也沒承認。

麻雀氣鼓鼓地望著他道：「你早晚會被那女人害死！」

羅獵道：「你誤會了，周曉蝶失蹤了，我這次來北平是為了找她。」他並不想讓麻雀知道自己和葉青虹之間的交易。

麻雀這才消了氣，小聲道：「周曉蝶？」她和周曉蝶並不熟識，只是在白山有過一面之緣，不過當時因為認出方克文的緣故，麻雀選擇悄悄離開，所以對周曉蝶的瞭解不深，儘管如此，麻雀也知道瞎子對周曉蝶情有獨鍾，頓時猜到羅獵前來尋找周曉蝶十有八九是為了瞎子。

麻雀道：「我在北平還有些朋友，不如我幫你找找？」

羅獵本想說不麻煩她了，可想到麻雀一貫的熱心腸，若是拒絕反倒惹她生氣，於是點了點頭道：「也好。」

麻雀俏臉之上露出會心的笑容，羅獵應承下來就證明他沒把自己當成外人，端起茶杯和羅獵同乾了一杯酒道：「我想過了，這宅子還是還給你。」

羅獵愣了一下道：「為什麼？」

麻雀道：「你忘了，當初我們之間約定你幫我找到羅行木，我就把北平的宅子給你。」

羅獵裝出一副很努力回憶的樣子，終於點了點頭道：「好像有那麼回事，不過，你當時好像還答應我另外一件事……」他的目光上下打量著麻雀。

麻雀俏臉紅了起來，她用力搖搖頭道：「我可沒答應你，是你一廂情願。」

羅獵就喜歡看麻雀這手足無措的樣子，不由得哈哈大笑起來。

麻雀啐道：「壞蛋，你故意捉弄我。」

羅獵道：「說點正事，這宅子我不要，羅行木也不是我幫你找到的，是他自己主動找上了你。」這倒不是羅獵主動為麻雀開解，事實就是如此。

聽羅獵這麼說，麻雀內心中自然好過了不少，她向前欠了欠身子道：「羅獵，說真的，你當真親眼見到羅行木死了？」

羅獵點了點頭，他在九幽秘境之中親眼目睹羅行木被人面蝴蝶殺死，還從他的屍體上取下了硨磲七寶避風塔符，羅行木的死亡確定無疑。

麻雀有些失落地歎了口氣道：「羅行木是禹神碑的唯一知情人，他死了，禹神碑的線索就斷了。」她忽然又想起一件事，抬起雙眸盯住羅獵道：「你怎麼知道我爸當年翻譯的碑文內容？」她之所以這樣問，是因為羅獵為了從羅行木的手中將她救出，讀出了羅行木手寫的十六個字——崇楚事哀，勞餘神禋，鬯曼吉徙。南瀆衍昌。這十六個字就連她也無法認全，正因如此羅行木方才放過自己。

羅獵道：「別忘了他和我的關係。」

麻雀當然知道羅行木和羅獵是叔侄關係，可這並不能解釋羅獵懂得大禹碑銘的原因，麻雀也沒有追問下去，畢竟羅獵當時是為了救自己，只要她知道羅獵是關心自己的，沒有加害自己的心思就已經足夠了，其他的無需追問。

麻雀道：「你來，我給你看樣東西。」

羅獵跟隨麻雀來到後院的小樓，麻博軒藏書頗豐，小樓的二層共有五個房間，裡面全都是他生前的藏書，其中不乏珍貴的傳世孤本，拋開麻博軒的人品不言，他的學識絕對當得起淵博二字，尤其是在古文字的研究方面首屈一指。

麻雀從書架上取下一本書遞給了羅獵，羅獵接過一看，這本書卻是線裝本的《拾遺記》第二卷，翻看書籤所在的那一頁，卻見上面寫著：「禹鑄九鼎，五者以應陽法，四者以象陰數。使工師以雌金為陰鼎，以雄金為陽鼎。鼎中常滿，以占氣象之休否。當夏桀之世，鼎水忽沸。及周將末，九鼎咸震。皆應滅亡之兆。後世聖人，因禹之跡，代代鑄鼎焉。」

九鼎之說，羅獵早聽說過，據左傳中所述，九鼎是根據事先派人把全國各州的名山大川、形勝之地、奇異之物畫成圖冊，然後派精選出來的著名工匠，將這些畫仿刻於九鼎之身，以一鼎象徵一州。所刻圖形亦反映該州山川名勝之狀。九鼎象徵九州，反映了全國的統一和王權高度集中，顯示夏王已成為天下之共主，是順應「天命」的。正所謂：「普天之下，莫非王土，率土之濱，莫非王臣。」從此，九州成為中國的代名詞，「定鼎」也就成為全國政權建立的代名詞。

還有一種說法，就是說九鼎乃是九足之鼎，不過這種說法支持者並不多。真正引起羅獵注意的卻是《拾遺記》這一頁的標注，應當是麻博軒當年親筆所注，他認同了九鼎的說法，而且特地在其中標注了大禹碑銘。

這會兒功夫，麻雀已從書架上抽取了一摞史料，其中有《左傳》、《史記》、《封禪書》、《漢書》、《戰國策》等，這些書關於九鼎的記載全都用書籤標明。

麻雀抱起這些書放在書桌上，拍了拍手道：「還有許多，我給你找出來。」

羅獵道：「不必那麼麻煩，你找這些書想要說明什麼？」

麻雀道：「這段時間我整理書籍時發現，我爸當初尋找大禹碑銘不僅僅是為了要證明夏文的存在，而且他認為禹神碑上記載的文字和傳說中的九鼎有關。」

羅獵曾經親眼見到過那塊漂浮在火山口上的禹神碑，當時雖然情況危急，他仍然牢牢記住了禹神碑上的文字，那些文字深奧晦澀難懂，在脫離險境之後不久，他即刻將文字原封不動地默寫了下來，不過以他目前的學識仍然無法理解其中的真正含義，從字面上看來，大禹碑銘只不過是為大禹歌功頌德的文章罷了。

現在麻雀又說禹神碑可能和九鼎的位置有關，他不排除這種可能，只是即便是真的又有什麼意義？時代在發展，歷史在不斷前進，當今的時代絕不是可以憑藉九只青銅大鼎就能夠一統天下的時候了，所謂九鼎只不過是一種象徵，在過去它或許擁有某種公信力，那也無非是統治階級刻意為之籠罩上的神秘色彩，而非九鼎本身擁有什麼特殊能力。

麻雀從中挑出一本《戰國策》道：「《戰國策》開篇，東周策一，有篇《秦興師臨周求九鼎章》，其中記載了秦要侵略周朝奪取九鼎的故事。周人顏率為了對付秦國，先鼓動齊國幫助驅秦，答應把九鼎給齊國，齊國來要，顏率便問齊王走哪條路，結果都不合適，還說九鼎九個，一個要用九萬人，九九八十一萬人方全能拉走。」

她將那篇文章指給羅獵，羅獵舉目望去，上書：顏率又曰：「今大王縱有其人，何途之從而出？臣竊為大王私憂之。」齊王曰：「子之數來者，猶無與耳。」顏率曰：「不敢欺大國，疾定所從出，弊邑遷鼎以待命。」

從此以後，齊王就不再提拉九鼎的事了。從這裡看九鼎真夠重的，不過一定有誇張，但從這個文獻看，九鼎一定很重，還是九個。

麻雀道：「我們不妨想像一下，如果當真是九萬人方才能夠拉動的銅鼎，到底有多大？」

羅獵心中暗忖，從這篇文章來看，九鼎其中的任何一個至少也有一座小樓般大小了，就他遊歷各國所見，還從未見過如此之大的銅鼎，就算當真有這樣的銅鼎在，要多大的熔爐方才能夠鍛造出這樣的大鼎？除非這大鼎並非一體，而是利

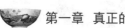

用部件組合在一起。

麻雀道：「我還找到了我爸和岳麓書院山長，葵園先生來往的信件，信中也針對九鼎有過交流。」

葵園先生是當世著名學者，本名王先謙，著名的鄉紳領袖，曾任國子監祭酒，他在《漢書補注．郊祀志》中認為：東周王室在衰落的過程中，已無力量保護自己。而戰國時期各個實力雄厚的諸侯國，卻虎視眈眈，力圖統一中國，取周而代之。因此，象徵王權和「天命所歸」的九鼎，自然成為各諸侯必欲奪之的稀世國寶；加之此時周王室財政困難，入不敷出，於是銷毀九鼎以鑄銅錢，對外則詭稱九鼎已不知去向，免得諸侯國興兵前來問鼎，這個說法得到不少人的認同。

不過王先謙又考證出當年還有一個說法，九鼎之中其中一鼎東飛沉入泗水之中，這件事在不少史書中都有記載，據說九鼎東飛之日，長虹貫日，巨鼎毫無徵兆離地飛起，火光沖天，於空中化為火球，然後徑直向東南飛去，於彭城上空墜落，沉入泗水之中。

彭城也就是現在的徐州，泗水位於魯東南，泰沂山區南麓。羅獵對這個說法也不相信，畢竟一隻青銅大鼎從西安附近的周朝首都一直飛到徐州，這件事實在太過匪夷所思，別的不說這只大鼎如何驅動？難道生出兩隻翅膀自己飛越近兩千里不成？

麻雀的話並沒有引起羅獵的太多重視，不過王先謙和麻博軒來往信件中的一封卻引起了羅獵的注意，吸引他的並非是信件內容，而是信封，因為這信封和羅獵在木箱中發現那封從北平寄給母親的信一模一樣，羅獵從中挑出了這封信。

麻雀道：「錯了！」

羅獵心中一怔，不知她因何這樣說。

麻雀道：「這封信不是葵園先生的。」

羅獵點了點頭道：「我可以看嗎？」

麻雀道：「你看就是。」

信原本就是開啟過的，羅獵從中抽出信紙，他在意的並非是信中的內容，而是想證實這信封中的信紙是不是和母親那封信同樣。當羅獵從信封中抽出同樣的信紙，內心中頓時激動了起來，這樣大海撈針的機會居然被他遇到，信的內容並沒有什麼特別，只是朋友間的問候，落款處留有寫信人的名字忘憂。

羅獵抑制住內心的激動，低聲道：「這封信是誰寄來的？」

麻雀湊近那封信看了看道：「忘憂先生，他叫沈忘憂，是我爸的師兄，當年我爸去燕京大學任教，還是因為他的引薦。」

沈忘憂？羅獵突然想起了自己母親的姓氏，難道只是一種巧合？同樣的信封，同樣的信箋，同樣的姓氏，這其中存在著太多巧合。

羅獵道：「這位忘憂先生還在北平嗎？」

麻雀搖了搖頭道：「他是研究世界史的，十多年前就從燕京大學辭了職，現在受雇於國立圖書館，不過在去年就應邀前往歐洲講學了，今年應當會回來。」

羅獵旁敲側擊道：「你和這位忘憂先生關係不錯嘛。」

麻雀道：「他是我爸最好的朋友，對了，這次我去燕京大學任教也是他幫忙推薦的。」

羅獵有些詫異地望著麻雀，此時方知麻雀已經成了燕京大學的老師。

麻雀被他看得有些不好意思，小聲道：「其實也是大學那邊的意思，他們希望能夠將我爸生前的一些學術成果整理出版，而剛好歷史系又缺一位老師，於是忘憂先生就向蔡先生推薦了我。我不用代課的，主要是想幫幫忙，順便了卻一下我父親生前的心願。」麻博軒在世的時候，就準備將自己的一些學術心得結集出版，可惜未能達成心願就已經病故，身為他的女兒，麻雀自然責無旁貸。

羅獵點了點頭道：「你的那位福伯答應了？」

麻雀道：「他人很好的，也是我爸的老朋友，這些年一直都照顧我們。」

羅獵心中卻認為福伯沒那麼簡單，有些話不能向麻雀說得太明，微笑道：「這麼說以後咱們見面的機會多了。」

麻雀點了點頭，鼓足勇氣道：「其實這裡這麼大，你和朋友們可以搬過來住，我不收你們房租的。」話沒說完，俏臉已經紅了，女孩家的心思暴露無遺。

羅獵笑道：「還是不來打擾你的清淨了，對了，我們來北平的事情，你可否幫忙保密？」

麻雀眨了眨眼睛：「不打擾的，其實我這兩天就要搬到學校去住，這裡也就空下來了，與其雇人照應，還不如你們信得過。」

羅獵點了點頭道：「成，我回去跟他們商量一下。」

周曉蝶如同人間蒸發一般杳如黃鶴，瞎子自從來到北平就沒有閑著，他四處尋找周曉蝶的下落，可是北平城實在太大，一個人如果誠心想躲起來，那麼別人很難找到蹤跡。

羅獵始終認為周曉蝶失蹤一事和葉青虹有著很大的關係，雖然葉青虹指出周曉蝶和蘭喜妹一樣是日方間諜，可羅獵認為這種可能性微乎其微，葉青虹慣用這種手法，以周曉蝶來牽制瞎子，又利用瞎子和自己的友情，讓自己不得不參與她的計畫。

不過羅獵這次答應葉青虹給她幫忙，並非是因為這個緣故，而是投桃報李，畢竟葉青虹在津門給他的幫助不小，如果沒有葉青虹的幫助，他也不可能幫助方克文一家順利脫困，這個人情他必須得認。

雖然羅獵當面拒絕了方克文的請求，可是他並不能真正做到對方克文的命運視若無睹，特地讓張長弓去了幾趟惜金軒，每次的結果都是一樣，惜金軒始終鎖著大門，方克文已經人去樓空。

羅獵真心希望方克文能夠從仇恨中解脫出來，畢竟他能夠走到今天太不容易，方克文做不到無牽無掛，小桃紅母女為了他所經歷的痛苦和不幸也實在太多，羅獵希望這一家人能夠真正過上平安的生活。

然而羅獵卻又明白這或許只能是一種期望罷了，離開九幽秘境之後，方克文的身體發生了驚人變化，自從那日他在自己面前暴露出右腿的鱗片，羅獵的心情也變得忐忑起來，他不知方克文最終會變成什麼樣子，可是他卻知道方克文正在變得偏激而易怒，變得仇恨這個曾經背棄他的世界。

每個深入九幽秘境的人，身體都發生改變，麻博軒、羅行木、方克文，無一例外。自己雖然暫時身體並無任何改變，可是他的失眠症卻明顯變得嚴重了。

自從來到北平，羅獵就再也沒有安穩地睡過，他也試圖用酒精麻醉自己，可是沒有任何作用，對失眠症的治療，羅獵一直都是拒絕藥物的，可是越來越嚴重的失眠，卻讓他不得不考慮用藥物治療。

作為多年的老友，瞎子將羅獵的改變看在眼裡，他建議道：「多出去走走吧，你最近瘦了很多。」

羅獵點燃一支煙，抽了一口，吐出一團煙霧，然後閉上眼睛靠在躺椅上，輕聲道：「幾號了？」

「四號！」

羅獵點了點頭，明天就是和葉青虹約定見面的日子，不知為何，他突然想起在唐府的那個夜晚，他靠在葉青虹的肩頭居然酣暢地睡了一整夜，這也是最近一段時間真正踏實的一次睡眠，正因為此，他對葉青虹的到來居然有些期待了。

瞎子在一旁歎了口氣道：「小蝶會不會出事？」

羅獵道：「不會！」

瞎子向羅獵的身邊湊近了一些：「會不會是葉青虹搞的鬼？」

羅獵道：「如果是她反倒不用擔心了。」

瞎子切了一聲，他明白羅獵的意思，葉青虹此前也曾用福音小學和他外婆來要脅他們，不過事實證明無論是葉青虹還是穆三爺都沒有做出任何極端的事。

瞎子道：「別以為我看不出，你在北平就是為了等葉青虹為她辦事，你老實交代，是不是葉青虹利用周曉蝶來要脅你？」

羅獵搖了搖頭：「我欠她一個人情。」

瞎子道：「你是不是上輩子欠她？總被她牽著鼻子走？」

羅獵笑了起來，煙灰卻落在了臉上，燙得他一骨碌從躺椅上站起身來。

瞎子充滿同情地望著他：「我說兄弟，你最近明顯心不在焉啊。」

羅獵拂落了煙灰，此時張長弓推門進來，大聲道：「你們看看誰來了。」

羅獵舉目望去，卻是麻雀，自從他那天去過麻雀家裡之後，兩人就再也沒見過，至於麻雀邀請他們前往家中入住的事，自然也就沒了下文。麻雀終於沉不住氣主動登門，而她的到來對羅獵來說也算不上驚喜。

瞎子雖然知道麻雀就在北平，可並不知麻雀和羅獵已見過面，樂呵呵起身相迎道：「麻雀，哈哈，你什麼時候也來北平了？」該裝傻的時候瞎子從不含糊。

麻雀橫了羅獵一眼，沒好氣道：「怎麼？羅獵沒跟你們說過嗎？」

瞎子不由得朝羅獵看了一眼，頓時明白了其中奧妙，敢情人家兩個早就偷偷見了面，只是他們被蒙在鼓裡罷了。

張長弓朝瞎子偷偷使了個眼色，其實不用他暗示，瞎子也明白這會兒應當選擇迴避，嘿嘿笑道：「你們聊著，我去泡茶。」

羅獵道：「瞎子，去東興樓訂個位子，咱們中午過去吃飯。」

「好！」

張長弓和瞎子離去之後，麻雀氣勢洶洶地走向羅獵質問道：「說，你為什麼躲著我啊？」

羅獵一臉的苦笑。

麻雀馬上就發現他瘦了不少，滿腔的怒火頓時煙消雲散，旋即轉變成了對他的關心，小聲道：「你是不是生病了？臉色好難看。」

羅獵搖了搖頭：「沒病……」忍不住打了個哈欠。

麻雀猜到了緣由：「失眠？」

羅獵也沒否認：「為伊消得人憔悴，衣帶漸寬終不悔。」

麻雀可不領情，羅獵口中的這個伊十有八九跟自己無關。

麻雀的興師問罪仍沒有讓羅獵改變初衷，他沒打算前往麻雀家裡借住，主要是不想將麻雀牽連到這件即將發生的事情中來。雖然羅獵對福伯產生了疑心，可是他從未懷疑過麻雀，他相信麻雀只是無意中洩露了方克文的消息，和津門發生的事情沒有任何關係。不過羅獵卻因為這件事而警覺，他必須要暫時和麻雀保持一定的距離。不是為了防備麻雀，而是為了提防麻雀身邊的福伯。

翌日清晨，羅獵早早就來到了正覺寺，這座古剎距離圓明園不遠，雖然圓明園歷經劫難，可是正覺寺卻因為處於綺春園外而倖免於難。

山門外簷刻有乾隆御筆親書的「正覺寺」三字，漢、滿、藏、蒙四種文字合璧，這座寺廟一度被義和團佔據，後來年久失修，故而眼前是一副殘破景象。現在的正覺寺已經沒了喇嘛，徹底荒廢，空無一人。羅獵徑直走入，經過文殊亭。這亭子八方重簷亭，外簷匾上有「文殊亭」三個字。

亭內過去奉有文殊菩薩騎青獅之像，總高二丈有餘。文殊菩薩像及其背光均為木製包金，下乘白玉石台，如今佛像已經被搬空，徒留白玉台。

最上樓有後樓七間，樓東西各三間順山殿。最上樓供佛五尊，法身連座通高三尺零六分。最上樓、三聖殿前各有東西配殿五間，周圍的廊房原為喇嘛住所，如今也已經人去樓空。

羅獵在三聖殿前停步，看到一個頎長挺拔的身影正在香爐前方上香，從美好的背影已經認出是葉青虹，羅獵看了看時間，距離九點還差十五分鐘，想不到葉青虹還是先於自己到來。

羅獵並沒有打擾葉青虹的虔誠祈禱，在她身後站著，遠遠望著。

葉青虹上香之後，並未回頭，卻已經知曉羅獵的到來，輕聲道：「這座正覺寺我已經買下了，三天之後會建起圍擋，對這裡進行改建。」

羅獵馬上就意識到葉青虹買下正覺寺很可能和圓明園的秘密有關，他來到葉青虹身邊，雙手合什向三聖殿的方向參拜了一下。

葉青虹調侃他道：「你不是牧師嗎？」

羅獵道：「佛主耶穌也是親戚，都勸人向善，在這點上並沒有什麼分別。」

葉青虹此時方才端詳了一下羅獵，羅獵變得清瘦的面龐，雖然分別不久，可還是看出他在這幾天瘦了不少。

羅獵道：「你打算重新整修寺院？倒是一件不小的功德。」

葉青虹道：「沒那個打算。」其實她是從北洋外交次長手中買下這座寺廟，那位次長喜歡這裡的環境，買下了這座破廟，打算改建為別墅，後來又打消了主意，葉青虹收到消息，剛好從對方手中低價買下。

葉青虹指了指後院，兩人並肩走了過去，正覺寺的東邊就是綺春園，兩者之間有後門相通。綺春園早期曾是清怡親王允祥的御賜花園，名為「交輝園」。乾隆年間，乾隆皇帝將此園賜給大學士傅恒，易名「春和園」。乾隆三十四年春和園正式歸入圓明園，正式定名為「綺春園」。乾隆時期的綺春園除宮門和正覺寺以外，幾乎沒有什麼大型建築，只有一些小型的亭台樓閣點綴其間，嘉慶朝時，將綺春園西邊諸多小園併入，加以修繕、添建才初成規模。此時的綺春園達到全盛規模。

綺春園在咸豐十年被英法聯軍焚毀。綺春園的位置居於圓明園和長春園以南，三園平面呈倒品字形，面積大約八百多畝，略小於長春園、由竹園、含暉園、西爽村、以及春和苑的北半部組成。

走入綺春園舊址，望著斷壁殘垣、荒草叢生、滿目瘡痍，羅獵心中不由得生出一股不平之氣。昔日美不勝收的皇家園林如今已淪為一片廢墟，唏噓感歎之餘，他也明白葉青虹約自己來這裡絕不是為了單純的懷古，而是另有一番用意。

葉青虹道：「你還記不記得此前我跟你說過的事情？」

羅獵明知故問道：「那麼多事，你究竟指的哪一件？」

葉青虹道：「圓明園的事情。」

羅獵點了點頭，在瀛口西炮台，葉青虹曾經和他有過一番深談，當時葉青虹承認她的父親瑞親王奕勳曾經在圓明園的地下發現了皇家秘藏的寶庫，八國聯軍雖然焚毀了圓明園的地上建築，卻沒有發現隱藏在福海下方的寶庫，當時知道這一秘密的只有劉同嗣，奕勳並未將此事上報，直到世紀之初，義和拳再度洗劫圓明園，奕勳方才發現連福海下方的密藏也被人搬空。

葉青虹道：「我當時跟你說的全都是實話。」

羅獵道：「既然秘藏已經被搬空，你來這裡又有何意義？」

葉青虹道：「當時藏在福海地下的寶物很多，如此規模的寶藏，不可能悄聲無息地被人轉移走，而且也不可能在短時間內全都搬走。」

羅獵皺了皺眉頭道：「所以，你懷疑那些寶藏仍然藏在這裡？」

葉青虹毫不隱瞞地點了點頭，輕聲道：「縱然他們無法將寶藏轉移出去，可是在這片廢墟下，尋找一個不為人知的地點，將所有寶藏重新掩埋也有可能。」葉青虹的懷疑並不是憑空臆想，畢竟涉及到圓明園秘藏中的寶物沒有一件流失出去，這就更加驗證了她猜測的可能性。

羅獵道：「當年知道這件事的不是還有劉同嗣嗎？」

葉青虹道：「我懷疑他對此事真不知情。」

羅獵想起葉青虹在瀛口劉公館的所作所為，在自己前往竊取七寶避風符的時候，她割掉了劉同嗣的兩隻耳朵，現在她既然這樣說，證明她很可能逼問過劉同嗣。如果這件事不是劉同嗣做的，那麼又會是誰做了這件事？記得當時葉青虹說過，對這件事知道內情的只有兩個人，一個是瑞親王奕勳，一個就是劉同嗣，如果劉同嗣沒做，那麼最大的可能就是奕勳賊喊捉賊，是他轉移了福海下的秘藏。

當著葉青虹的面，羅獵並不能將自己心中的想法說出。

葉青虹道：「弘親王載祥。」

羅獵絕不是第一次聽到過這個名字，他努力回憶，忽然想起在蕭天行臨死之前，也曾經叫過這個名字。據他所知，弘親王載祥乃是瑞親王奕勳同胞兄長，只是聽說此人已經死了。

葉青虹道：「他並沒有死，有人曾經在漢口見過他。」

羅獵道：「你是懷疑弘親王載祥盜走了圓明園下的秘藏？」

葉青虹道：「是不是他我不知道，不過有一點我卻知道，他是我父親生前最信任的人。」

羅獵忽然意識到葉青虹買下正覺寺，來到圓明園的真正目的絕不是為了尋找當年失落的秘藏，從頭到尾她的目的都只是為了復仇，正如她當初尋找七寶避風符一樣，尋符只是藉口，真正的用意只是復仇，雖然葉青虹並未說明，可是羅獵仍然能夠察覺到葉青虹對弘親王產生了懷疑。

羅獵環視眼前一片荒蕪的廢墟道：「如果當真是弘親王盜走了秘藏，那麼他想必會在這周圍布下眼線，嚴密監視圓明園周邊的一切動靜，你如此高調地買下正覺寺，並加以改建，很可能會吸引他的注意力。」

葉青虹充滿欣賞地望著羅獵，他果然夠聰明，自己以正覺寺為餌，居然被他一眼識破。

羅獵道：「可如果弘親王對秘藏的事並不知情呢？」

葉青虹道：「劉同嗣正在北平養病，我相信他和弘親王之間必有聯絡。」

羅獵靜靜望著葉青虹道：「你希望我幫你做什麼？」

葉青虹道：「這邊所有的一切都交給你，我要你幫我將弘親王引出來。」

羅獵向前走了幾步，望著不遠處已經開始化凍的湖面，沉聲道：「又想讓我成為別人的靶子？」

葉青虹道：「你會幫我的對不對？」

羅獵道：「周曉蝶究竟在不在你手裡？」

葉青虹搖搖頭道：「我對天發誓，我和周曉蝶失蹤的事絕無半點關係。」

羅獵道：「我們就這樣一直在正覺寺等下去？」

葉青虹道：「多一些耐心，我相信有些人一定比我們更加沉不住氣。」

葉青虹買下正覺寺是以羅獵的名義，至少在表面上，羅獵已成為這裡的主人，正覺寺的改建任務理所當然地落在了他身上。葉青虹的計畫非常明確，羅獵在明，她藏在暗處。正覺寺的改建工程勢必會引起有心人的警覺，如果這裡發生的一切吸引了弘親王的注意，那麼她的目的就達到了，她可以趁機將這個假死的伯父揪出來，從他的身上找出父親當年的死因。

葉青虹行事神龍見首不見尾，和羅獵在正覺寺見面之後，即刻如人間蒸發一般消失了。

羅獵相信她並未走遠，或許就在附近悄悄等待著目標人物的出現。葉青虹背後的勢力遠遠超乎自己的想像，葉青虹找來的幫手也不止自己一個。和此前幾次的行動一樣，自己應當只是她計畫中的一環。

對羅獵幾人而言，這任務算不上繁重，找些踏實肯幹的民工，將正覺寺裡裡外外翻修一遍，工程主要是張長弓在負責。瞎子仍然在四處尋找周曉蝶的消息，所有人都看出他對周曉蝶用情頗深。

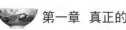

阿諾一旦閑下來，整個人頓時就故態復萌，變得頹廢且萎靡，終日不是飲酒就是賭博，兜裡的那點兒大洋很快就比臉洗得還要乾淨。

發生變化最大的要數鐵娃和安大頭，他們彷彿約好了一般迅速成長了起來，短短的一個月，鐵娃的身高已經竄到了一米七五，這小子原本就生得敦實，若非一張娃娃臉，看上去已經是一條精壯的漢子了。安大頭長得瘦長，因為身體長長的緣故，腦袋也不像過去那樣顯大了，少了幾分萌態，多了一些威猛。

麻雀的新工作已經開始，忙著適應新的環境，所以最近也沒時間過來。

羅獵最終還是沒有選擇藥物治療自己的失眠症，他開始選擇另外一種方式，盡可能地讓自己進入疲憊狀態，除了日常的鍛煉之外，他還主動投入到超量的勞動中去，比如加入民工的隊伍，搬磚，運土，凡事親力親為，開始的時候瞎子還以為這貨是沒事找事，想省點工錢，可後來就明白，羅獵是利用這種方式把他自己折騰得身心疲憊，期望這樣可以克服失眠症。

人累了通常能睡個好覺，這樣的做法居然起到了一些效果，雖不能徹底治癒羅獵的失眠症，可至少他在疲憊過度的時候能夠斷斷續續睡著，噩夢仍然繼續，夢做得久了也就見怪不怪，也許這就是自己命中註定的事情，誰管明天怎樣？

不過好景不長，很快羅獵就發現這種方式對自己也開始失效，這段時間中西醫他都去看過，可仍然收效不大，就在羅獵備受折磨之際，他想起了一件事。當初和卓一手分別之時，卓一手曾留給他們一個地址，一是讓方克文三個月後前往那裡複診，二是通過那裡可以知道顏天心他們此番前往寧夏的具體位置。

雖然距離分別還不到三個月，可按照行程推算，顏天心一行應該已經抵達了目的地，羅獵決定前去拜訪一下卓一手的這位老友。其實在方克文出事之後，他就越發擔心起顏天心的安危，畢竟當初顏天心和自己一樣深入九幽秘境，方克文離開九幽秘境之後身體居然生出鱗片，而且性情大變。自己也飽受失眠的困擾，不知顏天心的身體是否受到了影響。

卓一手的這位朋友名叫吳傑，字回春。就在北平西城火神廟行醫，羅獵本以為卓一手的朋友必然也和他一樣是位醫國聖手，其坐診的門檻也一定極高，可等到了地方方才知道，吳傑只是一位盲人大夫，火神廟東邊的一間堪堪遮蔽風雨的破瓦房就是他的醫館，平日裡大都幹些推拿按摩的小活，順便賣些跌打骨傷的狗皮膏藥，充其量是一個江湖郎中，和名醫的稱號是斷斷聯繫不上的。

羅獵也是問了一圈方才找到了這家名為回春堂的醫館，門口挑了個洗得發白的杏黃旗，上面用黑字寫著回春堂。

羅獵來到這裡的時候正是午後時分，醫館也沒什麼生意，門口一個帶著瓜皮帽，穿著灰色破舊長衫的盲人坐在長條凳上，一邊剔牙，一邊對著鳥籠說話，鳥籠裡有一隻鷯哥，那盲人說一句，牠應一句，非常有趣。

羅獵問過周圍人，知道這名盲人就是這裡的老闆吳傑吳回春，他來到吳傑近前道：「請問您是吳先生嗎？」

鳥籠中的鷯哥嘰嘰喳喳重複道：「吳先生，吳先生，吳先生……」

吳傑擺了擺手，被煙熏得焦黃的手指向上推了推墨鏡道：「正是吳某，客官要看病？」語氣顯得頗為冷淡。

羅獵將自己受卓一手委託而來的事告訴了吳傑，吳傑聽聞他是卓一手的朋友，頓時客氣許多，起身邀請道：「羅先生快請屋裡坐。」

羅獵看了看他漆黑一片的室內，笑道：「不了，就在這裡說說話吧。」

吳傑意味深長道：「外面說話不方便，還是屋裡說話。」

羅獵只能跟他進了房內，房間裡只有一個向北的小小窗戶，室內光線極其昏暗，到處洋溢著一股刺鼻的藥膏味道。

吳傑雖雙目失明，可是這室內的一切都是他親手佈置，對室內陳設極其熟悉，一舉一動極其精確，沒有任何多餘的動作，如不是事先就知道他是盲人，甚至會認為他的眼睛和常人無異。他手腳麻利地幫羅獵倒了一碗熱騰騰的大碗茶，羅獵慌忙接了過來，客氣道：「吳先生別忙了，我只是順路經過，坐坐就走。」

吳傑笑了起來，轉身來到羅獵對面坐下，在這房間內，他可以精確判斷任何一個傢俱物品的位置，讓人甚至懷疑他能夠看到一般。

吳傑道：「平日我這裡很少有朋友過來，卓先生是我的大恩人，他有沒有跟你說過，他救過我的命。」

羅獵搖了搖頭，馬上又意識到吳傑看不到自己的動作，趕緊道：「倒是沒聽他說過。」心中這才明白為何卓一手選擇吳傑為北平的聯絡人。

吳傑道：「卓先生是個好人，對了，前兩天他寄一封信過來，信中說你和一位方先生可能過來，讓我好好招待你們，怎麼？那位方先生沒來？」

羅獵道：「他有事，暫時過不來了。」

吳傑起身，來到書架前，摸索著找到收藏那封信的地方，抽出之後遞給了羅獵，羅獵得到他允許之後，方才從中抽出了卓一手的來信，看到信封中的東西，羅獵頓時釋然了，原來這信封中裝著的並非是信紙，而是一張薄如蟬翼的絲綢，所有文字都是用針線刺繡其上，即便如此，仍然可以看出文字的雋秀空靈，其上還附上了一張地圖，地圖所繪製的地方乃是甘邊寧夏。

羅獵一眼就判斷出，這地圖之上標記的位置應當是連雲寨西向轉移的地點。

手握光滑的絲綢，羅獵卻從心底生出一種溫馨的感覺，雖然這封特殊的來信是卓一手寄給吳傑的，可羅獵卻有種感覺，這信上的文字和地圖應當是顏天心一針一針繡上去的。

吳傑道：「我看不到文字，所以卓先生特地用這種方法給我寫信，應當說是繡信才對。」

羅獵道：「繡工精美，想不到卓先生還有這個本事。」

吳傑道：「他哪會有這個本事，應當是顏大當家幫忙，羅先生把這封信收起，上面的地圖和地址是卓先生讓我轉交給你的。」

羅獵證實了這封信果然是顏天心親手所繡，腦海中不由浮現出顏天心絕美的容顏，內心中也不由自主生出一種牽掛，恨不能現在就去甘邊寧夏和伊人相見。

第二章

盲人郎中

身為一個催眠高手，羅獵知道吳傑沒有對自己施行催眠術，
只是單純的按摩，儘管如此，
他還是在吳傑的幫助下很快放鬆了下來，
羅獵竟然睡著了，直到夢中再度出現了青銅棺槨，
出現了讓他不安惶恐的景象，羅獵方才驚醒。

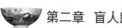

吳傑道：「我聽卓先生說，那位方先生的身體有些問題。」

羅獵點了點頭道：「說是慢性中毒，卓先生特地給他開了一些藥，他服用之後好多了。」

吳傑不無惋惜道：「卓先生還說讓我幫他複診之後寫信告訴他情況，看來今次是沒有機會了。」

羅獵忽然意識到卓一手既能讓方克文過來複診，可見他對吳傑的醫術是認同的，人不可貌相，海水不可斗量，或許這位其貌不揚的盲人郎中當真擁有一身驚人的醫術呢？

羅獵抱著試試看的心思道：「其實我這次來也有事想要請教先生。」

吳傑微笑道：「請教兩個字萬萬不敢當，大家都是自己人，羅先生有什麼話只管說。」

羅獵這才將自己最近失眠症變得越來越嚴重的事情說了，至於失眠從何時開始，又因何加重他都避過不談，不過吳傑也沒有詢問，主要是瞭解了一下羅獵採用的治療方法，聽完之後，他輕聲道：「這算不得什麼大事。」

羅獵聽他口氣如此之大，心中難免產生了一些懷疑，失眠症困擾自己那麼多年，其間他遍尋名醫，中西醫治療的方法也都嘗試過，可始終沒什麼改善，吳傑只是大概瞭解了一下他的病情，竟然說出如此大話。

吳傑道：「這樣吧，羅先生若是不嫌棄，就在我這小床上躺下，我幫你推拿按摩，助你睡個好覺如何？」

羅獵聽他說得如此確定，心中暗忖，無論這盲人郎中究竟是不是吹牛，權且一試倒也無妨，於是他按照吳傑說的在小床上躺下，吳傑在他頭部的位置坐下，雙手輕輕落在羅獵的頭部，在羅獵準備好之後開始幫他按摩。

羅獵這兩日因為失眠的折磨而有些頭疼，在吳傑的按摩下不知不覺變得輕鬆起來，行家一出手就知有沒有，羅獵幾乎馬上就能夠判斷，這位吳傑縱然不是一位妙手回春的神醫，也必然是一個推拿按摩的高手。

吳傑的聲音在他耳邊響起：「你不妨嘗試將心中的事情暫時放下，心性越是單純，我越是容易幫你入睡，切記，對我不可存有戒心。」

身為一個催眠高手，羅獵知道吳傑絕沒有對自己施行催眠術，只是單純的按摩，儘管如此，他還是在吳傑的幫助下很快放鬆了下來，羅獵竟然睡著了，這一覺睡得相當酣暢，直到夢中再度出現了青銅棺槨，出現了讓他不安惶恐的景象，羅獵方才驚醒。

室內只有他一個，吳傑不知去了哪裡？月光從北牆的小窗透射進來，羅獵借著月光看了看時間，已經是晚上十點半了，羅獵想起自己過來的時候才是下午兩點，也就是說自己在吳傑的小屋中睡了接近八個小時，在最近這段時間內從未有過如此漫長而安穩的睡眠。

羅獵起身拉開房門，走了出去，看到吳傑正站在門前，右手拄著一根竹杖靜靜望著夜空，雖然他墨鏡後的雙目什麼也看不到。

聽到身後房門開啟的聲音，吳傑就知道羅獵已經醒了，輕聲道：「羅先生醒了？這一覺睡得還好吧？」

羅獵抿了抿嘴唇，真誠道：「多謝吳先生高診。」

吳傑道：「我並沒有做什麼，只是幫你放鬆精神罷了，我雖然可以幫你入眠，但是沒辦法從根本上治好你的失眠症。」他停頓了一下又道：「心病還須心藥醫，你的病能否痊癒，還要靠你自己。」

羅獵從吳傑的話中聽出他對自己的暗示，恭敬道：「多謝吳先生指點。」

吳傑微笑道：「我雖然看不到你的樣子，可是也能夠聽出你是個年輕人，咱們可能相差不大，我今年三十一歲，應當比你年長，你若是不嫌棄就叫我一聲吳大哥，我也就叫你一聲羅兄弟。」

「吳大哥！」

吳傑回了一聲羅兄弟，兩人同時笑了起來。

羅獵道：「吳大哥有沒有吃飯？不如咱們一起去吃點東西。」

「不了！」吳傑擺了擺手道：「時候不早了，你也該回去了，反正咱們也不是外人，以後機會多得是，你只要有空就到我這裡來，我幫你按摩，應該對你的身體有些好處。」

自此以後，羅獵只要有空就會去火神廟回春堂，到了地方往小床上一躺，吳傑幫他按摩推拿，說來奇怪，羅獵只要躺在這張床上，在吳傑的幫助下很快就能進入夢鄉，可是一旦換個地方，該失眠仍然要失眠，怎樣努力也是難以入睡。

為了求得一個安穩覺，幾乎每天羅獵都會前往回春堂一趟，開始時他總覺得這樣麻煩吳傑不好意思，所以婉轉提出要付給吳傑診金，想不到剛一提出就惹得吳傑不快，於是羅獵只好作罷，過來的時候帶些煙酒茶葉，以此來充當診金。

吳傑對此也不推辭，只要羅獵肯送，他就笑納，不過兩人之間還沒有一起吃飯喝酒的機會，吳傑從不主動提出邀請，就算羅獵提出，他也會找藉口推了，一來二去，羅獵也大概瞭解他的性情，認為吳傑不喜應酬，不肯和自己多做交流。

正覺寺的工程已經全面展開，按照葉青虹的計畫，工程只是擺在明面上的誘餌，她要通過這件事來引出弘親王載祥，可事情的發展並沒有她想像中順利，半個月過去了，正覺寺這邊仍然風波不驚，並沒有任何異動。

天氣一天天暖和起來，樹木吐出新芽，沉睡了一個冬天的小草也從地下鑽出了毛茸茸的嫩綠。羅獵和張長弓一起巡視了一下工程進度，走到文殊亭的時候，正看到瞎子和阿諾兩人一身酒氣地走了進來，這兩人徹夜未歸，身上還洋溢著宿酒的味道。兩人也顯得有些不好意思，打了個招呼就各自鑽入了房間補覺去了。

張長弓歎了口氣道：「這倆小子，遊手好閒無所事事，整天不是賭就是喝，這樣蒙混度日總不是辦法。」

羅獵對他們兩人的性情都是再清楚不過，輕聲道：「由著他們去吧，反正也沒什麼事情要他們幫忙。」

張長弓道：「阿諾最近輸了不少，我按照你說的，先支給了他三百塊大洋，我看只怕又輸得差不多了。」

羅獵唇角浮現出一絲苦笑，雖然這種衣食無憂的日子倒也逍遙，可總覺得有些虛度時光，葉青虹的這場佈局會不會早已被人識破？

張長弓道：「咱們這些人還真不適合過安穩日子。」

羅獵看了張長弓一眼，馬上就捕捉到隱藏在他虎目中的躁動，知道習慣於傲嘯山林的張長弓也已經開始對這樣的生活感到厭煩，他低聲道：「張大哥以為我們來這裡就是為了當泥瓦匠？」

張長弓笑道：「當然不是，可咱們眼前幹的就是泥瓦匠的活啊！」

羅獵道：「表面愈是太平，底下愈是暗潮湧動，我總覺得最近可能要出大事。」

張長弓將信將疑地望著羅獵，過了一會兒方才道：「你最近精神不錯，遇到什麼喜事了？」

羅獵正想將吳傑的事情告訴他，突然聽到前方傳來一聲轟隆隆的巨響，伴隨著數聲慘叫，兩人都吃了一驚，循聲望去，修建的東邊偏殿鷹架突然坍塌，上面正在作業的三名工人從高處落下，已被坍塌的鷹架掩埋起來。

外面發生的動靜也將剛入睡的瞎子和阿諾驚醒，他們連同聞訊趕來的其他工人一起即刻投入到救援中去。

眾人齊心合力將三名民工從坍塌的鷹架中抬了出來，其中有一人只是受了皮肉傷，另外兩人雖然性命無礙，可都有不同程度的骨折。

羅獵也沒想到自己一語成讖，和張長弓剛說過要出事，轉眼之間就出了事，他們還特地強調了安全措施，想不到終究還是出了意外。事情既然已經發生，也只能先處理善後事宜。

先將兩名重傷的民工送入醫院，再回頭來處理事情，這會兒功夫，受傷民工的幾十名鄉親聞訊趕來已經將正覺寺這邊的大門堵住。

留下負責安撫的瞎子被眾人團團圍住，推來搡去，他也只能逢人陪著笑臉，無論那民工因何受傷，畢竟是受雇於他們，在這件事上他們的確要承擔責任。

羅獵到來之後，眾人的注意力馬上又集中到了他的身上，不過還好眾人並沒有失去理智，他們派出代表商談傷者賠償金的問題，羅獵這邊的態度非常明確，只要是他們應當承擔的責任絕不逃避，對傷者方面提出的合理要求全部滿足。

正因為羅獵的這種態度，事態很快平息了下去，畢竟這是一場意外，也沒有鬧出人命，無非是多要點賠償，羅獵一方平日裡對這些工人也非常體恤，出事後態度又如此誠懇，所以對方也不好撕破臉皮，更沒有做出任何過激舉動。

整整一天，羅獵幾人都忙於處理這件事故，直到天黑時分，拿到賠償的民工方才逐漸散去，雖然傷了三個工人，其餘民工也不肯繼續留下工作了，百姓大都迷信神靈，認為今天之所以出事，全都是因為將寺廟改建成別墅，從而觸怒了佛祖的緣故。

羅獵也不勉強，讓張長弓將工錢給他們結清，讓這些民工自行離去。送走了最後一名民工，羅獵轉身回到出事地點，看到瞎子和鐵娃兩人仍然在那堆廢墟上搜尋什麼。

羅獵正想招呼他們出去吃飯，畢竟為了這件事折騰了一整天，所有人連午飯都沒顧得上吃。卻聽鐵娃道：「找到了！」他從廢墟中找到了一根斷裂的繩子，這些鷹架之間都是用繩索結結實實綁好的，每天鐵娃都要負責例行檢查，鷹架崩塌之後，許多繩索都崩斷，可是從斷裂處可以看出端倪，崩裂和割裂完全不同。

鐵娃找到的這根繩索斷口處非常特別，有一半齊整，另一小半參差不齊，齊整的那一半顯然是被利刃切開，他將繩索送到羅獵面前：「羅叔，您看！」

羅獵接過繩索湊在眼前看了看，其實在今天出事之後他就想過，整件事情有些蹊蹺，他們在安全上做足措施，每天都要針對鷹架的連接處檢查多次，想不到還是出了意外，鐵娃找到的這根繩索證明，今天這場事故人為的可能性極大。

他們雇傭的民工總共只有十人，從中應該不難排查出偷偷動手腳的那個。

瞎子憤然道：「一個一個的查，肯定能將罪魁禍首找出來。」

阿諾湊上來道：「報警，讓警方將他們抓起來盤問，不信問不出結果。」

瞎子深表贊同，點了點頭道：「這幫刁民，根本就是故意串通好了訛詐咱們，這件事不能輕易算了。」

張長弓將目光投向羅獵道：「你怎麼看？」他這一問，瞎子和阿諾同時停下了說話，別看他們平時說得熱鬧，可最終決策的始終都是羅獵。

羅獵沉吟片刻道：「算了。」

「算了？」瞎子愕然道，阿諾也是一臉的不解，畢竟因為今天的事情，他們賠償了兩百塊大洋，這還不算兩名傷者的醫藥費。

羅獵道：「算了，就算找出來那個做手腳的人，他也未必是罪魁禍首。」

張長弓想起今晨和羅獵的談話，心中暗忖難道羅獵所說的大事就要發生了。

羅獵道：「興許有人通過這種方式給咱們一個警告，大夥兒從今天起多點小心。」

張長弓道：「吃飯，咱們吃飯去。」

羅獵讓鐵娃出門去附近飯館叫些酒菜過來，關於他和葉青虹之間的交易他並未向幾人說明，今天的事情之後，羅獵意識到，應當向這幫兄弟適當地透露一些資訊，不能讓他們繼續蒙在鼓裡了。

「什麼？你說什麼？」瞎子一雙小眼睛在燈下熠熠生光，已經喝得微醺的阿諾此時也將一雙瞇起的深藍色雙眼陡然睜開。這倆都屬於見錢眼開的貨色，聽羅獵說圓明園廢墟之下極可能藏著皇室秘藏，頓時來了精神。

阿諾抱怨道：「也不早說，我就覺得你不會平白無故修這座破廟，居然是盯上了後面的園子。」

瞎子對圓明園還是有些瞭解的，剛剛聽到非常欣喜，可欣喜過後很快就冷靜了下來，他將手中酒杯放下道：「羅獵，這事兒可靠嗎？英法聯軍搶了一回，八國聯軍搶了一回，還一把火給燒得乾乾淨淨，現在整座園子除了荒草就是石頭，就算有寶貝也給燒了，更何況義和團鬧得最凶的時候，把能搬走的，能賣的又搜羅了一遍，我看這事兒挺玄的。」

羅獵道：「英法聯軍燒殺搶掠時，管園大臣文豐投了福海，所以當時許多園子的秘密都隨著文豐自盡而埋葬，不排除圓明園下藏著一座皇家秘藏的可能。」

瞎子道：「若是有秘藏，皇家會不知道？大清朝末年這麼缺錢，他們早就挖出來給用了。」

羅獵道：「瑞親王奕勳發現了秘藏，並未聲張。」

瞎子聽到這裡頓時明白了事情起因，他歎了口氣道：「葉青虹對你說的是不是？羅獵啊羅獵，她什麼人你還不清楚？為了給她老子報仇不擇手段，坑咱們也不是第一次了，在瀛口劉公館，利用咱們吸引注意力，如果不是麻雀幫忙，咱們當時就折在那裡了。後來，咱們為了給她找七寶避風塔符又去了蒼白山，可結果呢？她真正的目的是要幹掉蕭天行，咱們只是她用來轉移注意力的棋子罷了。」

瞎子停頓了一下，又道：「事不過三，你都被葉青虹捉弄兩回了，難道你還沒點覺悟，準備被她再坑第三次？」

阿諾看看瞎子又看看羅獵，端起酒杯灌了口酒道：「雖然瞎子這人沒什麼見識，可這次我站他這邊，紅顏禍水，你該不會被美色迷惑吧？」

鐵娃一旁聽著，卻知道這樣的場合自己是插不上話的，將一塊啃過的骨頭扔給了安大頭，安大頭樂得鼻子一撅一撅湊近骨頭大口大口的咀嚼起來。

張長弓在其中年齡最大，也是為人最為老成持重的一個，雖然大字不識幾個，可考慮問題畢竟比瞎子和阿諾要周到一些，他低聲道：「相信羅獵這樣做自然有他的道理。」

羅獵道：「我欠她一個人情，是她幫我將方克文一家從津門救出來。」得知了這個理由瞎子頓時不再說話，知恩圖報是做人的本份，在方克文一家的事情上，葉青虹的確幫了羅獵一個大忙，因此而提出讓羅獵幫忙的要求，以羅獵的為人當然不會拒絕。

瞎子歎了口氣道：「算了，反正我也打算在北平多留一陣子。」他站起身向外面走去。

羅獵道：「你幹什麼去？」

「撒尿！」

阿諾馬上激起了共鳴：「我也去。」

望著離去的兩個活寶，羅獵唯有無奈苦笑。

張長弓道：「葉青虹只是讓咱們在這裡改建廟宇？」

羅獵道：「她這個人心機深沉，修建正覺寺只是表面功夫，知道內情的人一定會認為咱們利用修建寺廟做幌子，真正的用意是前來尋寶。」

張長弓道：「那不是此地無銀三百兩？」

羅獵點了點頭道：「正是，欲蓋彌彰，就是要製造假像，利用這件事將知情者吸引出來。」

張長弓皺了皺眉頭道：「我有些明白了，今天的事故或許就是因此而起。」

瞎子和阿諾兩人肩並肩站著，對著前方的池塘同時尿了起來，終究是阿諾尿得要遠一些，瞎子朝阿諾襠下看了看，然後腰部向前一挺，猛一發力，一道雪亮的水線劃過前方，成功超過了阿諾。輕蔑且充滿挑戰地向阿諾咧嘴一笑，心說你這洋槍大炮還不如我的土炮頂用。

阿諾被這廝激起了好勝心，也學著他向後仰起了身子，猛一發力，卻憋不住放了個響屁。

瞎子樂得哈哈大笑，阿諾窘得滿臉通紅，實在是太尷尬了。可除了瞎子的笑聲之外，遠處似乎傳來另一個笑聲，阿諾四處張望，四周黑影幢幢，並沒有看到其他人的身影。

瞎子也聽到了笑聲，這笑聲絕不是自己的回音，甚至不屬於他們之間的任何一個，瞎子停住笑聲，舉目向遠方聲音傳出的位置望去，他在暗夜中視力超強，看到一道白影倏然進入一棵大樹之後。

瞎子驚出了一身的冷汗，手肘搗了搗阿諾道：「你有沒有看到？」

阿諾一臉懵逼地搖了搖頭，他可沒有瞎子那麼強勁的目力。

瞎子又道：「你剛剛有沒有聽到？」

阿諾點了點頭，顫聲道：「好像有人笑……」

兩人從對方目光中都看出了恐懼，同時提上了褲子，轉身向屋裡跑去。

羅獵雖然是個牧師，可他並不相信鬼神的存在，在瞎子和阿諾繪聲繪色說了一遍剛才的見聞之後，羅獵認為他們聽到的笑聲應當是人，畢竟在圓明園被毀之後，這周圍也有不少莊戶，或許剛好有人晚上出現在園子裡蹓躂。

羅獵讓他們都將心放在肚子裡，時候已經不早了，建議大家各自回房休息，有什麼事情也等到明天天亮再說。

午夜時分，萬籟俱靜，羅獵在燈下寫信，這封信是寄給遠在甘邊的顏天心，從吳傑那裡得到了顏天心的地址之後，羅獵就琢磨著給她寫封信，可是心中縱有千言萬語，每次提筆卻不知應當寫些什麼。

寫了幾句話，又覺得不妥，將信紙搓成一團扔在了廢紙簍中。羅獵靠在椅背上，揉了揉眉頭，夜已深，可頭腦卻前所未有的清醒，最近這段時間，也只有去吳傑那裡的時候，才能在他的幫助下安然睡眠，吳傑說得不錯，他雖然可以幫助自己改善失眠的症狀，卻無法除根，儘管如此，羅獵最近的精力也恢復了許多。

就在羅獵思索的時候，突然聽到外面傳來鬼哭神嚎之聲，開始的時候隱隱約約，可後來那聲音由遠及近。

羅獵披上衣服，拉開房門走了出去，卻見張長弓也從房內走了出來，手中握著他的那把長弓，顯然張長弓也同樣聽到了動靜，被外面的怪聲所吸引。

張長弓素來警覺，他第一時間察覺外面的動靜自然不稀奇，羅獵是因為一直未眠的緣故。兩人對望了一眼，羅獵做了個手勢，決定循著聲音去一探究竟，他們方才走了幾步，又聽到身後房門輕響，卻是鐵娃走了出來，在他身後還跟著安大頭，原來鐵娃也被外面的聲音吵醒了。

反倒是阿諾和瞎子兩人無動於衷，這倆貨的鼾聲在院落中此起彼伏。

三人帶著一條狗在正覺寺周圍巡查了一遍，並沒有發現任何異狀，就在他們準備返回之時，從綺春園的方向又傳來了鬼哭神嚎之聲。

張長弓怒道：「裝神弄鬼。」

羅獵卻意識到從今天民工受傷的工程事故開始，一系列的怪事開始接踵而來，看來果然被葉青虹說中，有人已經沉不住氣了。

鐵娃道：「師父，咱們要不要過去看看？」這小子也是天生膽大，聽到遠處傳來的鬼哭神嚎，非但沒有感到害怕，反而產生了前去一探究竟的想法。

羅獵笑道：「去，為什麼不去，我倒要看看，這鬼長得是什麼樣子。」

三人打著燈籠向綺春園的方向走去，正覺寺和綺春園之間雖有道路相通，可是因為長久無人經行，基本上已荒廢，齊腰高的雜草叢生。張長弓抽出砍刀在前方開路，鐵娃帶著安大頭緊隨其後，他已將鐵胎彈弓取了出來，鐵娃從小用彈弓在山區打獵，自行練出雙手都可發射，百發百中的絕技，在天脈山火山噴發，白猿步步緊逼，幾人面臨生死關頭時，還是鐵娃一錘定音，用彈弓擊倒了白猿。

這鐵胎彈弓卻是在抵達北平後，張長弓根據他的力量和手法特徵專門為他定做的一個，骨架為鐵胎合金，堅韌異常，雙耳繫以牛筋，彈丸也都是精鋼打造的鋼珠。若是發揮出全部的威力，在近距離的殺傷力不遜色於手槍。

羅獵則在隊尾負責斷後，幾人進入綺春園之後，那鬼哭神嚎的聲音仍未消失，於前方樹林之中不停響起。

張長弓抬起手中的燈籠噗的一口吹滅，如果就這樣打著燈籠走過去，等於將他們的位置暴露在對方面前。

鐵娃指了指那樹林道：「聲音就是從裡面傳出來的。」

羅獵點了點頭，此時樹林之中又傳來一聲尖叫，旋即又傳來一聲桀桀怪笑，怪笑之聲宛如夜梟發出。現在他們距離樹林也不過百米距離，剛才一路打著燈籠過來，對方應當已察覺了他們的出現，仍然發出怪叫其原因或許是想要將他們引入林中。

張長弓顯然也想到了這一點，低聲道：「逢林莫入，這些野鬼好像故意要將咱們引進去呢。」

羅獵道：「那他們只怕打錯了算盤。」

張長弓向鐵娃道：「鐵娃，我教你聽風辨位的本事練得如何？」

鐵娃道：「每天都在練。」

張長弓點了點頭道：「今晚剛好檢驗一下你最近的成果。」

三人商量了一下，分散開來，利用草木的掩護向樹林靠近，選好隱蔽的位置，他們三人呈三角形分佈，張長弓位於最前，羅獵和鐵娃分別居於左右，這樣排列的最大好處就是彼此之間可以相互照應。

樹林之中果然又是一聲怪笑響起，鐵娃從藏身處閃身而出，拉開彈弓，瞄準了聲音傳出的方向，咻！咻！咻！連珠炮般接連射出了三彈。在暗夜之中根據聲音鎖定對方的方位並不難，真正的難度在於對方隱藏在密林之中，鐵娃射出的彈丸雖然方向正確，可是中途遭遇樹枝阻擋的可能性極大，有兩顆彈丸在中途就被樹枝攔住，撞擊在樹幹上發出梆梆的聲響。

仍有一顆彈丸從樹枝的空隙之中射了出去，樹林之中傳來一聲慘叫，然後聽到樹枝不停折斷的聲音。

鐵娃聽出自己已經得手，不禁大喜過望，還沒接到張長弓的下一個指令，身邊一道黑影已經如同離弦的利箭一般向樹林中射去。卻是安大頭在第一時間發動了進攻，安大頭雖然還是一條小狗，可是擁有著優秀獵犬的血統，早在蒼白山之時，鐵娃就對牠進行了訓練，出擊源自於本能。

等到安大頭出擊，鐵娃方才意識到自己疏忽了，現在阻止已經來不及了。

鐵娃射出的彈丸射中了樹林中一個白乎乎的物體，那物體被射中之後，從樹上墜落，途中砸斷了數根橫出的樹枝，重重落在地上，安大頭已經衝到近前，凶悍地撲了上去，張開白森森的牙齒照著那白乎乎的物體就是狠狠一口。

那物體發出一聲慘叫，原來這墜落的物體竟是一個人，他右手揮起，寒光閃爍的尖刀向安大頭刺去，安大頭極其靈活，咬完之後馬上撤離，等對方這一刀揮出，又瞅準空隙，照著他的右腿又是狠狠一口，這一口入肉極深，咬得對方皮開肉綻鮮血淋漓，仍然是咬完就跑。

鐵娃看到安大頭衝入林中，擔心牠有所閃失，也在第一時間跟了上去。

羅獵和張長弓阻止不及，也隨後進入，張長弓提醒鐵娃注意尋找掩護，三人進入林中，卻見那白衣人躺在地上慘叫連連，這廝先是被鐵娃射了一彈，然後從高處摔下，不等爬起又被安大頭連咬幾口，一身白袍被掛爛多處，染了不少血跡，模樣實在慘不忍睹。

張長弓來到他面前，抬腳將那人握刀的手踩住，借著頭頂斑駁的月光，卻見那人披頭散髮，一張面孔塗得慘白一片，嘴唇卻塗得一片烏紫，看上去真如活鬼一般。白袍人看到自己落入包圍圈，思索脫身之策，強忍疼痛，淒厲叫道：「我死得好慘……我死得好慘……」希望繼續扮鬼將幾人嚇退。

張長弓冷笑道：「鬼也會流血嗎？」抬腳照著那白袍人小腹就踹了過去，白袍人慘叫了一聲，捂著肚子哀求道：「幾位大爺，小的只是一隻從這裡路過的孤魂野鬼，還望行個方便。」

羅獵看到這廝的模樣也不禁笑道：「過路鬼嗎？那好，我權當做善事幫你上路。」他從地上撿起短刀。

白袍人顯然被嚇住了，此時再不敢假扮鬼魂，顫聲道：「我……我是人……我不是鬼……」

安大頭又湊了上去，咧開大嘴，露出滿口白森森尖銳如刀的牙齒，嚇得白袍人將眼睛閉上，鐵娃伸手將安大頭拉了回去。

張長弓道：「說，什麼人派你來的，你到這裡裝神弄鬼又是為了什麼？」

白袍人睜開雙眼，他似乎就要交代，可此時樹林的周圍亮起數十盞燈光。雙目中的惶恐因為這些燈光的到來而迅速消失，他驚喜道：「你們最好放了我，不然，嘿嘿……」

羅獵三人也留意到周圍的變化，聽到一個稚嫩的聲音道：「神助拳，義和團，只因鬼子鬧中原。勸奉教，自信天，不信神，忘祖仙……神發怒，仙發怨，一同下山把道傳。非是邪，非白蓮，念咒語，法真言……」

三人循聲望去，卻見前方密林之中，一個身穿著紅衣紅褲，手中拎著一盞紅燈籠的男孩朝他們走了過來，一邊走，一邊誦念著義和團的口號，義和團興於清末，亡於清末，開始為清廷所用，幻想利用其成為對抗西方十一國的武器，可後來在現實面前很快就拆穿了其刀槍不入的神話，清朝也將焚燒教堂殘殺信眾的事情推到了義和團的身上，展開了一場全國範圍內的清剿。

現在雖是民國，可是少有義和團的消息，更少有人敢公然舉起義和團的大旗，高呼義和團的口號。

張長弓本已彎弓搭箭，看到率先走過來的只是一個小孩子，也鬆開弓弦，有些迷惘道：「這麼小的孩子怎麼這麼晚都不睡？」

羅獵道：「興許他失眠。」

那小男孩在距離他們二十米處停下腳步，將紅燈掛在頭頂樹枝之上，自腰後抽出一面杏黃色三角小旗，厲聲道：「四大金剛何在？」

「在！」幾個帶著戲曲腔調的嗓子應承道。

那小男孩雖然聲音奶聲奶氣，可其中透著無法形容的冷酷：「給我將這三隻妖孽拿下！」

樹林之中傳來嘈雜的腳步聲，卻是四名身穿紅色勁裝，頭紮紅色頭巾的壯漢，從不同方位向羅獵幾人靠近，羅獵觀察他們的周圍，亮起的紅燈至少有三十盞，也就是說參與今晚包圍行動的人要在三十人左右。

那四名壯漢幾乎在同時將上衣脫掉，現在冬季已過，可畢竟春寒料峭，夜晚的氣溫很低，望著突然選擇半裸的四條壯漢，鐵娃都不禁替他們感到發冷。

四名壯漢動作一致地揚起雙拳照著肌肉發達的胸膛蓬蓬蓬來回捶了幾下，朗聲道：「神拳無敵，刀槍不入。」

張長弓將弓箭重新舉起瞄準，羅獵提醒他道：「不要輕易傷人性命。」

張長弓點了點頭，將長弓重新背在身上，還箭入鞘，緊了緊腰帶，順便摸了摸插在後腰的兩把毛瑟槍，心中暗忖，不知這些人是否真像他們說的一樣刀槍不入？他向一旁早已躍躍欲試的鐵娃使了個眼色。

鐵娃得到授意，拉開了彈弓，瞄準正前方的一名壯漢射了過去，這一彈直來直去，破空飛出，發出一聲尖嘯，足見速度之快。

那壯漢在鐵娃射擊他的時候就已發現了對方的意圖，竟沒有選擇躲避，而是雙腿原地紮起了馬步，雙手食指豎起向天，猛然大吼一聲：「呔！金剛不壞！」

不等他說完，鐵彈子已射中了他的腦殼，梆的一聲如同擊中了一塊堅硬的岩石，鐵彈子竟被他堅硬的顱骨迸飛，壯漢頭顱絲毫無損，搖晃了一下粗壯的脖子，得意洋洋道：「我刀槍不入！」

鐵娃因眼前的景象有些懵了，想不到對方的防禦力如此強悍，自己全力射出的鐵彈子居然沒有給他造成任何傷害。

張長弓皺了皺眉頭，對方應當是練過鐵布衫金鐘罩之類的外家功夫，刀槍不入他聽說不少，可並沒有親眼見過。

鐵娃叫了聲師父，張長弓做了個手勢，鐵娃心領神會，馬上拉開彈弓瞄準那人的腦門又射了一記，這次出手太快，那壯漢還沒來得及紮馬步，鐵彈子結結實實撞在他的前額。

那壯漢大叫道：「我金剛不壞……」還沒喊完，鐵娃又是一記射中了他的眉心，那壯漢只感到天旋地轉，直挺挺躺倒在了地面上。

鐵娃的三彈破去了對方刀槍不入的神話，也讓羅獵和張長弓看到了對方虛張聲勢的本質。張長弓哈哈大笑道：「刀槍不入？就讓我領教你們的刀槍不入。」他大踏步衝了上去，距離對方還有三米左右的時候，騰空飛掠而起，飛起一腳踹在一名半裸的壯漢胸前，勢大力沉的一腳將對方踢得倒飛了出去。

羅獵挺起白蠟杆隨後衝了上去，一根長棍蛟龍般上下紛飛，接連擊倒了兩名半裸壯漢。

鐵娃摸出鐵彈子在後方不停施射，打得對方哭爹叫娘，對方雖然人數占優，可顯然只是一幫烏合之眾，在羅獵三人合力攻擊之下，馬上就陣腳大亂，看到己方轉瞬間已經有十餘人被擊倒，方才領教到羅獵一方強悍的戰鬥力，一個個不敢向前，開始四散逃竄。

此時樹林的東南角也傳來一陣騷亂，卻是瞎子和阿諾被外面的動靜驚醒，兩人抄著棍棒過來接應，剛好趕上了眼前的亂戰場面。

知道是這幫人在外面裝神弄鬼後，兩人都是心頭火起，想起此前撒尿被嚇得落荒而逃，出手自然多了幾分報復的狠勁。棍棒翻飛，打得那幫傢伙哭爹喊娘。

阿諾擊倒了一名壯漢，準備乘勝追擊時，迎面卻遇到了一個紅衣紅褲的小孩兒，揚起的木棍並沒有落下，他畢竟不能向一個小孩子下手，阿諾瞪大了雙眼，兇神惡煞般叫道：「滾！」

那小男孩可憐巴巴撇了撇嘴，看樣子彷彿就快哭出來了，可突然他向阿諾衝了上去，照著阿諾的襠下就是狠狠一腳，這一腳勢大力沉，踢得阿諾眼前金星亂冒，捂著小肚子就跪倒在了地上，他無論如何也想不到這小孩子下手居然如此陰狠歹毒，一時不察竟著了他的道兒。

那小男孩下手毫不留情，看到阿諾跪下，右手揚起，中指和食指照著阿諾的雙目插去，若是被他插中雙目，阿諾這雙眼睛十有八九會不保。

還好瞎子及時趕到，看到眼前一幕，掏出手槍照著那小男孩的右臂就是一槍，如果不是情況危急，瞎子也不會向一個小孩子下手，可讓他意想不到的是，這一槍雖然擊中那小男孩，卻只是將他的衣袖打出了一個破洞，小男孩的身體踉蹌了一下，然後又挺起胸膛，厲聲道：「神拳無敵，刀槍不入！」他大叫著向瞎子衝去。

瞎子慌了神，開槍是一回事兒，讓他槍殺一個手無寸鐵的小孩兒卻是另外一回事，他猶豫的剎那，那小男孩已經衝到近前，伸手照著他的下陰抓去，瞎子向後一縮，仗著身高腿長的優勢，抬腳想要將這小男孩踹到在地，冷不防這小男孩鑽入了他的胯下，竟然將瞎子龐大的身軀原地扛了起來。

瞎子哪能想到這孩子小小身軀之中竟蘊藏著那麼大的力量，沒等他反應過來，已被這小男孩投擲出去，整個人騰雲駕霧般飛起，重重撞在樹幹之上，撞得瞎子骨骸欲裂，手槍也掉到了一旁，還好那小孩子並沒有繼續追殺，等瞎子從地上爬起，發現那小男孩已經不見了。

羅獵幾人過來接應的時候，阿諾仍然痛得躺在地上，他挨的一腳可不輕，估計沒有幾天時間不可能完全恢復。

羅獵抓住了幾個一問，這幫人其實都是一幫竊賊，因為圓明園廢墟疏於管理，雖然損毀嚴重，可其中存有不少珍貴的石料木料，他們趁著夜深人靜前來盜竊，將這裡可用的石料木料偷運出去再轉賣給他人，從中牟取利益，至於什麼裝神弄鬼，什麼義和團，只不過是他們用來虛張聲勢的手段。一直以來也非常奏效，既可用來唬人，又能將罪責推到義和團餘孽的頭上，也算得上是一舉兩得。

羅獵這群人到來之後，這幫竊賊因為不知道他們的來路，所以消停了幾天，今晚他們方才出來行動，卻想不到遇到了這幫不畏鬼神的傢伙。

其實他們事前也已經打探清楚，知道正覺寺的工程遇到了麻煩，原本在這裡幹活的十餘個民工都已經離開，所以才選定了這個時機，認為就算被羅獵發現，也沒什麼好怕，畢竟他們人多勢眾，只是沒想到羅獵一方的戰鬥力強悍如斯。

問明情況之後，羅獵幾人商量了一下，決定這件事就此作罷，不再追究，其實圓明園廢墟的偷盜事件從清末到現在始終都沒有停息過，大清政權還未崩塌之時，偶爾還會有人過問，不過那時候，各大皇族已經開始了從這裡拉木材石料據為己有的行動，上行下效，周圍百姓看到他們如此，也跟著小偷小摸。

等到了民國，圓明園這片廢墟越發成為無人管理的地方，官僚貴族，商賈百姓，前來選材淘寶者不計其數，這種現象在清朝覆亡之後的兩年尤為嚴重，可以說圓明園廢墟好拿好搬的物件多半已經被人搬走，剩下的那些可用的石材木頭也被達官貴人們公開徵用，現在剩下的多半都是巨大的山岩石雕，要麼殘破不堪，不堪大用，要麼搬運成本極高，運走並不划算。

可圍繞圓明園的盜竊雖然減少卻始終沒有停息，對這裡的事情官府也是睜一隻眼閉一隻眼，畢竟誰也不會花費警力人力來維繫一片廢墟的治安。

趕走了那幫盜賊，他們發現了樹林外的三輛板車，板車上裝著兩件石雕，在距離板車不遠的地方，已經被挖出了一個大洞，這些石雕顯然是剛剛從裡面挖出來的。

瞎子圍繞這洞口走了一遍，發現這洞是個水洞，因為綺春園本身就是一個水園，水景眾多，這裡距離湖面不遠，挖幾鍬就會滲水。再看板車上的石雕也是濕淋淋的，應當是從水洞中拖上來的。

羅獵留意到的卻是石雕的形狀，這兩件石雕雕的都是辟邪，辟邪通常用來作為鎮墓獸，卻不知因何會出現在這裡。

瞎子低頭看了看那水洞道：「這水洞是剛剛挖出來的，奇怪，他們怎麼知道這地下會有石雕？」他也認出這兩具石雕乃是鎮墓獸，皺了皺眉頭道：「難道這園子下面有墓，這群人前來的目的不是為了偷盜石雕，而是為了盜墓不成？」

張長弓道：「哪兒的黃土不埋人？圓明園這麼大，肯定會埋著不少的冤魂野鬼。」他伸手拍了拍其中一隻辟邪獸，落手處卻發出空空的聲音，張長弓愕然道：「空的！」

幾人都湊了上來，羅獵也跟著敲了敲，憑著聲音的回饋判斷出這辟邪獸的外面應該是木質，可是辟邪獸的重量卻是極沉，裡面定然裝著其他東西，不由得好奇心起，張長弓讓鐵娃回去拿了鋸子，鋸開其中一尊辟邪獸的尾部，從孔洞中滾出一些黃燦燦的東西，暗夜之中更是金光燦爛，幾人的眼睛同時亮了起來，原來這辟邪獸中空的腹中竟然裝著滿滿的金元寶。

瞎子驚喜道：「發財了，金子，裡面全都是金子！」

羅獵開始後悔了，他後悔太早放了那幫盜賊，雖然他們找到了不少金子，可是昨晚的事卻變得蹊蹺起來，這些盜賊為何知道從這裡能夠挖出辟邪石雕，他們的目的極其明確，難道他們在此之前就已知道辟邪之中暗藏黃金？

羅獵幾人合夥將兩隻辟邪搬了回去，將黃金取出埋在了正覺寺，嚴令任何人不得聲張，更不得動用這些黃金，最可能解答這個難題的就是葉青虹，可偏偏葉青虹現在又失去了下落。

羅獵對圓明園的歷史產生了濃厚興趣，其實最近已經查閱了不少關於圓明園的資料書籍，這其中有很多都是麻雀借給他的。

羅獵決定去一趟燕京大學，一來為了歸還麻雀的書籍，二來向她請教一下，在歷史學方面麻雀完全可以充當他的老師。

第三章

欺 騙

羅獵道：「蕭天行已經死了。」
「什麼？」劉同嗣如同被霹靂擊中，整個人愣在了那裡，
自從他來到北平之後，所有和外界的聯繫幾乎中斷，
所有的消息都是通過管家東生得來，
羅獵應當沒有必要欺騙自己，那麼欺騙他的只可能是東生。

走入燕京大學的圖書館，羅獵在西北角的書架前找到了麻雀，麻雀站在梯子上從書架的最上層尋找著想要的資料，她伸出右手想要抽出遠處的一本書，不過位置非常的勉強，努力了一下，終於從中抽出了那本書，可身體卻突然失去了平衡，嬌呼一聲，失足從書架上跌落。

羅獵眼疾手快，張開雙臂將從半空中墜落的麻雀接住，麻雀手中的那本書已經落在了地上，雙手自然而然地摟住了羅獵的脖子，一雙明眸透過黑框眼鏡望著羅獵，從她的眼中找不到一絲一毫的害怕。羅獵頓時意識到自己被這妮子給騙了，麻雀應當早就覺察到了自己的到來，故意裝出從梯子上失足落下的假像。

麻雀馬上意識到自己的表情不夠真實，馬上拿捏出一副驚魂未定的樣子，呼了口氣道：「嚇死我了，幸虧有你。」

羅獵微笑，也不點破，極有風度地將麻雀放下，輕聲道：「要小心啊。」

麻雀躬身從地上撿起了那本書，背朝羅獵時，唇角不由得偷偷露出一絲會心的笑意，她以為自己的這點小心機並未被羅獵發現。轉過身來的時候，表情已恢復了常態：「我還以為你把我給忘了呢，說，今天是路過還是專門來找我？」

羅獵道：「當然是專門來找你，麻雀，我想找你幫忙鑒別一樣東西。」

「沒問題！」

麻雀聽說羅獵從綺春園廢墟中挖出了兩具石雕也是非常好奇，當即就跟隨羅獵一起前往了正覺寺，麻雀並沒有花費太久功夫就判斷出這兩具石雕的年代並不久遠，確切地說，這兩具辟邪並非真正意義上的石雕，只是外表覆蓋了一層石粉，內裡卻是木雕，木雕中空，暗藏黃金，從表面看上去足可亂真。木雕用陰沉木製成，內外都刷上油漆，材質、工藝和手法像極了棺材的製作，這樣最大的好處就是可以保證木材千年不腐。

麻雀道：「我過去曾經看過圓明園的不少資料，並沒有資料證明圓明園的廢墟下方有人埋藏了寶藏。」

瞎子道：「史料資料記載的大都是眾所周之的事情，真正的秘密肯定不會寫在上面，如果寫在上面，所有人都知道圓明園下面有寶藏，這圓明園只怕早已被掀了個底兒朝天，哪還輪得到我們？」他摩拳擦掌，擺出要大幹一場的架勢。

阿諾也來了精神頭兒，連連點頭道：「這麼大的園子，下面得藏了多少寶貝，挖，挖，全都挖出來，咱們分了。」

瞎子冷冷看著他道：「還分，這園子就毀在你們八國聯軍手上，偷了搶了不算，還一把火給燒了，不心疼啊？還有人性嗎？」

阿諾被他罵得啞口無言，雖然這事跟阿諾無關，可但凡八國聯軍犯下的罪孽，瞎子一準要算到他頭上，阿諾也不爭辯，知道爭辯也沒啥用，論到歪攪胡纏，他絕對比不過瞎子。

羅獵道：「有沒有這種可能，這些金子本來並不屬於這裡，只是有人選中了這塊地方，偷偷將東西藏在了這裡。」

幾人都認真的想了想，麻雀率先點了點頭道：「很有可能，我看這些木雕，掩埋的時間不會太久，絕對不會超過三十年。」

羅獵心中暗忖，如果麻雀判斷無誤，這些木雕應當是三十年內方才埋在圓明園下方的，從時間上推算，應當和瑞親王發現圓明園秘藏的時間相符，難道是瑞親王埋在這個地方的？可葉青虹此前並未提起過這件事，難道她對此一無所知？她不清楚這件事的話，外人又是何從得知？難道昨晚那幫竊賊是弘親王所派？

羅獵思索的時候，麻雀用小刀耐心刮開辟邪獸表面的石粉，在右後腿的內側發現了一行小字，從辟邪獸的工藝上能夠看出，製作木雕的絕不是普通的匠人，而且各行會有各行的門道，許多工匠都會在自己的作品上留下名號，果不其然，這辟邪獸上方也有印記。

麻雀驚呼道：「羅行木！」

羅獵就算敲破腦袋也不會想到這兩尊木雕和羅行木有關，雖然羅行木是個木匠，可他從未聽說過羅行木和圓明園之間的淵源，湊上前去，親眼看到藏在木雕右腿內側的落款，確實是羅行木無疑。

羅獵暗自思索，如果說這些暗藏黃金的木雕和皇族有關，那麼羅行木和皇族又有什麼關係？關於圓明園秘藏的消息他全是從葉青虹那裡得知的，據葉青虹所說，當年瑞親王奉旨修建圓明園，無意中發現了秘藏，因為擔心老佛爺會將秘藏揮霍一空，所以向朝廷隱瞞了這件事。

而劉同嗣也是當時的知情人之一，想起劉同嗣和狼牙寨主蕭天行的關係，羅獵隱約推斷出羅行木所刻木雕出現在這裡的緣由，羅行木當時也選擇在凌天堡藏身，或許這幾人之間早就認識。

然而畢竟一切都只是推測，目前羅獵能夠想到解開這個謎題的人一是葉青虹，還有一個就是劉同嗣。葉青虹自從將這裡交給自己之後，就突然人間蒸發，這段時間羅獵沒有收到任何有關她的消息。

在瞎子看來，羅獵考慮的事實在是太多了，雖然他們受雇於葉青虹，可發現的金子應當算是他們的紅利了，這次來北平除了尋找周曉蝶之外，他又多了一個任務，那就是在圓明園挖寶，瞎子認為藏在圓明園的金子絕不止這麼一點，或許就在發現這兩尊木雕的附近還有大量的寶藏等待發現。

羅獵向張長弓道：「張大哥怎麼看？」

張長弓道：「我總覺得那些人還會回來，我在挖掘的現場看過，只有一個盜洞，他們的目的很明確，而且好像事先就知道位置。我想他們不會甘心這些財寶落在咱們手裡。」

羅獵點了點頭道：「很有可能。」

麻雀此時卻悄悄離開了房間，羅獵察覺之後跟著她來到了外面，麻雀輕聲道：「帶我去現場看看。」

羅獵點了點頭，帶著麻雀向昨晚發現木雕的地方走去。

午後的陽光很好，照耀在荒草叢生的廢墟之上，廢墟的殘破古舊和草木的欣欣向榮形成了鮮明的對比，湖邊的柳樹已經開始吐綠，用不了太久這光禿了一個冬季的柳樹就會披滿綠色的絲條。風一吹，星星點點的翠綠就隨之搖曳起來，滿目瘡痍的廢墟也突然變得生動。

兩隻小鳥一前一後拍打著五彩斑斕的翅膀相互追逐著從他們眼前飛過，麻雀望著這曾被稱為萬園之園的圓明園，感歎之餘又萌生出希望，圓明園數度遭劫，縱然如此，八國聯軍的大火仍無法毀去這片土地上的生命，歷經劫難，草木花鳥，仍然可以煥發出新的生機。

麻雀看到了那個新挖的地洞，一夜功夫，地洞之中已經滲滿了水，她在附近轉了轉，除此以外並沒有發現其他的盜洞，回到羅獵身邊，小聲道：「羅獵，我可不可以求你一件事？」

羅獵點了點頭，微笑道：「我喜歡你求我。」

麻雀的內心因羅獵話中的喜歡而亂了節奏，她意識到自己在羅獵面前越來越沒有抗拒力，這種時候只能擺出惡狠狠的表情，用一個滾字來掩飾真實的內心，說完之後卻感覺腦子裡突然斷了片，自己剛才想說什麼竟已忘得乾乾淨淨。直到羅獵提醒，她才恍然大悟地清醒了過來，清了清嗓子道：「若是當真發現了秘藏，我希望你們不要據為己有，如果你拿去換錢，那和八國聯軍，和那些盜賊又有什麼分別？這些東西是我們中華兒女的共同財富，是屬於國家的。」

羅獵早就知道麻雀有一顆拳拳赤子之心，欣賞這妮子愛國心的同時，又向她提出了一個問題：「你是說讓我將找到的東西上繳政府？」

麻雀點了點頭。

羅獵又道：「你認為當今的北洋政府值得信任嗎？你能夠保證我們上繳的東西不會成為那些官僚的私藏，不會被當權者貪汙？」

麻雀被羅獵問住了，一時間不知應當如何回應，過了好一會兒方才道：「可總有好人，我相信這個世界上還是好人多。」

羅獵道：「我也相信，可我更相信自己。」

麻雀從他的這句話中似乎悟到了什麼，瞪大了一雙美眸，驚呼道：「你想據為己有？」

羅獵微笑道：「取之於民用之於民，沒有收藏意義的金錢，大可拿去做善事，有收藏和考古價值的東西，不妨我們找個秘密安全的地方保存起來，等到世道太平了，我們可以建一個博物館，讓中國的老百姓都可以免費參觀，我想這樣豈不是更有意義？」

麻雀美眸生光道：「你是說建一座像羅浮宮那樣的博物館？」

羅獵點了點頭道：「可惜現在還不是一個太平盛世，匹夫無罪懷璧其罪，這圓明園當初的藏品絲毫不遜色於羅浮宮，可最終的結果呢？」

麻雀跟著點了點頭，她感到自己輕易就被羅獵給說服了，現在的政府根本無法保障任何的國寶。

羅獵道：「我也有一件事求你。」

麻雀咬了咬櫻唇道：「我也喜歡你求我。」說完之後又覺得不妥，補充道：「這樣咱們就兩不相欠了。」

羅獵道：「還記得咱們的獵風小隊嗎？」

麻雀極其認真地點了點頭道：「當然。」

羅獵道：「又到了咱們並肩戰鬥的時候了。」

「沒問題，羅大隊長，我可隨時做好被你召喚的準備。」麻雀表態道。

羅獵道：「可不可以為我保密，我們之間的任何談話，我們這支小隊過去、現在還是以後做過的任何事？」

麻雀眨了眨明眸，然後輕聲道：「你相信我，我就會為你保密。」其實她明白，如果羅獵不信任自己，絕不會將自己帶到這裡來。

羅獵道：「先幫我化個妝，我想去拜訪一位老朋友。」

麻雀對羅獵是極其重要的，她不但家學淵源，歷史知識深厚，而且她還掌握了一手神乎其技的化妝術，通過她的妙手打扮，羅獵在短時間內就變成了一個頭髮花白的老年人。

羅獵改變容貌的目的是為了拜訪一個人，這個人是他的老相識，卻並不是老朋友，此人乃是曾任遼沈道尹公署署長的劉同嗣。

劉同嗣自從被葉青虹割去了雙耳，又下毒之後，就始終臥病在床，其間雖然遍尋名醫，卻沒什麼起色，他的身體狀況自然無法勝任過去的職位，上頭派去了新的署長，劉同嗣也就因病下野，來到北平養病。

人在台上的時候風光無限，可一旦下了台，馬上就感受到了世態炎涼，這段時間，劉同嗣的家產被瓜分，原本最寵愛的三姨太謝麗蘊倒是表現出對他的不離不棄，在劉同嗣人生最不得意的時候贏得了他的信任，劉同嗣也是在謝麗蘊的奉勸下方才來到北平治病。沒成想，謝麗蘊在得到劉同嗣信任之後，又哄走了他一大筆財產，跟劉同嗣的副官一起私奔。

這件事把劉同嗣氣得七竅生煙，原本已經好轉的病情突然加重，現在連床都下不了了，住在北平一家德國人開的醫院，還好他的管家東生對他不離不棄，仍然在床頭伺候著。

羅獵去探望劉同嗣的時候，剛巧管家東生出去買飯了，羅獵將四盒點心放在床頭櫃上。

劉同嗣現在形容枯槁，如果不是看到病床旁標牌上的名字，再看到他被割掉兩隻耳朵處毫無遮蔽的耳洞，羅獵幾乎認不出他來。

劉同嗣臉色烏青，葉青虹當初不但割去了他的耳朵，還在他的身上下了慢性毒藥，事後雖然查出他所中的是昔日清宮大內秘製的其心可誅的毒藥，可是因為找不到徹底解毒的方法，所以劉同嗣的狀況越來越差，現在他的肝腎功能都出現了不同程度的損害，連頭腦都開始糊塗了，醫生預計，他最多只剩下半年性命。

劉同嗣相信自己還沒糊塗到不認人的地步，有些詫異地望著羅獵，實在想不出自己有過這樣的朋友。其實自從他被免了公職，身邊的朋友就越來越少，現在他已經沒了用處，失去權勢，失去家財，連家人都背棄了他，更何況朋友。

劉同嗣愕然道：「你是誰？」

羅獵向他笑了笑：「咱們此前見過面，劉署長還記得這個人嗎？」他從衣袋中掏出自己的照片，在劉同嗣的眼前晃了晃。

劉同嗣看到照片上的羅獵，一雙眼睛頓時瞪得滾圓，他大聲叫道：「來人……來人……」

羅獵並沒有因為他的大叫而慌張，輕聲道：「劉署長想叫人抓我嗎？」

劉同嗣咬牙切齒字字泣血道：「是你們害我變成了這個樣子……」

「事已至此，署長大人以為能夠回到從前嗎？」

羅獵的這句話如同重錘一般擊中了劉同嗣的內心，他愣了一下，整個人突然就沉默了下去。此時一名護士循聲趕到，看了羅獵一眼，向劉同嗣道：「劉先生什麼事情？」

劉同嗣憤怒地望著羅獵，可最終卻將內心中的那口怨氣硬生生咽了回去，頹然道：「沒事……我……來了個朋友……老朋友……」說這句話的時候，劉同嗣內心中湧現出無盡的悲涼，他如今的這種狀況哪還有什麼朋友？

護士離去之後，劉同嗣沉聲道：「若是想看我的笑話，你的目的達到了，若是想看我死，你還得耐心等上幾個月。」

劉同嗣冷笑道：「今天她又委託你來做什麼？」

羅獵道：「我和劉署長無怨無仇，當初之所以冒犯您，實則是受人所托。」

羅獵道：「我是自己過來的，有些過去的事想要請教劉先生。」他耐心尋找催眠劉同嗣的機會，劉同嗣為人極其狡詐，想要讓這老奸巨猾的傢伙進入圈套就必須要有足夠的耐心。

劉同嗣道：「有什麼事，你只管問吧，但凡我知道的知無不言。」

羅獵心中一怔，卻沒想到劉同嗣突然表現的如此配合，難道果真應了一句話，人之將死其言也善？

羅獵道：「當年瑞親王是不是在圓明園下發現了一個秘藏？」

劉同嗣道：「誰跟你說的？你相信嗎？」不等羅獵回答，他又道：「瑞親王是怎麼死的你應該聽說了吧？他貪贓枉法，禍國殃民，貪墨了老佛爺用來修園子的銀子。」

羅獵皺了皺眉頭，從劉同嗣這裡他聽到了一個和葉青虹完全不同的版本。

羅獵道：「只是一個謊言？」

劉同嗣呵呵笑道：「你以為呢？」

羅獵道：「有人在院子裡挖出了一尊木雕，那木雕的腹部……」說到這裡他故意停頓了一下。

劉同嗣的表情陡然變得緊張起來，他明顯向羅獵靠近了一些，卻沒了下文。

羅獵從劉同嗣的反應猜到他對此應當是知情的，低聲道：「找到了一些東西。」他從兜裡掏出一只金元寶，在劉同嗣的面前晃了晃。

劉同嗣伸手將那元寶抓了過去，仔仔細細地看了看，顫聲道：「沒錯……沒錯……蕭天行這個混帳，他竟然……」

羅獵心中不由得一怔，劉同嗣話裡的意思分明是這件事和蕭天行有關，難道他並不知道蕭天行已經死了？

劉同嗣道：「你們在何處找到的？」

羅獵也不瞞他，將昨晚發現木雕的事原原本本對他說了一遍，劉同嗣聽完之後，對羅獵深信不疑，恨恨點了點頭道：「一定是蕭天行，埋金子的地點只有我們兩人知道，他竟然背著我想獨吞。」

羅獵道：「蕭天行已經死了。」

「什麼？」劉同嗣如同被霹靂擊中，整個人愣在了那裡，自從他來到北平之後，和外界的聯繫幾乎中斷，所有的消息都是通過管家東生得來，羅獵應當沒有必要欺騙自己，那麼欺騙他的只可能是東生。其實劉同嗣在家人背棄他之後，對東生也產生了懷疑，現在從羅獵處得知了蕭天行的死訊，頓時明白東生此前跟他說了不少謊言，一時間脊背發冷，東生的不離不棄顯然都是故意裝出來的，他和其他人一樣對自己都抱有不可告人的目的。

劉同嗣心如死灰，自從他被葉青虹設計之後，可謂是嘗盡世態炎涼，醫生對他的病情無藥可醫，自知活不過半年，命都沒了，要錢還有什麼用？劉同嗣一時間只感到自己活著已經失去了意義，聽到蕭天行的死訊之後，好半天方才回過神來，低聲道：「他是怎麼死的？」

羅獵道：「日本人看中了他的地盤。」

劉同嗣默默點點頭，他本以為蕭天行和自己一樣是被葉青虹設計，他歎了口氣道：「做過的孽早晚都要還的。」將手中的金元寶還給了羅獵，輕聲道：「我對不起王爺，王爺是做大事的人，我卻貪圖小利，死在他的後人手裡，不冤！」

羅獵知道他所說的王爺自然是瑞親王奕勳。

劉同嗣道：「王爺空有報國之心，可惜為時勢不容，其實我們並不知道太多的事，以王爺的心機，又怎會將他的秘密告訴我們。」他搖了搖頭又道：「任忠昌死了，蕭天行死了，下一個輪到我，我們若是當真知曉王爺的秘密，還會活到現在嗎？我不知道你都聽說了什麼，但是我可以確定地告訴你，我從未聽說過圓明園下還有秘藏。」

羅獵將信將疑，如果說圓明園下沒有秘藏，那麼他們昨晚找到的兩只藏有黃金的木雕是什麼緣故。

劉同嗣道：「你找到東西乃是當年我和蕭天行的私藏，王爺接到命令修繕圓明園，老佛爺調撥了不少銀子給他，他不想將這些金錢浪費在園子上，於是陽奉陰違，在其中偷偷做了手腳，我和蕭天行就是此事的執行人。」

羅獵點了點頭，劉同嗣說得倒是合情合理，看他眼前配合的態度已沒有催眠他的必要。

劉同嗣道：「時局動盪，人心惶惶，我和蕭天行也看出大清朝氣數已盡，難免就有了私心，趁著這個機會，從老佛爺的撥款中，偷偷藏了一些。」

羅獵心中暗歎，難怪大清會亡，從上到下，大官小官，各有盤算，層層盤剝，腐化至極。或許瑞親王奕勳的確有振國興邦的志向，可是他周圍人卻沒有和他一樣的想法。原來劉同嗣和蕭天行早就開始貪墨款項，中飽私囊。那些木雕中的藏金，應當就是他們當年所為。

羅獵道：「你們當年藏了不少吧？」

劉同嗣搖了搖頭道：「也沒有多少，只是留著以備不時之需，可後來突然又變了天，大清亡了，蕭天行逃走，他和我之間達成了默契，對這筆財富，我們誰都不去動用。」

羅獵道：「此事只有你們兩人知道？」

劉同嗣非常肯定地點了點頭。

羅獵暗忖，既然劉同嗣沒有走露風聲，那麼一定是蕭天行那邊出了問題，蕭天行已經死了，按理說他不會將這件事輕易透露給外人，羅獵突然想到了周曉蝶，難道這次圓明園的盜寶事件和離奇失蹤的周曉蝶有關？

此時門外傳來由遠及近的腳步聲，羅獵意識到有人到來，馬上停止了談話，他起身道：「劉署長，我先走了，以後有時間我再來看你。」

房門輕輕敲響，卻是劉同嗣的管家東生拎著剛打來的飯菜回來，看到房內的羅獵，東生的雙目中閃過一絲警覺，劉同嗣咳嗽了一聲道：「東生啊，幫我送送林行長。」

羅獵放下心來，看來劉同嗣已對東生產生了懷疑，並沒有揭穿自己的意思。

東生應了一聲，送羅獵出門。

來到病房樓外，羅獵微笑道：「您留步，我認得路。」

東生卻道：「現在很少有人來探望老爺了。」

羅獵道：「人生一世，總會三兩個知己，不離不棄。」

東生笑道：「林行長說得對。」

羅獵離開醫院，叫了輛黃包車，行了不久就察覺到後方有一輛黃包車遠遠跟著自己，他讓車夫拐入前方小巷，而後迅速下車之後給了車資，讓車夫拉著空車繼續前行，自己則翻身上了圍牆。

沒過多久，就看到那輛黃包車跟了進來，黃包車上坐著的正是劉同嗣的管家東生，東生看到前方黃包車走遠，催促道：「快跟上去。」

羅獵暗自冷笑，這個東生果然有問題。他騰空從圍牆上跳了下來，朗聲道：「追不上了！」

東生聽到身後的聲音，方才知道自己已經被人發現，唇角露出一絲苦笑，他示意車夫停下車子，塞了一把銅錢給對方，讓車夫先走。

空曠的長巷之中只剩下他們兩個。

東生背朝著羅獵，雖然微微有些駝背，可是他肩頭的肌肉卻在悄然收縮，他的右手悄悄向腋下摸去，以極其驚人的速度掏出了手槍，他自認為拔槍射擊的動作一流，應當有把握在羅獵做出反應之前將之射殺。

在東生做出動作的同時，羅獵已經率先啟動，抽刀、揮刀、施射的動作一氣呵成，寸許的飛刀化成一道雪亮的光芒，追風逐電般掠過兩人之間的距離，刀鋒射中東生握槍的右手。

東生右手劇痛，手槍因拿捏不住而落在了地上，不等東生躬身撿起，羅獵已經如豹子般竄了過來，一拳向東生的下頜擊去，東生被羅獵這一記勾拳打得頭顱向後猛地揚起，不過這一拳的力量還不足以將他擊倒。

東生向後踉蹌了一步，準備站穩腳跟發動反擊，卻看到羅獵已經將地上的手槍撿起。

東生舉起了雙手，他並不知道羅獵從不用槍的原則，陰惻惻的雙目死死盯住羅獵道：「我認得你！」

「哦？」羅獵饒有興致道，他意識到劉同嗣的這個管家很不簡單，在這種被動處境下仍然能夠表現出如此沉穩鎮定的心態，這樣的人並不多見。

「你是羅獵！」

這次輪到羅獵感到驚奇了，他本以為東生那樣說只是想詐自己，可對方卻清楚無誤地叫出了自己的名字，羅獵甚至懷疑麻雀的化妝水準大打折扣，居然讓人一眼就認出了自己。不過自己和東生的接觸並不多，連劉同嗣都能騙過，東生應該不會從外表上認出自己，除非此人是推測，又或是他對自己的關注絕非一日。

東生道：「我不是你的敵人。」

羅獵微微一笑，並沒有說話。

東生道：「不如咱們好好談談。」這句話不但是示弱，也在明示羅獵他們之間很有合作的必要。

東生的第一句話就引起了羅獵的足夠重視：「我知道你找劉同嗣幹什麼，我也知道你在園子裡找什麼。」

羅獵心中盤算了一下，根據東生的這幾句話他已經做出了判斷，東生肯定深悉內情，而且他早已留意到自己在正覺寺的行動，羅獵試探道：「看來昨晚裝神弄鬼的那群人是你派來的？」

東生道：「你跟我來，我帶你去見一個人。」

羅獵猶豫了一下，畢竟他對東生並不瞭解，剛才的交手中射傷了東生的右手，焉知他不會借著這個機會將自己引入圈套。

東生道：「槍在你的手裡，我若是想害你，你只管開槍。」

他轉身向前方走去，似乎算準了羅獵一定會跟過來。

東生帶羅獵見的人就在附近，兩人一前一後步行了大概兩里路的樣子，進入一個狹窄的胡同，走到盡頭，綠樹掩映之中出現了一個四合院，門前匾額上提著風雨園三個字。

羅獵始終都沒有放下警惕，不過這一路走來並無異狀，東生或許是考慮到了他的疑心，所以一直走在前面，將背部要害全都暴露給了羅獵。

來到門前，東生轉身向羅獵笑了笑道：「請稍等！」他扣響門環，朗聲道：「是我，東生！」

過了一會兒，房門緩緩開啟，一個相貌清秀的少女從裡面打開了房門，輕聲道：「東生叔，您回來了。」

羅獵看到那少女現身不由得愣在原地，他怎麼都不會想到，這風雨園中住著的竟是從黃浦不辭而別的周曉蝶，瞎子為了周曉蝶從黃浦追到這裡，這些日子幾乎一有空就四處尋找，可始終沒有結果，想不到周曉蝶好端端地躲在這風雨園中。難怪葉青虹說周曉蝶的事和她無關，不過葉青虹又說周曉蝶是日本間諜，還說她根本就不是盲人。

羅獵對葉青虹的話始終是抱著懷疑態度的，人的感情是偽裝不出來的，周曉蝶失去父親時表現出的痛苦，她曾因此遷怒於顏天心，甚至想要趁著和顏天心住在一個帳篷的機會刺殺她，這些發生過的事都讓葉青虹的話站不住腳。

周曉蝶的雙目雖然生得很美，但是毫無光澤，她微笑道：「東生叔，您快進來……」說完她又意識到了某些異常的地方，輕聲道：「是不是還有人？」

羅獵道：「你好！」

周曉蝶雖然雙目看不到，可正因為此，她不會被羅獵的偽裝騙到，單從他的聲音就已判斷出他的身分：「羅大哥！」

羅獵心中暗歎，自己果然不是一個合格的偽裝者，東生和周曉蝶都識破了他的本來面目。

羅獵走入風雨園，發現這四合院雖稱不上豪華，可是乾淨整潔，周曉蝶請他們去西邊的茶室坐了，東生主動去倒茶。

羅獵心中大致整理出這件事的脈絡，周曉蝶是蕭天行的女兒，東生卻是劉同嗣的管家，兩人同時出現在這裡的最大可能就是東生一直都是蕭天行的人，是他埋伏在劉同嗣身邊的一顆棋子。

周曉蝶顯得有些侷促不安，十指糾纏在一起，過了一會兒方才道：「你們還好吧？」

羅獵笑道：「大家都很好，安翟也很好，他也來了北平，一直都在找你。」

周曉蝶咬了咬櫻唇道：「對不起，我不該一聲不吭離去，讓你們為我擔心。」

東生將倒好的一杯茶放在羅獵面前，被羅獵射傷的右手已裹上了白紗，還好沒有傷到筋骨。東生在羅獵左側坐下，雙手捧起茶杯喝了一口道：「大當家對我有恩，一直以來我都奉命在劉同嗣身邊做事，負責為大當家盯著這隻老狐狸。」

羅獵點了點頭，他對東生忽然生出好感，無論雙方立場如何，東生此人都稱得上一個真正的忠義之士。

周曉蝶對東生充滿感恩之情，她和安翟離開白山前往黃浦之後，穆三爺的確為人不錯，還幫忙介紹了醫生給她看眼睛，不過一個無意的機會，她發現穆三爺已經知道了自己的真實身分，周曉蝶因此而害怕，還好她記得父親曾經的交代，若是有一天遇到麻煩，可以去找東生。

於是周曉蝶方才聯絡了東生，東生得到她的下落之後第一時間趕到了黃浦，悄然將她從黃浦帶走，不過仍然留下了蛛絲馬跡。

說完別後經歷，周曉蝶歎了口氣道：「羅大哥，我不是信不過你們，只是我信不過穆三爺，他是瑞親王的朋友。」

羅獵知道她的顧慮，安慰她道：「你放心，你的事我暫時不會向任何人提起，不過……」他想到了瞎子，雖然這貨平時表現得沒心沒肺，可是作為他最好的朋友，羅獵卻知道他對周曉蝶應該是動了真情。

周曉蝶雖然看不到，可是她為人卻是冰雪聰明，從羅獵欲說還休的語氣中已經聽懂了他的意思，小聲道：「合適的時候，我會和安翟哥見面。」

第四章

風雨園的怪人

羅獵幾乎斷定，今晚出現在風雨園的怪人就是方克文，
雖然他沒有能夠揭開方克文的臉譜，
可是想起方克文那天向自己展示的鱗片，心中明白，
方克文這段時間身體一定發生了迅速的變化，
或許鱗片已經長滿全身，他才能夠不懼子彈的射擊。

羅獵笑道：「他是個急性子，最近瘦了不少，如果方便我可以帶他過來。」

周曉蝶還未回答，東生道：「羅先生，風雨園的事情我想你保密，這關乎小姐的安全，葉青虹不會放過她。」

東生提到葉青虹名字的時候，周曉蝶那雙白皙瘦削的雙手猛然攥緊了拳頭，內心中萌生出刻骨的仇恨，她同樣不會放過葉青虹。

她的這一舉動並沒有逃過羅獵的眼睛，羅獵心中明白，周曉蝶之所以離開黃浦的真正原因應當是她發現了穆三爺和葉青虹屬於同一陣營的秘密，她的父親蕭天行當年背叛了瑞親王奕勳，葉青虹為父報仇設計刺殺蕭天行，在她報仇的同時又成為了周曉蝶眼中的殺父仇人。

冤冤相報何時了，羅獵忽然意識到自己有必要將蕭天行死亡的真相說出來，並不是他想要維護葉青虹，而是他不想周曉蝶因誤會而滋生越來越深的仇恨。

羅獵道：「有件事我想你們有權知道，害死蕭大掌櫃的真正兇手是蘭喜妹。」

東生和周曉蝶都是一愣，羅獵這才將自己瞭解到的情況說了一遍。

周曉蝶聽完卻出奇的平靜，她輕聲道：「羅大哥，其實我早就想到了，您也不用擔心我會報仇，冤冤相報何時了的道理我是懂得的。」她從頸上取下一樣東西，放在了茶几之上。

羅獵定睛望去，卻見那掛件通體潔白溫潤如玉，呈圓錐形狀，周邊佈滿螺紋，上方還刻有字跡，正是那枚硨磲七寶避風符。此前羅獵曾經從蕭天行那裡得到過一枚同樣的避風符，也通過陸威霖轉交給了葉青虹，可葉青虹卻說那枚避風符是假的。從外表上看，兩枚避風塔符幾乎一模一樣，可是如果仔細看就會發現其中的不同，眼前的這枚避風塔符之上有一條若隱若現的紅色細線，這應當就是葉青虹口中的血線。

羅獵判斷出這枚避風塔符才是真的，內心中暗自欣喜，可並沒有流露出半分的喜色。

周曉蝶道：「你們此前潛入凌天堡為的就是這枚避風塔符，其實真正的塔符，我爹早就送給了我。這枚塔符，你拿去吧。」

羅獵有些不能相信自己的耳朵，周曉蝶居然將這麼重要的東西如此輕易地送給了自己？天下沒有免費的午餐，羅獵並不相信周曉蝶會對自己感恩，畢竟她已經搞清己方一群人潛入凌天堡的真相，如果她不因此仇視他們，將父親的死歸咎到他們身上，羅獵已經非常慶幸，絕不奢望她能夠以德報怨。

周曉蝶道：「我也想請您幫我做一件事。」

羅獵點了點頭。

周曉蝶道：「我父親當年在綺春園下埋了一些東西，希望你能將那些拿走的東西物歸原主。」停頓了一下又補充道：「鄭千川當上寨主之後，對我父親的舊部無情迫害，意圖趕盡殺絕，我急需這筆錢安置他們，而且……聽醫生說，我的眼睛可能治好，所以……」

羅獵看了看那枚七寶避風塔符，又看了看周曉蝶無神的雙目。幾乎在瞬間就做出了決定，他拿起七寶避風塔符道：「成交！」

黃金對羅獵並沒有任何意義，藏在辟邪木雕中的黃金雖然是一筆可觀的財富，可並沒有什麼特殊的價值。這枚七寶避風符卻是羅獵此前答應葉青虹的，現在終於找到了真品，對葉青虹也算是一個圓滿的交代。雖然現在聯繫不上葉青虹，相信就算葉青虹在，她也會做出同樣的選擇。

羅獵和周曉蝶達成了協定，此事他並未對其他幾人說明，畢竟瞎子若是知道周曉蝶的下落，很可能會引起不必要的麻煩，周曉蝶也答應在這件事解決之後，會安排時間和瞎子見上一面，也好讓他放下心來。

當日夜晚，羅獵、張長弓兩人將那兩具雕像送回原處，東生親自帶人將雕像取走，羅獵言而有信，雕像內的黃金一兩不少，如數奉還。

阿諾和瞎子自然有些依依不捨，別的不說，單單是這兩具雕像中的黃金就夠他一輩子吃喝不愁了，不過他們還是選擇尊重羅獵的意見。

對羅獵而言，這些雕像中的黃金只是意外發現，他原本無意據為己有。葉青虹的本意是讓他們在此吸引弘親王現身，周曉蝶並不是她的目標，儘快了結這件事情，也是為了避免影響到他們的任務。周曉蝶的身邊絕不止東生一個幫手，如果他們拒絕歸還這些黃金，恐怕東生一方也不會善罷甘休。

羅獵和張長弓兩人歸還那些雕像之後，返回正覺寺，看到只有鐵娃一個人在，羅獵有些詫異道：「他們兩個呢？」畢竟那兩個活寶剛才還在。

鐵娃道：「他們說整天待在這裡悶得慌，出去轉轉，對了，他們把車開走了。」

羅獵和張長弓對望了一眼，總覺得這兩人走得不是時候。羅獵對這倆貨的脾性還是瞭解的，知道他們在歸還黃金這件事上有些不情不願，保不齊背著自己幹出什麼混帳事來。

張長弓從羅獵的目光看出他在擔心什麼，低聲道：「咱們去看看。」

羅獵並沒有猜錯，瞎子和阿諾兩人心有不甘，尤其是阿諾，這貨最近流年不利，逢賭必輸，原本以為憑空撿到了那麼多金元寶，正琢磨著大家怎麼分，可還沒等他提出來呢，羅獵就把東西全都還了回去。

瞎子本來沒什麼興趣，可架不住阿諾慫恿，再加上羅獵在這件事上遮遮掩掩，始終沒說將黃金還給誰，也勾起了瞎子的好奇心，於是這倆貨一合計，就悄悄跟蹤了東生一行。

葉青虹將汽車留給他們使用，這也給他們的跟蹤提供了便利，阿諾驅車遠遠跟在東生那群人的後方，對方這次一共動用了兩輛車，九個人，阿諾也不敢靠得太近。

尾隨對方開了五公里左右，進入了一片貨場區域，兩旁並無路燈，到處黑漆漆一片，瞎子目力強勁，看到對方駛入了一座貨倉模樣的建築。

阿諾將車停在路旁，兩人步行約二百米來到貨倉的圍牆外，瞎子看了看高高的圍牆，本想讓阿諾蹲下，自己踩著他的肩膀上去看看，可又想起當初在凌天堡的時候因為遭遇狼犬，阿諾捨棄自己逃命的情景。伸手指了指阿諾的大鼻子，阿諾馬上就明白他的意思，向他敬了個軍禮，然後拍了拍胸脯，表示自己這次絕不會捨他而去，老老實實蹲了下去。

瞎子搖了搖頭，其實也沒其他選擇，畢竟阿諾沒有他這樣的夜視能力。

阿諾等瞎子踩上自己的肩膀方才意識到這貨最近因為貪吃貪喝體重又增加了

不少，心中暗自叫苦，強撐著站起了身子，瞎子的雙手趴在了牆頭上，小心翼翼將腦袋探了出去，一雙小眼睛望著院子裡的情景。

卻見東生正指揮手下打開倉庫大門，大門剛剛拉開，陡然從裡面飛出數道寒星，卻是一支支鐵蒺藜，門外眾人猝不及防被鐵蒺藜射中，有三人當場斃命。

事發倉促，東生一方慌忙掏出武器瞄準大門。

鐵門內一道黑影倏然衝出，一時間槍聲大作，子彈紛紛瞄準黑影施射，可是並沒有一發子彈成功射中那黑影。

黑影猶如鬼魅，躲過射來的子彈，倏然出現在一名壯漢的面前，手中太刀在夜色中閃過一道寒光，竟然將那名男子攔腰斬成兩段，旋即反手一刀，刀鋒刺入身後一人的心口，穿透那人身軀，用力一拔，刀身自對方體內抽出，隨之殷紅色的鮮血在月下如同煙花般噴射出來。

東生看到多名手下接連被殺，他慌忙舉槍瞄準黑影射擊，槍聲剛響，那黑衣人原地化成一團黑霧，黑霧散去，黑衣人竟然消失不見。

瞎子趴在院牆之上看得目瞪口呆，那黑衣人一身的忍者裝扮，出手狠辣，動作迅捷，轉瞬之間已經格殺五人。瞎子用力眨了眨眼睛，發現那黑衣忍者突然又在東生身後現形，他嚇得差點叫出聲來，慌忙捂住自己的嘴巴，生怕自己不受控制發出聲息。

東生及時反應了過來，反手一槍，子彈射向身後，那忍者反應的速度實在驚人，手中太刀一橫，竟然用明如秋水的刀身擋住了射向他的子彈，子彈撞擊刀身發出刺耳的鳴響，彈頭與精鋼撞擊出絢爛的火星。

忍者用刀身擋住子彈，東生應變速度也是一流，轉身槍口指向忍者的面門，準備扣下扳機之時，忍者已先下手為強，刷的一刀將東生握槍的右手齊腕斬斷，鮮血從斷裂的手腕噴射出來，斷手握著手槍掉落在地上。

忍者雙手擎刀，一刀從東生的頭頂劈落，將東生活生生劈成兩半。

東生的那幾名手下看到眼前情景被嚇得魂飛魄散，他們雖有手槍在身，可是那忍者的戰鬥力已經達到變態的地步，呼嘯射出的子彈甚至都沾不到他的衣角，他們慌忙四處逃竄。

黑衣忍者動如脫兔，在短時間內已經以驚人的速度追趕眾人，手中太刀來回砍殺，轉眼間包括東生在內的九人已經全部被擊殺當場。

瞎子看到那黑衣忍者殺人如草芥，出刀必然奪命，已經被嚇得心底發顫，他不敢發出任何聲息，悄悄從阿諾身上爬了下去，壓低聲音道：「走，快走！」

阿諾雖然沒看到裡面究竟發生了什麼，可是也聽到院落之中慘呼聲不斷，看到瞎子如此惶恐的神情，心中也猜到不妙，等瞎子雙足落地，一聲不吭，兩人拔腿就逃。

瞎子逃出一段距離，終究有些不放心，轉身望去，卻見一道黑影已經無聲無息出現在他們身後不到十米處，瞎子不由得大叫道：「金毛，快去開車！」然後他從腰間掏出一顆手雷照著那忍者就扔了過去。

瞎子在生死關頭還是表現出相當的鎮定，首先讓阿諾快逃，然後扔出手雷，試圖阻止忍者的追擊。

自從蒼白山的那場生死搏戰之後，瞎子已經有了隨身攜帶手雷的習慣，他在槍法上沒多少天份，可是勝在力大，投擲方面有優勢，而且手雷爆炸威力大，殺傷範圍廣，正符合瞎子這種粗線條的性格。

瞎子沒指望這顆手雷能把黑衣忍者炸死，畢竟剛才親眼目睹了他連殺九人的變態表現。只希望能夠將這名忍者炸傷，又或是能阻擋他追擊的腳步就已足夠。

黑衣忍者宛如一頭黑色獵豹奔行在夜色之中，右臂傾斜張開，手中太刀呈四十五度角指向地面，瞎子向他投出手雷之後，黑衣忍者並沒有減慢奔跑的速度，揚起太刀，以刀身準確無誤地拍擊在迎面飛來的手雷上，手雷被他像打棒球一般擊了出去，飛向左側，於飛行中途爆炸開來，蓬的一聲巨響，光芒四射。

阿諾已經來到了車前，氣喘吁吁地拉開車門。他本想上車，可是回頭望去，卻見瞎子仍然沒命向自己這邊逃著，那黑衣忍者距離瞎子只剩下兩米不到的距離，明如秋水的太刀緩緩揚起。

阿諾抿了抿嘴唇，放棄了上車，舉起手槍瞄準那黑衣忍者接連射擊，手槍內的六顆子彈全部打完，卻無一擊中忍者的身體。

忍者向前跨出一個箭步，然後身體騰躍而起，雙手高舉太刀，居高臨下以泰山壓頂之勢向瞎子的頭頂劈去，這一刀勢要將瞎子從中劈成兩半。

瞎子雖然感到死亡就要來臨，卻不敢回頭去看，他所能做的就是竭力奔跑，生死關頭卻未忘記他的隊友，大吼道：「金毛，你個傻逼，快逃啊，別管我……」

阿諾的眼睛已經紅了，他怒吼道：「我殺了你！」子彈上膛，不顧一切地向瞎子衝去，**人只有在面臨生死抉擇的時候才會發現友情的真正份量**，瞎子選擇讓阿諾先走的時候不僅僅是因為他奔跑的速度太慢，他甚至沒考慮太多，出自本能地將危險承擔了下來，將生的機會留給了朋友。

而阿諾本有機會上車逃離，可是他在來到車邊時卻意識到自己如果就這樣對瞎子不顧而去，即便能夠僥倖活下來，那麼他以後的人生都將在內疚中度過。

瞎子的頸後已經感覺到了一股寒意，忍者的太刀已經落下。

瞎子聽到利刃破空的聲音，似乎如同鳴笛般的嘯響。瞎子看不到頭頂的變化，黑衣忍者的瞳孔卻驟然收縮了，因為在他做出劈斬動作的同時，一支黑色羽箭從正前方追風逐電般射向他的胸口。

瞎子剛才聽到鳴笛般的嘯響其實來自於這支羽箭，鏃尖在高速的奔行中和空氣摩擦出尖銳的嘯響，羽箭因構造的不同可以發出嘯響，也可以將這種聲響減到最低。

射箭人之所以選擇響箭是要提前吸引對手的注意力，面對如此霸道的一箭，忍者不得不放棄對眼前目標的斬殺，他雙手舉刀，本想以力劈華山的招式將瞎子劈成兩半，可這樣的招式也將他的胸前要害盡數暴露。

身在空中，太刀化劈為擋。忍者故技重施，他可以用太刀擋住近距離射來的子彈，又何懼一支從遠方射來的羽箭。

鏃尖撞擊在刀身之上，發出奪的一聲震響，金屬的撞擊，迸射出大片絢爛的火星，火星尚未完全消退，又一支羽箭已經無聲無息地射到面前。

兩次攻擊接踵而至，對方對時機的把握相當準確，忍者揮刀擋住第一支羽箭就在他的意料之中，羽箭撞擊刀身迸射出的火星多少干擾到忍者的視覺，第二支羽箭就選擇了這個巧妙的時機。

忍者因火星干擾了視線，可是他的第六感卻已意識到了危險的來臨，左手短刀向來箭斬去，身軀筆直落下，忍者雖然成功擋住了這兩支羽箭，可是手臂卻被震得發麻，他將短刀入鞘，雙手握住太刀，警惕望著前方。

在汽車的車頂，一個魁梧的身影傲然而立，手中長弓弓弦繃緊，箭扣弦上，蓄勢待發，正是張長弓及時趕到。

忍者從剛才的兩箭已經領教到了張長弓深厚的實力，他不敢掉以輕心，甚至已經顧不上追殺近在咫尺的瞎子和阿諾。

他同時也感覺到一股來自於背後的殺機，雖不強烈，卻如同一張無形的大網，將他的後方和左右封住，讓他從心底突然生出一種無可逃遁的感覺。甚至他產生了一種後方來者實力絕不遜色於正面對手的想法。

羅獵雙手各持一柄飛刀，眼前的忍者武功高強，居然可以身在半空中連擋張長弓兩箭。雖然如此，羅獵相信自己和張長弓聯手仍有取勝的把握，但他卻不敢輕舉妄動，瞎子和阿諾兩人尚未脫離危險，如果忍者不惜一切格殺他們，最終的結局可能是兩敗俱傷。

張長弓也意識到了這個問題，所以在救下瞎子之後，他並未急於射箭，假如無法將這忍者一擊斃命，後果將不堪設想。

忍者看出了對方的忌憚，雖然自己腹背受敵，可是對方也投鼠忌器。

身後傳來羅獵不緊不慢的聲音道：「你走吧！」

忍者背部的肌肉緊張了起來，他擔心這會是一個圈套，對方哄騙自己放鬆警惕，然後發動突然襲擊。

羅獵看到忍者沒有任何動作，就知道他並不相信自己的話，向瞎子道：「瞎子，你們先走。」

瞎子點了點頭，他和阿諾一起匆匆向汽車的方向走去。

忍者緊握太刀，內心猶豫之極，瞎子和阿諾兩人是他最大的籌碼，只要兩人逃離了自己的攻擊範圍，對方就不會再有任何忌憚，不過他不敢貿然出擊，沒有人不怕死，他也是一樣。

羅獵算準了忍者的心理，他輕聲道：「走吧，趁我沒有改變主意之前。」

那忍者一聲不吭大步向張長弓的方向走去，自始至終都未敢回頭。

望著那忍者的身影消失在夜色之中，阿諾有些惋惜道：「不該放了他。」

張長弓瞪了他一眼，他和羅獵都是守信之人，既然說過讓忍者離去，就要讓他走，大丈夫一諾千金，更何況剛才的狀況下，他們為了保證瞎子和阿諾兩人安然無恙也只能這樣做。

瞎子也跟著瞪了阿諾一眼道：「都是你，我說不來吧，你非要跟來。」

阿諾嘴巴張得老大，這貨實在是太不夠意思了，剛才決定跟蹤東生這群人可是他們兩人一致的想法，現在居然全都賴到了自己身上。

羅獵一言不發拉開車門，坐上駕駛座馬上啟動了汽車。

瞎子和阿諾都知道理虧，兩人選擇到後座坐下。

張長弓在羅獵身邊坐下後問道：「去哪裡？」

羅獵表情嚴峻道：「風雨園。」

東生這群人的慘死讓羅獵不由得為周曉蝶的處境擔心，他要儘快趕到風雨園確定周曉蝶是否安全。

車行途中，阿諾有些不甘心地說了一句：「金子還沒來得及帶走。」

瞎子也很惋惜，可他知道羅獵的脾氣，決定的事情往往很難更改，尤其是今晚，總感覺羅獵的情緒有些不對，似乎有天大的事情發生。

面對突然闖入的不速之客，周曉蝶表現得出奇冷靜：「你們是誰？找我做什麼？」她看不到對方的樣子，心中卻已經明白，東生今晚的行動可能出事了。她首先想到的是羅獵，東生今晚出門是為了和羅獵交易，知道她住在這裡的人只有羅獵，難道是羅獵出爾反爾，出賣了他們？

一個熟悉的聲音在耳邊響起：「大小姐別來無恙！」

周曉蝶聽到蘭喜妹的聲音，血海深仇頓時湧上心頭，素來沉穩的她竟突然失去了理智，她不顧一切地向蘭喜妹衝去。

身穿黑色皮衣的蘭喜妹揚起手來，狠狠給了周曉蝶一記耳光，將她打得失去平衡撲倒在了地上。望著唇角流血的周曉蝶，蘭喜妹露出一絲會心的笑意，她擺了擺手，身邊的兩名黑衣男子走過去，將周曉蝶從地上架了起來。

蘭喜妹道：「你也算有些本事，居然能從凌天堡逃出來。」

周曉蝶向蘭喜妹的方向啐去，蘭喜妹閃身躲過，上前一把抓住了周曉蝶的頭髮，怒道：「你最好給我放老實點，你爹死了，沒人再罩著你！」

周曉蝶字字泣血道：「蘭喜妹，你害死了我爹，我要為他報仇！」

蘭喜妹咯咯笑道：「報仇？就憑你？我殺的人多了，也不差多你一個。」

「放開她！」

蘭喜妹心中一怔，她並未覺察有人悄聲無息地進入了院子裡，回身望去，卻見院落之中站著一個人，那人臉上戴著一張可笑的京劇臉譜，身上穿著一件灰色長袍，靜靜站在月光中，如果他不出聲，都不知道他何時出現。

蘭喜妹暗自奇怪，她一共帶來了八名手下，除了跟隨自己進來的兩個，外面還有六人駐守，怎麼會這麼疏忽，居然放這個人進來？蘭喜妹旋即又否定了這個可能，今晚參與行動的手下全都訓練有素，不會犯這樣的錯誤，除非對方以迅雷不及掩耳之勢將自己的六名手下全都控制住。

蘭喜妹迅速從腰間拔出手槍，兩柄鍍金勃朗寧手槍瞄準對方接連施射。密集的子彈傾瀉在那名戴著臉譜男子的身上，子彈射穿了他的長衫，擊中了他的身體，可是那男子竟沒有倒下，他的周身發出叮叮噹噹的聲音，這絕不是子彈射入肉體應有的聲音。

子彈的衝擊力讓男子的身軀不停踉蹌，他雙手交叉遮住面孔，迎頭前進，任憑子彈射擊在他的身上。

蘭喜妹從未見過如此詭異的場面，彈夾內的子彈發射完畢，卻仍然沒有將對方擊倒。她曾經不止一次聽說過刀槍不入的傳說，可今天卻第一次見到。蘭喜妹猜測對方應當是身穿了避彈鐵甲之類的東西。

那怪人仍然不緊不慢地向他們靠近，蘭喜妹內心有些惶恐了，她轉身抓住周曉蝶的頭髮，將她拖了過來，重新裝填彈夾的手槍頂住周曉蝶的下頷，怒喝道：「站住，你給我站住，不然我一槍崩了她！」

怪人發出一聲桀桀怪笑，仍然繼續前進，他似乎並不在意周曉蝶的死活。

蘭喜妹真正有些害怕了，她使了個眼色，兩名手下同時舉起衝鋒槍，瞄準怪人的身體掃射，兩條子彈組成的密集火線向怪人展開射擊之時，怪人雙腳一頓，然後以驚人的彈跳力騰躍到五米的高度。

子彈接二連三地射擊在他的身上，發出叮叮噹噹的撞擊聲，火星四處飛濺，他的長衫被打出不少破洞，破洞之中露出烏青色的金屬鱗片，在月光的映射下發出深沉的反光。

怪人以驚人的速度俯衝下來，揚起雙手，確切地說應該稱之為雙爪，這是一雙佈滿烏青色細小鱗片的利爪，五指部分尖銳的黑色指甲長達一寸，雙爪分別插入一名對手的頭頂，噗的一聲，利爪毫無阻滯地深入兩人的顱腦。

蘭喜妹嚇得魂飛魄散，她將周曉蝶猛然向那怪人推去，沒命向門外逃去。

怪人將沾滿鮮血的雙爪從死者顱腦中拔出，閃身避開迎面撞來的周曉蝶，眼睜睜看著周曉蝶重重摔倒在地上，表情漠然，沒有流露出絲毫的憐憫。

蘭喜妹此時已經逃出大門。

怪人的雙目寒光迸射，他大踏步向蘭喜妹追去，來到院門前，甚至懶得伸手去將院門拉開，而是直撞上去，兩扇院門被他撞得粉碎，木屑四處紛飛。

怪人方才衝出院門，迎面一刀向他面孔直刺而來。卻是一名黑衣忍者及時趕到，讓過蘭喜妹，一刀直刺怪人的眉心。

怪人右手伸出，竟然要空手奪刀。

忍者對自己的太刀充滿信心，這一刀縱然無法刺中對方面龐，也能夠趁機將對方的手掌削斷，當他看清對方佈滿鱗片的雙爪，心中頓時覺得不妥。

太刀已經落入怪人右手的執掌之中，鋒利的刀刃在對方的掌心繼續滑行，削鐵如泥的太刀卻沒有如忍者期望般將對方的手掌斬斷，刺耳的摩擦聲不停響起，在對方的大力握持之下，太刀的行進速度迅速減緩下來，怪人右臂用力，太刀在兩人的共同作用力之下，彎成了弧形。

忍者左臂伸出，從他的袖口中接連射出數支袖箭，袖箭連續射擊在怪人的小腹，叮叮咚咚的聲音不絕於耳，近距離的射擊卻無法傷及對方分毫。

啪！堅韌的太刀終於承受不住彎曲的壓力，從中折斷，怪人握住半截殘端，向忍者腹部劃去。

忍者不及閃避，腹部皮肉被劃開了一大片，幸虧及時收腹，不然絕對躲不過被對方切腹的下場。忍者身形一變，棄去半截太刀，身軀急退。

怪人卻沒有就此放過他的意思，左爪前伸，手臂在短時間內似乎伸長了一尺，抓住忍者的右肩，利爪用力硬生生將忍者的整條右臂從肩膀撕了下來，劇痛讓忍者發出一聲悶哼，他強忍疼痛向地上扔出一顆彈丸，蓬！彈丸撞擊地面升騰出一團白煙，白煙散去，忍者的身影已經不見。

怪人吸了吸鼻子，試圖尋找忍者藏匿位置的時候。一輛黑色轎車以驚人的速度從右側向他撞來，怪人不及閃避，被撞得飛了出去，身體撞在後方院牆之上。

駕車人正是蘭喜妹，一擊得手，她尖叫著踩下油門，不等怪人從地上爬起，車頭再次撞擊在怪人身上，這次撞擊直接將院牆撞塌，一時間煙塵瀰漫，看不到怪人的身體，應當是被掩埋在院牆廢墟下方了。

蘭喜妹也被這次撞擊震得頭昏腦脹，等頭腦清醒了一些，她掛入倒檔，將汽車後退，可就在這時，一條手臂突然出現在因撞擊變形的引擎蓋上，尖銳的五指插入引擎蓋內，那張慘白的京劇臉譜再度出現在蘭喜妹的視野中。

蘭喜妹毫不猶豫地掏出手槍，透過擋風玻璃瞄準了對方的面孔，憤怒的子彈擊穿車窗射向對方的頭顱。

怪人在蘭喜妹舉槍的剎那已做出了反應，他右臂用力一拉，身體騰空飛起，在子彈射向自己之前，凌空飛到了汽車的頂部，一雙利爪死死扣住車頂。

蘭喜妹一手掌握方向盤，右手調轉槍口瞄準車頂不停射擊，因為看不清上方的目標，命中對方要害的可能性極小，她所能做的只能是用密集的火力壓制住對方的攻擊。

前臉已經撞得變形的汽車在路面上瘋狂行進，時而加速，時而剎車，意圖用慣性將這怪人從車頂摔下去，然而她並未能如意。

怪人右手牢牢抓住汽車頂棚，他的左臂忽然探伸出去，擊穿了駕駛室的側窗，利爪向蘭喜妹的面孔抓去。

蘭喜妹嬌嫩的肌膚多處已經被玻璃的碎屑劃破，利爪襲來，情急之中她放開了方向盤，失去控制的汽車歪歪斜斜向前方橋面衝去。

前方道路之上也有一輛汽車迎面駛來，卻是剛從倉庫那邊趕來風雨園的羅獵幾人，瞎子雖然坐在後排，可是他仍是最先發現前方狀況的一個，大叫道：「我靠，有車撞過來了！」

羅獵看到一輛高速行進的汽車向他們直衝而來，也嚇了一跳，急打方向盤，汽車險些衝出橋面，方才躲過對方車輛的撞擊。

那輛失去控制的汽車緊貼著他們的車尾撞在石橋護欄之上，撞斷了橋樑的欄杆，逕自栽入小河之中。

那怪人在汽車撞上欄杆之前，身軀自車頂騰躍而起，穩穩落在羅獵他們那輛車的引擎蓋上。羅獵慌忙將汽車切入倒檔，倒車途中猛一甩頭，試圖將那怪人從車上甩下。

那怪人識破羅獵的意圖，揚起尖銳的右爪，全力向駕駛艙內抓去，前擋風玻璃被他擊得粉碎。

車內空間過於侷促，張長弓無法施展他百步穿楊的箭法，不過他還有駁殼槍，幾乎在怪人擊穿擋風玻璃的同時，他瞄準怪人的胸口連番射擊，子彈撞擊在怪人的胸前，撞擊的火星四射，怪人的身體因數彈的衝擊力而後仰，不過並未給他造成任何致命的打擊。

羅獵控制汽車的同時，目光和怪人隱藏在臉譜後的雙目相遇，羅獵頓時聯想到了什麼，雙目中充滿了詫異。

怪人看清車內人之後，突然騰躍而起，雙足在車頂重重一頓，然後再度騰飛而起，落地已經在汽車後方十米開外，瞎子和阿諾兩人從後窗看得真切，卻見那怪人縱跳騰躍，轉瞬之間已經消失在遠方的街巷之中。

羅獵將汽車停下，四人推門下車，汽車經過那怪人的一番摧殘，已面目全非，不但擋風玻璃完全破碎，車頂塌陷。阿諾仍然沒有從剛才一幕的震撼中恢復過來，愕然道：「MY GOD，狼人？我看到了一隻狼人？我不是喝多了吧？」

其餘人除了羅獵之外，都不知西方狼人的傳說。

瞎子愕然道：「什麼鬼？」

張長弓來到被撞爛的護欄旁邊，向下望去，卻見剛才墜入小河的汽車，已經就要沒頂，張長弓道：「壞了，車內可能還有人。」

阿諾和瞎子對望了一眼，瞎子搖了搖頭道：「你別看我，我水性不行。」

羅獵此時已經將外衣和鞋子脫掉，向張長弓道：「你們先去風雨園看看，我下去救人。」說完他毫不猶豫地跳了下去。

張長弓讓阿諾原地等著，他和瞎子一起先去風雨園。

風雨園前，橫七豎八地躺著六具屍體，死狀慘不忍睹，他們的身體佈滿抓痕，宛如被野獸撕裂，六具屍體都沒有一具完整的全屍。張長弓打獵這麼多年，見過形形色色的野獸，可是從未見過如此凶殘的行徑。

瞎子看到遍地的血腥，不由得心驚膽戰，偏偏他在晚上看得格外清楚，一眼就看到了屍體的細節，所以感官上的衝擊力比起張長弓還要大上許多。瞎子向張長弓道：「都死了，不可能有活人了……」

張長弓卻堅持向風雨園走去，瞎子看到他決定進入風雨園一探究竟，只能硬著頭皮跟在他身後。

兩人一前一後走入風雨園破裂的大門，卻見院內也躺著四個人，最先看到的那人竟是剛才在貨倉對東生等人大開殺戒的忍者，現在他的右臂被齊肩撕掉，身下流淌了一大灘鮮血，看他的樣子十有八九應當是死了。不遠處還躺著一個女子，瞎子眼神超強，一眼就看出那女子的身形有些熟悉，他三步並作兩步，來到那女子身邊，張長弓提醒道：「小心有詐。」

瞎子輕輕搬過那女子的身軀，月光如水照在那女子慘白的面容之上，瞎子萬萬沒有想到這女子竟是他一直以來苦苦尋找的周曉蝶。

張長弓也認出了周曉蝶，方明白為何羅獵在貨倉出事後要匆匆趕來風雨園。

瞎子以為周曉蝶已經死了，整個人頓時崩潰，抱住周曉蝶的身軀，當著張長弓的面，哇的一聲大哭了起來：「小蝶……小蝶……」

張長弓首先排除了風雨園內還有埋伏的可能，再看那兩名男子已經死了，兩人的死狀幾乎一模一樣，都是頭頂被插出五個血洞，聯想起剛才那怪人的手爪，張長弓判斷出，這兩人是被那怪人活生生用手爪插死的，此等殺傷力何其駭人。

瞎子的大淚珠子啪嗒啪嗒落在周曉蝶臉上，忽然聽到懷中人痛苦道：「你……抱得我就快喘不過氣來了……」

瞎子聽到周曉蝶突然說話，自然是驚喜非常，意識到自己緊緊抱著周曉蝶不放，實在失禮，慌忙鬆開雙手，這一鬆手，周曉蝶失去依靠，身軀重重倒了下去，腦袋撞在地上，還好是黃土地，饒是如此，也被撞得昏昏沉沉。

瞎子手足無措，也不知道自己應不應該伸手扶她，連連致歉道：「對不起，我……太高興了……我太高興了……」

張長弓一旁望著又哭又笑的瞎子，唇角露出一絲會心的笑意，他提醒道：「這裡絕非久留之地，咱們趕緊去和羅獵會合。」

雖是春天，河水仍冰冷徹骨，羅獵並沒花費太大功夫就找到了那正在下沉的汽車，他迅速潛游過去，拉開車門，借著透射到水下的月光，看到一個長髮飄飄的女子趴在方向盤上，羅獵將她從座椅上拖了出來，抱住她的身軀向水面游去。

羅獵抱著那女子來到河面，此時他方才看清那女子的樣貌，羅獵怎麼都沒有想到，自己救起的人竟然是蘭喜妹。

橋樑上多了兩輛轎車，原本在橋面守護羅獵的阿諾正被四支槍指著腦袋，羅獵暗叫不妙。

其中一人命令道：「把人救上來！」

羅獵暗自歎了口氣，沒想到自己見義勇為的行為救起了蘭喜妹，到最後主動救人變成了被人脅迫。

懷中的蘭喜妹咳嗽了一聲，吐出一口冷水，然後醒了過來，她很快就搞清了狀況，羅獵抱著她來到河岸，馬上有兩名黑衣人將蘭喜妹接了過去，其中一人將自己的大衣為蘭喜妹披上。

蘭喜妹長髮濕淋淋披在肩頭，她望著羅獵，什麼都沒說，然後擺了擺手，示意手下人放下武器，上了轎車，迅速離開了這裡。

其實剛才的一幕被返回的張長弓和瞎子看到，兩人正準備設法救援的時候，卻看到那群人主動撤離，也鬆了一口氣，瞎子扶著周曉蝶來到羅獵身邊，低聲道：「什麼人？」

羅獵從阿諾手中接過自己的衣服，披在身上，又接過阿諾遞來的不銹鋼酒壺，擰開蓋灌了幾大口烈酒，沉聲道：「先離開這裡再說。」

羅獵幾乎能夠斷定，今晚出現在風雨園的怪人應當就是方克文，雖然他沒有能夠揭開方克文的臉譜，可是想起方克文那天向自己展示的鱗片，心中已經明白，方克文這段時間身體一定發生了迅速的變化，或許鱗片已經長滿全身，所以他才能夠不懼子彈的射擊。

方克文產生的這一切變化應當和他在九幽秘境的幽居經歷有關，離開九幽秘境，他的身體方才發生了這樣的變化。深入九幽秘境的每個人，身體都會發生或多或少的變化，這讓羅獵的內心籠上了一層揮抹不去的陰影。

羅獵決定暫時為方克文保守這個秘密，以方克文展現出的驚人實力，他今晚本有機會將自己殺死，可是在羅獵和他目光相接觸的剎那，羅獵認為方克文同樣認出了自己，所以他放棄了對自己和同伴的追殺，選擇逃離。

在羅獵救起蘭喜妹，也就是松雪涼子之後，他大致明白了這件事的起因，松雪涼子和她背後的日方組織，一定早就盯上了東生，在東生得到黃金之後，他們出手奪金，同時想要對周曉蝶不利，只是松雪涼子並未想到方克文的中途殺出。

羅獵疲憊地閉上了雙目，腦海中迴盪著方克文憤怒的聲音：「我要拿回屬於我的一切，我要讓所有背叛我，謀害過我的人付出十倍的代價！」在方家的變故中，松雪涼子顯然扮演了一個極不光彩的角色，方克文找上她復仇並不奇怪。

瞎子等周曉蝶入睡之後，來到客廳，這裡原本是正覺寺的三聖殿，因為此前佛像已被損毀一空，葉青虹將這裡買下，雖然只是打著改建的幌子，可表面功夫還是要做，在停工之前，三聖殿已經改建完成。

現在的三聖殿已成為三間寬敞明亮的廳堂，平日裡羅獵等人都是在這裡喝茶議事。

瞎子來到三聖殿發現羅獵仍未過來，好奇道：「羅獵呢？」

阿諾道：「洗澡更衣去了。」剛才羅獵跳入河水之中救人，搞得渾身濕透，回來的路上就噴嚏連天，因為擔心感冒，所以一回到正覺寺就忙著洗澡更衣了。

張長弓道：「周姑娘怎麼樣？」

瞎子道：「受了點驚嚇，剛才已經睡了，我讓鐵娃守著呢。」

直到現在阿諾仍然沒有從剛才那場驚心動魄的戰鬥中回過神來，歎了口氣道：「那怪物究竟是個什麼東西？」

「人！」羅獵的聲音在大門外響起，他剛洗完澡，換了一身乾爽的衣服走了進來，剛一進門又接連打了幾個噴嚏，顯然受涼了。

瞎子關切道：「你感冒了？」

羅獵用手帕擦了擦鼻子道：「不妨事。」

阿諾歎了口氣道：「照我說，根本就不該救那日本娘們，由著她淹死。」

張長弓瞪了阿諾一眼，顯然在嫌棄他的大嘴巴。

瞎子道：「羅獵也不知道是誰在車裡，救人一命勝造七級浮屠，當時那種狀況下救人有什麼不對？再說了，如果不是你被那幫日本人抓住，說不定羅獵就直接把蘭喜妹淹死在河裡了。」任何時候瞎子總是第一個站出來維護羅獵的那個。

羅獵笑了笑，接過張長弓遞給他的熱茶：「謝謝！」

瞎子又道：「你早就知道周曉蝶住在風雨園對不對？」

羅獵沒說話，在這件事上他的確有所隱瞞。

瞎子道：「為什麼不早點告訴我？」

羅獵喝了口茶道：「我也是今天上午見到的周曉蝶。」他將事情的原委從頭到尾說了一遍。

阿諾聽完道：「如此說來，這個周曉蝶也很不簡單。」

一句話惹到了瞎子，瞎子惡狠狠瞪了阿諾一眼，在他心中，周曉蝶是這個世界上最單純最善良的女孩子，容不得任何人詆毀。

張長弓不解道：「那些日本人抓周曉蝶的目的，難道只是為了黃金嗎？」

羅獵打了個哈欠道：「累了，明天再談，千頭萬緒，實在是想得頭疼。」

瞎子和阿諾離去之後，羅獵卻沒有急著離開，張長弓雖然不識字，可是閱歷豐富，從剛才羅獵的表現就知道，他並不想當著瞎子的面談論周曉蝶的問題。

張長弓道：「阿諾沒說錯。」他所指的就是阿諾說周曉蝶不簡單這件事。

羅獵將從周曉蝶那裡得到的磗礫七寶避風塔符出示給張長弓，張長弓已聽羅獵說過此前得到的是假的避風符之事，接過看了看，低聲道：「真的？」

羅獵點了點頭道：「其實蕭天行早就將真的避風符送給了他的寶貝女兒。」

張長弓猜測道：「你說松雪涼子他們抓周曉蝶是不是為了這枚避風塔符？」

羅獵搖搖頭道：「應該不是，不過，他們一定想從周曉蝶身上得到什麼。」

張長弓壓低聲音道：「咱們將周曉蝶救過來，豈不是惹了一個大麻煩？」

羅獵道：「有些麻煩是躲不過的，就算不去招惹，它也會主動找上門。」

張長弓點了點頭道：「不惹事，可也不怕事。」

羅獵會心一笑。

張長弓又道：「葉青虹有沒有消息？」

羅獵搖了搖頭道：「自從她將這邊的事情交給了我，就人間蒸發了，我也納悶，她居然這麼沉得住氣。」

張長弓道：「該不是遇到了什麼麻煩？」

羅獵心中一動，其實他此前也曾經這樣想過，只是後來又想到葉青虹背後的勢力和心機，按理說她這種人即便是遇到了麻煩也有能力逢凶化吉，可張長弓也這樣說，讓羅獵難免多想，他心中暗忖，興許應該跟穆三爺聯絡一下了。

是夜，羅獵依然徹夜難眠，而且因為受涼感冒的緣故，頭疼欲裂，第二天一早，他就去了火神廟的回春堂。

吳傑大清早沒什麼生意，正趴在桌上哈欠連天，聽到羅獵來了，笑了笑道：「我正想找你呢。」

羅獵跟著他回到小屋內，輕車熟路地來到小床上躺下，歎了口氣道：「吳大哥，我昨晚一整夜都沒睡，又受了點涼，此刻頭疼得很。」

吳傑道：「你先躺下，我幫你按摩。」

羅獵躺好了，吳傑一雙溫暖有力的手落在他的頭頂，手法嫺熟地為他按壓頭部，不一會兒，羅獵感覺到自己頭疼的症狀就減輕了許多。

吳傑道：「你還記不記得我跟你說過，推拿按摩雖然能夠幫你入眠，可是只能減輕症狀無法除根。」

羅獵道：「記得。」

吳傑道：「我遍查古方，終於發現了一個可能治癒你失眠症的法子。」

羅獵驚喜道：「真的？」

吳傑道：「我又怎會騙你？我跟你說過，心病還須心藥醫，人的心臟和通體的經脈是相通的，你之所以失眠，是因為心情淤滯，血氣沉積，經脈不通，日積月累，症狀自然越來越嚴重。」

羅獵在中醫方面的知識有限，不過聽吳傑所說似乎很有道理。

吳傑道：「解決的辦法就是打通經脈，讓心血暢通，血氣得以疏通之後，你的心情自然開朗，所有心病也就迎刃而解了。」

羅獵道：「卻不知如何打通經脈呢？」

吳傑道：「你應當學過武功吧？」

羅獵道：「倒是學了一點，都是些外門功夫。」

吳傑道：「你從未修行過內力？」

羅獵笑道：「說實話，我並不相信所謂內力的存在，從科學的觀點來看，武術，只是利用巧妙的發力方法，將體能有效地發揮出來。」

吳傑不屑道：「中華武學博大精深，不要以為在西洋讀了幾年書，就開口科學閉口科學，所謂科學也只不過是那些科學家在自己能夠認知能夠想像的領域推理證實罷了，有些事他們根本解釋不通。」

他忽然伸出手指在羅獵左耳後摁壓了一下，羅獵頓時感覺到整個身體如同墜入冰窟，凍得他幾乎連話都說不出來了，手足也變得麻木。

吳傑又在他頭頂點了一指，羅獵如釋重負，剛才的那種冰冷徹骨的感覺瞬間消失不見。可沒等他將這口氣鬆完，吳傑的右手又在他的頸部點了一下，仿若頸部的動脈被點燃，一股熱流沿著他的血脈迅速遊走，瞬間行遍他的全身，羅獵感覺自己周身都燃燒了起來，他有些惶恐地睜開雙目看看自己的身體，發現自己仍然好端端地，身體並沒有被火包圍。

吳傑又點了他一指，羅獵方才恢復了常態，不過這會兒功夫，一冷一熱，已經讓羅獵經歷了冰火兩重天，周身都是大汗，可這樣一來，他的感冒居然好了。

吳傑道：「別的不說，單是咱們的點穴功夫，你用科學來解釋給我聽聽。」

羅獵在心理學方面浸淫頗深，而且他還是一個高明的催眠師，知道如果巧妙暗示，讓對方的心裡產生共鳴，可以讓人產生進入冬天和夏日的幻覺，可是吳傑剛才並沒有對自己進行任何的暗示，確切地說根本沒有任何的前奏，全憑他一手精妙的點穴功夫，讓自己的身體狀態產生了冷熱交替的變化。

羅獵已經被吳傑精妙的點穴手法折服，感歎道：「我目光短淺，冒犯之處還望吳大哥不要見怪。」

吳傑道：「怪你做什麼？我只是闡述一個事實罷了，其實中華武學傳承數千年，包羅萬象，高深莫測，少林武當廣為人知，是因為他們門徒眾多，還有許許多多的功夫，因為門規森嚴，不為外人所知，更有一些獨門武功，因為門戶之見，又或是傳子不傳女的緣故，而導致失傳，從此消失於武林之中。」

他停頓了一下，又歎了口氣道：「時代在發展，文明在進步，可唯獨在武林這一塊，非但沒有進步，反而在倒退了。」

羅獵道：「此消彼長，武學或可能減弱，可是科技的發展足以彌補一切，過去沒有長槍短炮，只有高手方能以一當十，殺人於無形，而現在，只要一把手槍就可以成為一個所向披靡的高手。」

吳傑呵呵笑道：「你說的雖有道理，也不盡然，真正的高手完全可以做到躲避子彈。」

羅獵忽然想到了方克文，現在的方克文已經變成了一身鱗甲，刀槍不入的怪物，不知小桃紅母女見到他還會不會認得他？明明一家人費勁千辛萬苦方才團聚，可現在卻又變成了這樣的局面，這種生離死別的痛楚比起死亡更加難受。

吳傑敏銳察覺到了羅獵思想上的波動，提醒他不要胡思亂想，輕聲道：「我教你一個打坐練氣的方法，對你的失眠症應該有用。」

羅獵虛心求教。

吳傑先將打坐練氣的口訣交給了他，然後逐步分開講解，羅獵智慧出眾，在武學方面的悟性奇高，吳傑只講了一遍，他就基本掌握了要點。

整個上午羅獵都待在吳傑的回春堂，中午時候，吳傑讓他在房內繼續打坐，獨自出門去了。

羅獵按照吳傑交給他的打坐方法認真煉氣，他進境奇快，短時間內竟然能夠感覺到周身經脈之中似乎有氣息流動，羅獵暗自驚喜，他幼年時曾經受過傷，經脈受損，所以無法修煉內功，為此他也曾經向人請教過，得到的回覆都差不多，都說他身體存在缺陷，沒辦法修煉內力，聽得多了，羅獵甚至對內力產生了質疑，認為所謂內功只不過是武林人欺騙無知者的幌子。

吳傑教給羅獵的練氣方法等同於在他的面前開拓出一個全新的領域。

羅獵小心將這股內息運行三周之後，吳傑也從外面回來，他買了幾樣小菜。

羅獵舒了口氣，起身過來幫忙，感覺神清氣爽，周身充滿了力量，此前的疲憊和睏意也一掃而光。他認識吳傑這麼久，吳傑還是第一次招呼他吃飯。

兩人在桌前坐下，吳傑開了一瓶羅獵此前送給他的酒，羅獵本想拿過來倒酒，可吳傑卻已經舉起酒瓶將他面前的酒杯斟滿。

羅獵望著吳傑將自己面前的酒杯斟滿，彷彿能夠看到一樣，滴酒未灑，而且酒斟得剛好到了杯沿，心中暗自驚歎。

吳傑似乎覺察到了羅獵的驚奇，微笑道：「我雖然眼睛看不到，可是我的心卻能夠看到。」

羅獵端起面前的酒杯道：「吳大哥，我敬您！」他和吳傑素昧平生，只憑著卓一手的關係相識，這段時間吳傑卻對他慷慨相助，幫他入眠的事情不說，今天還傳給了他打坐練氣的方法，羅獵雖然只是剛剛修煉，卻意識到吳傑傳給自己的應當是極其上乘的內功。雖然不清楚這打坐功法能否幫助自己入眠，可是有一點能夠確定，這打坐練氣的功法可以在短時間內蓄精養銳，怯除疲憊。

吳傑道：「你不用如此客氣，我之所以幫你，是在還卓先生的人情，要謝，你也應當去謝卓先生。」

羅獵道：「卓先生要謝，吳大哥一樣要謝，您教了我練氣的方法，就是我的老師。」

吳傑淡然道：「我可受不起，區區小事罷了，何足掛齒。」他將杯中酒喝完，空杯緩緩放在桌上：「你的那位腿腳不方便的朋友現在身在何處？」

他問得有些突然，羅獵不由得一怔，馬上就明白吳傑問的是方克文，他輕聲道：「那位方先生和家人去了外地，連我也不清楚他的動向。」他不由得想起當初在天脈山和卓一手分別的時候，卓一手特地交代方克文，務必要前來這裡複診，難道卓一手當初的用意不僅僅是讓方克文過來複診那麼簡單？

第五章

黑煞附體

吳傑冷冷道：「一個人一旦黑煞附體就泯滅人性，
你千萬不要將他當成正常人看待，
有機會一定要下手將他殺死，不可以有任何猶豫。」
羅獵抿了抿嘴唇，方克文雖然變成了一個怪物，
可是在他心中仍然將之視為朋友。

吳傑追問道：「你當真找不到他的下落？」

羅獵點了點頭，吳傑歎了口氣道：「只怕麻煩了。」

羅獵意識到其中必有文章，試探道：「什麼麻煩？」

吳傑道：「你有沒有聽說過黑煞？」

羅獵點了點頭，最早他還是從顏天心那裡聽說黑煞附體邪魔入心的事情，按照顏天心的說法，羅行木就是被黑煞附體，羅獵也曾經親眼見到羅行木的轉變，短時間內羅行木的雙目生滿黑色的脈絡，而他的力量也得以迅速的提升。

吳傑道：「你聽說過？」

羅獵心中越發詫異，吳傑明明是個盲人，他卻能夠知道自己已經點頭。

吳傑道：「我雖然雙目失明，可是我的感知力很強，我能夠感覺到周圍細微的變化，別人用眼睛看，我可以用心看。」

如果是第一次接觸吳傑，肯定會認為他是在吹牛，可是在接觸一段時間之後，羅獵對吳傑已經有了相當的瞭解，吳傑擁有著超人一等的感知力，這種超感可以擺脫失明的束縛。

吳傑又道：「用心看人和用眼看人有著很大的區別，用眼看人看到的是表面，可用心看人，卻能夠看到常人無法發現的內在。」

羅獵拿起酒壺為吳傑斟滿面前的酒杯，他對吳傑是發自內心的尊重，此人非但擁有一身高深莫測的本領，且智慧高絕，剛才這番話似乎在暗示自己什麼。

吳傑道：「打坐吐納，其實是一種呼吸方法，**人的呼吸方法天生形成，每個人呼吸的節奏和頻率都不相同，只有掌握了正確的呼吸方法，才可以在一呼一吸之中讓身體得到充分的養分，育人如養花，只有掌握了正確的方法，才會開出豔壓群芳的花朵。**」

羅獵聽得認真，吳傑的每句話都讓他獲益匪淺。

吳傑突然話鋒一轉：「人的情緒會引起呼吸和心跳的變化，普通人覺察不到，尤其是善於掩飾的人，可以做到泰山崩於前而面不改色，可儘管如此，他還是會出現一些變化，而這些變化，瞞不過我的心。」他微微抬起頭，面孔朝著羅獵，羅獵雖然知道他是一個盲人，可是卻產生了一種墨鏡後正有一雙銳利的眼睛盯住自己的錯覺。

吳傑道：「你對我撒了謊。」

羅獵的表情有些尷尬，不是他有意要對吳傑撒謊，而是方克文現在的變化實在是太驚人，也太超乎想像，他決定暫時保守這個秘密，而且他的確不知道方克文現在的下落。

吳傑道：「其實卓先生還有一封信給我，他懷疑你和那位姓方的朋友已經被黑煞附體，所以才會建議你們來找我。」

羅獵道：「吳大哥能解除黑煞附體的麻煩？」

吳傑搖了搖頭道：「如果證實你們被黑煞附體，我會在你們造成禍患之前殺掉你們。」他的語氣波瀾不驚，可是羅獵卻聽得心驚肉跳，這段時間他幾乎每天都來回春堂治療，豈不是等於將性命交到了吳傑的手中，如果吳傑察覺到自己身體有異常變化，那麼只怕自己早已是一個死人。

吳傑道：「你沒什麼事情。」

羅獵暗自鬆了口氣。

吳傑道：「說說看，哪裡能夠找到他？」

羅獵道：「我不知道他現在的下落。」

吳傑道：「看來你仍然不知道黑煞附體的可怕，人一旦被黑煞附體，發作的時候會殘忍異常，甚至六親不認，而且殺傷力極其驚人，你若是對我刻意隱瞞，恐怕會害死許多無辜的性命。」

羅獵內心反覆猶豫著，吳傑並沒有逼迫他，而是耐心等候羅獵最終的決定。

羅獵終於點了點頭道：「昨晚我遇到了一個怪人，他殺傷力極其驚人。」

吳傑道：「可不可以帶我去事情發生的地方？」

羅獵道：「那裡應該被軍警控制起來，不過我可以帶你去一個他曾經出現過的地方。」

吳傑點了點頭：「好，這就帶我去。」

羅獵帶吳傑去的地方是琉璃廠惜金軒，可是等到了地方羅獵不由得大吃一驚，幾天沒來，惜金軒竟然只剩下一片焦土，問過之後方才知道昨晚惜金軒失火，等到發現的時候，火勢已經控制不住，幸好惜金軒相對隔離，大火並沒有蔓延起來，否則整個琉璃廠都要遭殃。

羅獵走入那片斷壁殘垣，大火雖然可以燒去地表建築，卻不可能損壞地面，更何況這惜金軒的地下全都是用真正的金磚鋪成，真金不怕火煉。羅獵撥開表面的廢墟，方才發現地面上的金磚都已不見，應該在失火之前，方克文就已經將這些金磚全都轉移走了。

吳傑握著一根竹杖站在外面，雖然看不到具體的狀況，可也已料到出了事。

羅獵在廢墟內搜尋了一圈，確信方克文連一塊金磚都沒有剩下，由此證明方克文並未喪失理智，他還知道這些金磚的重要性。只是心中難免納悶，方克文如何以一人之力將這些黃金全都搬走？

惜金軒這邊已經無跡可尋，羅獵思來想去，將吳傑帶到了正覺寺，他們那輛嚴重損毀的汽車還沒有來得及送去修理。吳傑伸出手去，將手指插入引擎蓋上的五個孔洞之中，臉上的表情變得異常嚴峻。

吳傑道：「你能斷定是他？」

羅獵道：「應該不會有錯。」他並沒有說明原因，真正的原因其實是他曾經親眼看到方克文身上生出的鱗片，那鱗片刀槍不入，昨晚的怪人同樣擁有這樣的強悍體魄。

吳傑吸了吸鼻子，他拉開已經變形的車門，躬身進入車內，從駕駛座下找到了一枚閃亮的鱗片。

羅獵暗自慚愧，昨晚他回來之後，已經將這輛車裡裡外外仔仔細細搜查了一遍，都沒有發現這枚鱗片，想不到還不如一個盲人，可他隨即又想到吳傑可不是普通人，他擁有遠超常人的感知能力。

吳傑將那枚鱗片湊在鼻翼前聞了聞，低聲道：「這是他身上的？」

羅獵此時已經無法隱瞞，點了點頭道：「是！」

吳傑道：「此人已經被黑煞附體，而且我從未聽說過這樣的變異。」

羅獵道：「他是停藥之後才發生的改變。」

吳傑道：「卓先生看出他的狀況有些不對，所以先給他放血，然後用藥物控制，但他也無法確定此人究竟是不是黑煞附身，故而建議來我這裡確認。」

從吳傑的這番話羅獵推斷出，卓一手在鑒別黑煞附體的方面應當不如吳傑。

羅獵道：「我相信他應該人性未泯，昨晚他擊碎擋風玻璃的時候本來有機會殺死我，可是他在最後關頭選擇離開，我想他應當認出了我。」

吳傑冷冷道：「一個人一旦黑煞附體就泯滅人性，你千萬不要將他當成正常人看待，有機會一定要下手將他殺死，不可以有任何猶豫。」

羅獵抿了抿嘴唇，方克文雖然變成了一個怪物，可是在他心中仍然將之視為朋友，如果現在方克文出現在自己面前，羅獵很難保證自己能夠狠心將之剷除。

吳傑道：「告訴我他曾經出現在什麼地方，還有，他可能去的地方。」

吳傑問完詳情，起身離開，羅獵本想留他在正覺寺吃飯，可吳傑對羅獵的邀請甚至沒有最基本的回應，來到正覺寺門前，一個身影風風火火地衝了進來，險些撞在吳傑身上，吳傑腳步後撤，輕巧閃過，然後點著竹杖徑直走出門外。

進來的卻是麻雀，麻雀看到自己險些撞到一個盲人，忙不迭地向對方道歉，可是吳傑壓根沒有理會她，已經出了正覺寺飄然遠去。

麻雀一頭霧水地望著吳傑的背影，心中實在納悶，怎麼一個盲人似乎看得比自己更加清楚。

羅獵迎了上來道：「找我？」

麻雀連連點頭道：「那木雕呢？」她還不知道木雕和金元寶已經被羅獵歸還給周曉蝶的事情。

羅獵搖了搖頭。

麻雀不明白他的意思，驚喜道：「我查了一下資料，那些金元寶應當是當年老佛爺交給瑞親王用來修園子的。」

羅獵道：「那又怎樣？」

麻雀道：「不義之財，取之於民用之於民，我們大可將那些錢做了慈善。」

羅獵又搖了搖頭。

麻雀道：「你總是搖頭什麼意思？」

羅獵道：「東西沒了，全都沒了。」

瞎子遠遠看著這邊，剛才吳傑從出現到離開他都看著呢，聽羅獵說過吳傑是個貨真價實的瞎子，可是怎麼看都不像，吳傑的一舉一動甚至比起自己這個健全人還要靈活許多。他不由得想起了周曉蝶，如果周曉蝶也擁有對方那種超強的感知能力該有多好。

羅獵已經來到瞎子身邊，麻雀跟在後面不依不饒道：「你說，怎麼會沒了？怎麼會突然沒了？」

瞎子跟麻雀打了個招呼，沒成想熱臉貼上了冷屁股，麻雀居然瞪了他一眼：「成事不足敗事有餘！」

瞎子這個鬱悶啊，我這是招你惹你了？就算你心中有火也不能對著我發，合著我這張和藹可親的大臉好欺負？

麻雀追著羅獵刨根問底的時候，鐵娃從外面快步跑了進來，向羅獵道：「羅叔，羅叔，外面有位美女找你。」

羅獵本想將麻雀帶到房內向她單獨說明，卻只能停下了腳步。

麻雀道：「美女？什麼美女？什麼樣的美女？」

鐵娃嘿嘿笑道：「老漂亮了，還開了一輛特別拉風的轎車。」

麻雀抑制不住好奇心，想要跟出去看看，羅獵走過瞎子身邊，低聲向他叮囑道：「把她給我攔住。」

瞎子讓過羅獵，獰笑著向麻雀走了過去，麻雀看出了他的意圖，柳眉倒豎向瞎子道：「你給我讓開，否則休怪我對你不客氣。」

瞎子總算有了報復機會，嘿嘿笑道：「美女，有沒有時間，陪哥哥聊聊。」

麻雀伸出右手的食指和中指，怒道：「插你眼！」

瞎子慌忙伸出雙手去擋，可麻雀這卻是虛招，抬腳照著瞎子的襠下就是一腳，瞎子被她踢得臉色都變了，捂著襠部，躬下身去，漲紅了面孔，忍痛叫道：「死丫頭……你好狠……」

麻雀哼了一聲道：「誰讓你攔著我。」她準備追出去的時候，前方又有一個高大的身影擋住了她的去路，麻雀愕然抬起頭來，這次攬住她的卻是張長弓。

麻雀雖然敢對瞎子出手，卻對張長弓頗為敬畏，撅起櫻唇道：「張大哥，你讓開嘛，我看看哪個狐狸精找羅獵。」

張長弓微笑道：「他說不讓你跟著。」

麻雀怒道：「你也向著他！」

張長弓道：「我想他既然這麼做，就一定有他的用意。」

羅獵出門之前就猜到了來人是誰，他認識的漂亮女人不少，可目前身在北平的不多，鐵娃沒見過的只有一個，那就是蘭喜妹。之所以讓麻雀留在正覺寺，是因為蘭喜妹極其危險，如果讓她見到麻雀，說不定會生出事端，很可能會故技重施，利用麻雀來要脅自己。

事實證明羅獵的猜測是正確的。

一輛乳白色的轎車停在大門前，車內並沒有人，羅獵舉目望去，卻見正南方盛開的油菜花田中站著一個身穿紅衣的女子，不是蘭喜妹還有哪個？

蘭喜妹站在那裡，迎著十里春風，衣袂飄飄，宛如站在畫中，人美如花，景美如畫，端得是賞心悅目。

羅獵看到眼前情景，心中不由得感歎，如此美麗之人怎會擁有如此冷酷歹毒的心腸。

蘭喜妹站在花叢中向羅獵招了招手，笑靨如花。如果不是親眼所見，誰都不會相信她是一個心機深沉的日本間諜，更不會相信她殺人不眨眼的冷血和殘忍。

羅獵卻沒有移動腳步，站在原地從懷中摸出煙盒，從中抽出一支點燃，抽了口煙，然後繼續欣賞蘭喜妹帶給他賞心悅目的畫卷，景因人而美，羅獵救起蘭喜妹之後，心中也曾經想過，如此陰狠的女人，如果任由她淹死在水中，倒也不是一件壞事。可真正見到蘭喜妹的時候，羅獵卻發現，讓這麼美的生命在眼前溺死，確是一件極其殘忍的事情。

蘭喜妹很快就放棄了讓羅獵走過來的打算，她也意識到自己根本指揮不動羅獵，既然他不願靠近自己，那麼自己唯有主動向他靠近。

羅獵望著走近的蘭喜妹，試圖從近景中找到她容顏上的瑕疵，然而很快意識到這是徒勞的，美麗的女人，即便是瑕疵也會被演繹出特別的風情。

蘭喜妹的聲音前所未有的溫柔：「羅獵，我想跟你單獨談談。」

羅獵道：「說吧。」

蘭喜妹卻道：「咱們去那邊談好不好？」她指了指剛才經過的油菜花田，越過那裡有一個隆起的土丘，土丘上有一座殘破的風雨亭。

羅獵點了點頭，做了個女士先請的動作，示意蘭喜妹先走。

蘭喜妹卻非常固執地選擇和他並肩行走，望著風波不驚的羅獵，她突然笑了起來：「你是不是擔心我會在背後暗算你？」

羅獵彈去煙灰：「習慣了，反正也不是第一次。」

蘭喜妹道：「我害你那麼多次，你昨晚還救我？」她的目光熱切而深情。

羅獵的反應卻一如既往的冷淡：「我不知道車裡是你，如果知道……」

蘭喜妹卻突然抱住了他：「如果知道，你一樣會救我！」她說得如此肯定，甚至不給羅獵反駁的機會。

羅獵歎了口氣，雙手毫無回應地垂下：「你是不是特別喜歡做白日夢？」

蘭喜妹抱得越發緊了：「我願意。」

羅獵道：「如果你想我現在就走，你就繼續發夢，如果你真想坐下來好好談談，那麼你最好還是放開我。」

蘭喜妹果然放開了羅獵，彷彿什麼都沒發生似的，整理了一下衣服，率先走到風雨亭內。

羅獵心中暗歎，幸虧自己有先見之明，將麻雀留在了正覺寺，否則這妮子看到眼前這一幕，說不定會衝上來跟蘭喜妹拚命。

蘭喜妹掏出手帕，擦了擦亭內的長椅，柔聲道：「坐吧！」

羅獵並不是個高冷的人，可面對蘭喜妹他實在想不出溫柔以待的理由，他坐了下去，因為他明白，即便是自己選擇坐在蘭喜妹的對面，她同樣會來到自己的身邊。

蘭喜妹道：「我今天來找你，一是為了昨晚的事情道謝，無論你是不是真心救我，我都當你是真心。」

羅獵啞然失笑，蘭喜妹這樣的人物，還真是不好對付。她根本不會在意別人怎麼想，完全活在自我的世界中，當然眼前的蘭喜妹所表現出的未必全是真的。

「還有一件事，我想你把周曉蝶交給我。」

羅獵揚起手示意蘭喜妹不必繼續說下去，這件事沒得商量。

蘭喜妹道：「你根本不知道自己招惹的是怎樣的麻煩，你以為單憑你們幾個能夠對抗我們嗎？」

羅獵輕聲道：「我從未想過要與你們為敵，是你們主動找上門來。」

蘭喜妹道：「羅獵，就算我可以對你手下留情，別人不會。」

羅獵寸步不讓道：「這件事沒有商量的餘地，如果你們膽敢動周曉蝶一根頭髮，我絕對不會客氣。」

蘭喜妹道：「羅獵，我希望你能夠看清形勢，就算你不願跟我們合作，也不至於跟我們為敵，這樣，你讓周曉蝶離開。」

「走不走是她自己的事情，只要她在正覺寺，我就不允許任何人動她！」

蘭喜妹點了點頭道：「看來，你是護定了她。」

羅獵微笑道：「我也給你一個忠告，趁早回你自己的國家，中國之大，超乎你的想像，迷了路不怕，就怕走錯了路，一條路走到黑，最後餓死在中途。」

蘭喜妹起身離去，走出風雨亭外，她停頓了一下腳步，一字一句道：「羅獵，不是每個人都像我一樣能夠容忍你。」

「謝了！松雪小姐一路走好！」

羅獵回到正覺寺被眼前的情景嚇了一跳，麻雀被五花大綁捆在院內的銀杏樹上，連嘴巴都被人用布團堵住了，鐵娃牽著安大頭，在一旁負責看守，看到羅獵回來，鐵娃如釋重負：「羅叔，這裡交給您了。」他也不傻，知道以麻雀的脾氣，一旦獲得自由，必將發起一場瘋狂的報復行動，鐵娃也是參與捆綁的幫兇之一，瞎子和阿諾兩人早就逃了，張長弓也是老江湖，將這邊交給了鐵娃，鞋底抹油儘快溜掉。

這幫人全都害怕麻雀發火殃及到自己，罪魁禍首是羅獵，是他讓幾人將麻雀攔住，解鈴還須繫鈴人，鐵娃雖小也懂得這個道理，不等羅獵答應，已經帶著安大頭走了。

麻雀一雙美眸瞪得滾圓，苦於嘴巴裡塞著布團，說不出話，只能用鼻息發出嗯嗯之聲來發洩自己心中的憤怒和不滿。

羅獵拿捏出一臉的憤怒：「誰這是？誰敢把你給綁了，跟我說，我饒不了他。」他沒有第一時間拿掉麻雀口中的布團，而是先為她鬆綁。

麻雀獲得自由之後，第一時間將布團從嘴裡取了出來，衝上前去照著羅獵就是一拳，羅獵也沒躲閃，由著她發洩一下火氣，麻雀打完，自己卻先委屈地哭了起來，抽抽噎噎道：「你混蛋，你們全都是混蛋，這麼多大男人欺負我一個弱女子，你們還是不是人……」

她越哭越是傷心，在羅獵面前蹲了下去，將面孔埋在雙臂之間，羅獵也看不清她是真哭還是假哭，不過剛才的確是委屈了她，乾咳了一聲，從兜裡掏出手帕遞給麻雀，看到麻雀沒有反應，用手碰了碰她的肩頭道：「別哭了，是我對不起你，把眼淚擦擦，別人還不知道我怎麼著你呢？」

麻雀任性地扭了扭身子：「滾！我再也不要看到你！」

羅獵點了點頭道：「好，我這就滾！」方才走了兩步，卻聽麻雀叫道：「你是不是人？欺負了人家想要一走了之？」

遠處傳來一陣笑聲，卻是阿諾和瞎子兩人躲在那裡偷聽。

羅獵擺了擺手，示意他們趕緊滾蛋，免得惹火燒身。有些哭笑不得道：「我說麻雀，咱可得把話說清楚嘍，我羅獵一生清白可不能壞在你的嘴上。」

麻雀哼了一聲，猛然站了起來，臉上哪有一丁點的淚痕，指著羅獵的鼻子道：「清白？你還配提清白二字？真當我不知道？你是不是被葉青虹那個狐狸精把魂兒都勾走了？」

羅獵心中暗歎，想不到吃醋的能量如此之大，麻雀顯然誤以為自己剛才去見了葉青虹，葉青虹在這件事上無辜躺槍了，他尷尬提醒道：「這麼多人看著，咱們別讓人家看笑話，對了，你來找我做什麼？」

經他提醒麻雀方才想起自己前來的主要目的，跺了跺腳道：「羅獵，以後我跟你恩斷義絕，絕不會再來找你。」她轉身就走，顯得毅然決然。

羅獵知道她正在氣頭上，原本倒是想任她離去，畢竟他對麻雀的性情也有所瞭解，別看她此刻生氣，過上一晚說不定就會煙消雲散，麻雀的小性兒雖多，可來得快去得也快。突然想起蘭喜妹對自己的最後通牒，如果繼續將周曉蝶留在這裡，恐怕危機很快就會到來，而麻雀的化妝術卻是一個可以應急的辦法。

羅獵道：「剛才我去見的不是葉青虹。」

麻雀聽他這樣說，不由得停下了腳步，猛然將頭轉了過來：「不是葉青虹又是誰？」

羅獵道：「咱們進去說，有大事跟你商量。」

麻雀將信將疑，她可清楚論到耍心機兩個自己也比不上羅獵一個，充滿警惕道：「你先回答我的問題。」

羅獵低聲說出蘭喜妹的名字，麻雀聽完馬上殺氣騰騰道：「這個壞女人，我這就找她去算帳。」

羅獵慌忙一把將她的手臂拽住，好說歹說將她勸到了房內。

張長弓、阿諾兩人聽到羅獵的召喚都趕了過來，瞎子居然選擇缺席，因為剛才是他出主意將麻雀捆在樹上，還用布團塞住了她的嘴巴，當然瞎子這麼做有一定報復的因素，畢竟麻雀的撩陰腿踢得他夠嗆。

羅獵看到瞎子沒來就已經心知肚明，不過有些話當著瞎子的面說也不方便，羅獵將蘭喜妹和自己剛才的談話說了一遍。

阿諾怒道：「這日本女人實在是太可惡了，根本就是恩將仇報，早知她如此歹毒，昨晚你就該將她淹死在河裡。」

羅獵慌忙向阿諾使眼色，可惜這廝已經將話說了出來，麻雀不解地望著羅獵道：「怎麼回事兒？昨晚發生了什麼？」

羅獵道：「昨晚的事情回頭再說，現在的重點在周曉蝶身上，如果我們將她繼續留在這裡，不但她的人身安全得不到保障，我們只怕也會有麻煩。」

阿諾道：「那也不能將她交給日本人。」

其實羅獵絕不是這個意思，張長弓道：「羅獵說得不錯，必須要想個穩妥的法子將她送出去。」

所有人的目光同時向麻雀望去。

麻雀將明眸眨了眨道：「都看我幹什麼？我能有什麼辦法？那個蘭喜妹，什麼松雪涼子，她是個日本間諜，黨羽眾多，說不定應該已經派人將正覺寺嚴密監視起來，就算我能夠幫她化妝，你們以為別人都是瞎子，什麼都看不到？咱們就能帶著她堂而皇之地從這裡走出去？」

羅獵皺了皺眉頭，麻雀說的是現實，日方必然會對這裡採取嚴密監視，想要瞞過他們的眼睛並不容易，麻雀雖然能夠幫周曉蝶化妝，可是她還做不到通過化妝讓一個人徹底改變無跡可尋的地步，更何況周曉蝶本身還有殘疾，她雙目失明，掩飾行蹤比起其他人更難。

麻雀道：「蘭喜妹為什麼一定要抓她？」

阿諾脫口道：「還不是為了金子。」

羅獵瞪了他一眼，這貨跟安翟在一起待久了，嘴上也變得沒把門的。

阿諾知道自己不小心又說錯了話，吐了吐舌頭，把腦袋耷拉了下去。

張長弓道：「可是這也說不通啊，交給他們的金子已經被日本人搶走了。」

麻雀道：「周曉蝶肯定還有其他的秘密，不然日本人沒必要對付她一個孤苦伶仃的盲女。」她停頓了一下又道：「我看這個周曉蝶不簡單，咱們還是好好問問她，別最後被人賣了還幫人查錢。」麻雀畢竟是女孩子，她的心思非常細膩。

羅獵其實也和麻雀有相同的想法，只是當著瞎子的面不好說，明眼人都看出瞎子對周曉蝶一往情深，在他心中周曉蝶是這世上最純潔善良的女孩，容不得別人說她半個不字。

羅獵道：「無論周曉蝶有什麼秘密都與我們無關，我們要做的就是儘快將她從這裡安全轉移出去。」

阿諾道：「這事兒瞎子同意嗎？是不是找他談談？」

張長弓有些猶豫道：「周曉蝶才是當事人，我看應當找她談才對。」

幾人相互對望著，顯然都在盤算著讓誰去找周曉蝶談話最為合適。麻雀霍然站起身來：「算了，我去！」

其實在眾人心中，麻雀無疑是最合適的人選，畢竟她和周曉蝶都是女人，女人和女人之間說話總是更方便一些，而且女人對女人說話更直截了當，也不會像他們這樣顧及情面，過多地考慮女方的感受。

麻雀和周曉蝶的接觸不多，兩人之間自然談不上什麼深厚的友情，正因為如此，麻雀才能從一個旁觀者的角度冷靜地看待眼前的這場危機，她瞭解羅獵的為人，羅獵絕不會向蘭喜妹屈服，更不會為了保全自己而將周曉蝶交出去。可是周曉蝶留在這裡必將會成為他們的弱點，以他們目前的實力，不可能日夜不停地守護周曉蝶，最現實的選擇就是送周曉蝶離去，最好遠離正覺寺，遠離北平，遠離日本人的視線。

周曉蝶自從來到正覺寺就足不出戶，甚至連吃飯她都不願和其他人一起，離群索居，黯然神傷。

麻雀第三次敲門的時候，方才聽到了裡面的回應：「誰？」

「我，麻雀！」

周曉蝶沉默了下去，過了足足半分鐘的時間方才道：「門並沒有鎖，你自己進來就是。」

麻雀推門走了進去，房間內一片漆黑，並非光線不好，而是所有的窗簾都拉上，對周曉蝶而言，光明與黑暗本沒有任何分別。

麻雀來到窗前伸手拉開了窗簾，她不喜歡黑暗。

周曉蝶咬了咬櫻唇，她聽出了麻雀在幹什麼，本想制止，可話到唇邊終於還是沒有說出來。

麻雀道：「人活在世上，陽光、空氣、水缺一不可，女人如花也需要陽光的照耀，你這麼漂亮，不能總把自己鎖在房間裡。」

周曉蝶淡然道：「無所謂，反正我也看不到。」

麻雀道：「就算看不到，也能夠感受得到，春天的陽光溫暖和煦，不如我陪你出去走走。」

周曉蝶道：「不必了，您有什麼指教？」

麻雀道：「其實本不關我的事，可大家都是朋友，有些話我想還是我更適合說出來。」

周曉蝶道：「讓我猜猜，你們擔心我的存在會給你們帶來不必要的麻煩，這你儘管放心，我隨時都可以走。」

麻雀搖了搖頭，馬上又意識到周曉蝶根本看不到自己的動作，她歎了口氣道：「如果羅獵他們怕麻煩，就不會救你回來。」

周曉蝶道：「謝謝，你們雖然不怕，可是我卻害怕虧欠你們太多，我現在就收拾，今天就走。」

麻雀道：「你大概不清楚自己現在的處境，日本人就在周圍監視，只要你一離開正覺寺，他們就會對你下手。」

「那也是我自己的事。」周曉蝶的性情極其要強。

麻雀被她的冷淡激怒了：「現在已經不僅僅是你自己的事，無論你承認與否，羅獵他們將你救回來之後，你的麻煩也就成為了大家的麻煩。」

周曉蝶咬了咬櫻唇，缺乏陽光沐浴的面孔極其蒼白。

麻雀道：「如果你當真知道感恩，如果你還當我們是朋友，那麼就請你相信我們，配合我們，大家一起努力擺脫眼前的困境。」

周曉蝶垂下頭去，黯然道：「我不想再連累你們，他們不會放過我的。」

麻雀秀眉微顰，她覺察到周曉蝶內心的防線終於出現了鬆動，小聲道：「你在擔心那些日本人？」

周曉蝶道：「不止是他們，算了，你們還是讓我自生自滅吧，是我的錯，是我給你們帶來了麻煩。」

麻雀道：「你還有沒有其他可去的地方？」

「沒了，我爹最信任的人就是東生叔，現在他也死了，這世上我已經沒有什麼人可以值得相信了。」她無意中的這句話卻讓麻雀心中不爽。

不過麻雀並未提出抗議，輕聲道：「我們商量了一下，準備送你去奉天，羅獵在南關天主教堂附近有座宅子，只要能安全離開北平，可暫時去那裡安身。」

周曉蝶雖清高自強，可是她心中的確已沒有了任何主意，她不想連累身邊這些恩人，可是真正走出這座正覺寺，等待她的結果應當是明顯的。

麻雀道：「你不用擔心，我們會安排安翟陪你一起，為你安頓好一切。」

周曉蝶的雙手緊握在一起，她知道身邊的這些人不會放棄自己，感動之餘又感到內疚，自己並不值得他們這樣做，周曉蝶用力搖了搖頭道：「算了，你們還是別為我冒險了，這周圍遍佈他們的耳目，我沒可能從他們的眼皮底下逃走。」

麻雀卻道：「我有辦法。」

周曉蝶愣了一下，不知麻雀所說的辦法究竟是什麼。

麻雀道：「我可以扮成你的樣子將他們引開，只要引開了那些日本人的注意力，你就可以趁機離開。」經過深思熟慮，麻雀認為這是眼前最為可行的辦法。

「不！我不可以讓你為我冒險。」

麻雀道：「算不上冒險，只要我將他們引開，自然會馬上暴露身分，他們發現追錯了目標也不會全力以赴，況且還有羅獵和安翟陪著我，就算遇到了什麼麻煩，他們也能夠保護我。」

周曉蝶的內心在激烈交戰著，她不想讓周圍人再為自己冒險，可是她也清楚，無論是安翟還是羅獵，抑或是他們中的每一個人都不會放棄自己。

麻雀看出了她的猶豫，柔聲道：「我相信如果遇到麻煩的是我們中的任何一個，你也會做出同樣的選擇。」

松雪涼子走入位於京西的山田醫院，醫院不算大，也沒什麼病人，她從後院進入醫院的行政區，前方突兀聳立著一座五層的灰色樓房，巨大的陰影籠罩著大半個院落，讓人從心底感到壓抑，彷彿有一個巨人就站立在對面。

來到這裡之前，松雪涼子已經換下紅豔如火的外衣，換成了海軍灰的風衣，纖細的腰肢盈盈一握，松雪涼子雙手插在衣兜內，俏臉藏在豎起的衣領中，墨鏡下的雙眸閃爍著陰晴不定的光芒，她是被突然召回了這裡。

深吸了一口氣，方才走向這灰色的小樓，沒等她來到門前，大門已經打開了，身高體壯的阪本鬼瞳出門相迎，向她躬身行禮。

松雪涼子有些詫異，此時方才知道船越龍一到了。

松雪涼子走入小樓，隨後進入的阪本鬼瞳將房門關上，兩名武士站在通往地下室的入口處，阪本鬼瞳向松雪涼子做了個邀請的動作：「請！船越先生在書房等您。」

松雪涼子皺了皺眉，脫下風衣遞給了阪本鬼瞳，在上樓之前摘下墨鏡，將墨鏡放入上衣口袋中，然後沿著充滿年代歷史的紅橡木樓梯緩步走了上去，樓梯非常的古舊，即便是松雪涼子輕盈的身軀行走其上，仍然不時發出吱吱嘎嘎的聲響。

松雪涼子不喜歡這個地方，感覺這裡每一個角落都散發出陳舊腐朽的味道，連空氣中都充滿了一股刺鼻的黴味，確切地說還混雜了消毒水的味道。

書房位於二層，房門大開著，船越龍一很少有地穿著黑色中山裝，坐在窗前獨自看書，他所在的位置是房間內陽光最好的地方，那道透過玻璃窗投射出的光柱剛好落在他的書本上。

松雪涼子來到他的身邊，深深一躬道：「船越先生。」

船越龍一並沒有看她，目光仍然專注地看著面前的書籍，這讓松雪涼子禁不住生出好奇，究竟是一本什麼書這樣吸引他的注意力。

直到船越龍一看完那一頁，方才夾好書籤，慢慢將書本合上，松雪涼子這才看清他看的卻是一本中國的《山海經》。

船越龍一彷彿才意識到松雪涼子到來一樣，和顏悅色道：「坐！」

松雪涼子道謝之後，在一旁坐下。對船越龍一她始終保持著相當的尊敬，船越龍一一手訓練了她，雖然兩人沒有師徒之名，可的確有授業之恩。

船越龍一道：「昨晚的事情我都聽說了，佐田是我最優秀的弟子，他的右臂竟然被人活生生撕扯下來。」

松雪涼子慌忙站起身來，深深一躬道：「對不起，是屬下辦事不利，方才讓佐田君受到如此重創。」

船越龍一淡然一笑，示意她坐下，然後道：「你可看清了那怪物的樣子？」

松雪涼子直到現在回憶起昨晚的情景仍然心有餘悸，她低聲道：「他帶著面具，身上似有鱗甲，刀槍不入，我們的子彈對他根本沒有任何作用，他力量驚人，雙手如同狼爪，可以徒手撕裂人的身體，甚至可以輕易洞穿鋼板，彈跳力驚人，輕輕一躍高度可達三米，我過去從未見過這樣可怕的怪物。」

船越龍一點了點頭：「此事你不必過問了。」

松雪涼子愕然道：「什麼？」

船越龍一淡然道：「我的話說得還不夠清楚？」

松雪涼子躬身道：「屬下不知做錯了什麼，先生為何要做出這樣的安排？」

船越龍一道：「津門那邊還有些後續的事情要處理，你的身分畢竟是方康偉的姨太太，有些事情離不開你。」他雖然說得婉轉，可是意思已經表達得非常明確，他是要讓松雪涼子從這裡出局。

松雪涼子道：「可是我已經找到了周曉蝶的下落，在正覺寺周圍已經部署完畢，今晚就可以收網。」

船越龍一道：「會有其他人負責，從今天起你的任務是津門那邊。」

松雪涼子道：「對周曉蝶我是最瞭解的，就算抓住了她，也只有我才能從她嘴裡問出東西在哪裡。」

船越龍一緩緩站起身來，他的表情不怒自威，松雪涼子在他的注視下不得不垂下頭去。

船越龍一道：「你記不記得第一天接受訓練的時候，我跟你說過什麼？任何時候都要無條件服從上方的命令！」

「哈伊！」松雪涼子起身再次向船越龍一深深一躬。

松雪涼子離去的時候，船越龍一親自將她送到大門，目送松雪涼子遠去，船越龍一卻並未馬上返回書房，而是走入了地下室，打開地下室的木門，走入其中，船越龍一將房門關上，來到酒櫃前，轉動酒櫃中其中的一瓶，酒櫃對面的牆壁緩緩移動開來，露出向下的台階，原來在這棟小樓地下室的地下還另有洞天。

船越龍一沿著階梯緩步走了下去，走到盡頭，是一扇厚重的鐵門，鐵門的上方有一個四四方方的小窗，用來觀察之用，船越龍一摁響門鈴，裡面出現一張面孔向外面張望了一下，確定船越龍一的身分之後方才打開了鐵門。

船越龍一走入鐵門換上了隔離衣，走入前方的消毒室，消毒之後穿過消毒室，前方有幾名身穿隔離衣的人正在來回忙碌著，船越龍一來到手術室前方，透過手術室外巨大的玻璃窗觀察著裡面的狀況。

正在接受手術的人正是他的愛徒佐田右兵衛，昨晚出現在風雨園的怪人將佐田右兵衛的整條右臂硬生生從肩膀上撕脫，雖然在事後找回了那條臂膀，卻因損傷過於嚴重，而且時間耽擱得過久，再植成功的希望渺茫。

船越龍一花白的眉毛凝結在一起，虎目中充滿了擔憂。

一個身材矮小的男子緩步來到他的身邊，船越龍一向他鞠躬表示敬意。

那男子是日本京都大學生物學教授平度哲也，他向船越龍一道：「病人的狀況很差，創面過大，失血過多，而且已經出現了一定程度的感染症狀，他的右臂雖然已經接駁，可是從目前來看，並沒有再植成功的希望，我無法確定能夠保住他的生命。」

船越龍一低聲道：「沒有別的辦法了嗎？」他非常瞭解自己的這個弟子，佐田右兵衛生性好強，就算他能夠度過危險，如果落下如此嚴重的殘疾，恐怕也會痛不欲生。

平度哲也道：「船越君，我有句話不知當講還是不當講？」

船越龍一點了點頭，示意平度哲也不必賣關子。

平度哲也低聲道：「船越君還記得你我當年共同參與的追風者計畫嗎？」

船越龍一的臉色陡然一變。

平度哲也道：「化神激素的研究已經成功，我們從麻博軒的血液中提取的特殊物質進行過多次的動物實驗。」

船越龍一冷冷道：「人體實驗還沒有正式開始吧。」

平度哲也點了點頭道：「一直沒有合適的對象。」他的目光投向手術室中的佐田右兵衛。

船越龍一道：「你準備從他開始？」

平度哲也道：「我可以給他注射化神激素，激素的再生作用，或許可以能讓他的斷肢再植產生奇蹟，而且化神激素可以在短時間內對他的身體進行修復和強化，也唯有這個方式可以讓他脫離危險。」

船越龍一盯住平度哲也，他並不相信眼前這位天才生物學家的話，因為他們有過合作，所以他清楚平度哲也博學睿智的頭腦中同樣存在著超級瘋狂的想法，為了他的研究，他可以不惜任何代價，將道德和人倫拋到一邊。

平度哲也道：「船越君選擇吧。」

船越龍一道：「你能保證他可以恢復健康？」

平度哲也道：「這世上沒有絕對的事情，他只是第一個接受化神激素的實驗者，我不敢保證任何事，甚至我無法確定會不會有其他的併發症。」

此時手術室內發生了狀況，正在操作的醫護人員明顯慌張了起來，外面有人正拿著血漿飛快地奔入手術室。

平度哲也低聲道：「船越君，時間不多了。」

船越龍一一字一句道：「不管你用什麼方法，我只要你保證他能活下來。」

第六章

為朋友贏得逃亡的時間

羅獵向忍者衝了過去，可是已經來不及了，
羅獵爆發出一聲聲嘶力竭的悲吼：「瞎子！」
瞎子木立在那裡，他的右手中握著一顆手雷，
他已經做好了和對方同歸於盡的準備，
就算拚上自己這條性命，也要為朋友贏得逃亡的時間。

平度哲也走入手術室，望著手術台上的佐田右兵衛，佐田右兵衛失血嚴重，那條右臂雖已經接駁，可是成活的希望很小，比起右臂的傷情，生命才是更重要的，佐田右兵衛已經進入了休克狀態，他的生命體征極差。

平度哲也點了點頭，打開了一旁的冷藏箱，箱中放著冰塊，裡面只有一支試管，試管中儲存著黑色的液體，平度哲也用一支大號的針筒將試管中的液體抽干，然後將針筒中的黑色液體緩緩推入佐田右兵衛左臂的靜脈中。

船越龍一也來到了手術室內，靜靜望著手術台上的佐田右兵衛。

沒過多久佐田右兵衛的心跳開始加快，一旁負責監護的護士不時匯報著他的心跳指數，短短一分鐘內，佐田右兵衛的心跳已飆升到一分鐘兩百一十次，他的肌膚開始泛起了紅色，很快就變成了朱砂般的色彩，只有右臂仍然膚色蒼白。

平度哲也緊張地望著佐田右兵衛的變化，他拿起聽診器親自監測佐田右兵衛的心跳，終於佐田右兵衛身上的朱砂色開始越過右肩的傷口向右臂蔓延，隨著血色的蔓延，他右臂的傷口和皮損，開始以肉眼可見的速度迅速生長著。

船越龍一望著眼前的一幕，幾乎不能相信自己的眼睛。

平度哲也激動道：「開始產生效果了。」

佐田右兵衛右臂的傷口很快就已經痊癒，他身上的肌肉也以驚人的速度增長著，原本站在手術台旁的醫護人員，因為眼前的一切而感到恐懼，他們紛紛向遠處退去。

佐田右兵衛身上的朱砂色漸漸消褪，可是一道道紅線沿著他的脈絡瘋狂滋長，他突然發出了一聲古怪而悠長的吸氣聲，他的頭抵住手術台，胸膛向上方挺起，整個腰部都離開了手術台，看上去就像是一張弓。

和肌肉同時增長的還有他的頭髮和指甲，佐田右兵衛突然睜開了雙目，布滿血絲的雙目被面前的無影燈刺激到了，無影燈的光線將他激怒，暴怒的佐田右兵衛揚起右臂，他的右拳狠狠砸在無影燈上，無影燈被他一拳打得粉碎。佐田右兵衛從手術台上一躍而起，赤足站立在冰冷的水泥地面上，宛如野獸般的雙目死死盯住周圍眾人。

平度哲也抑制不住內心的激動，目睹佐田右兵衛的身體在短時間內修復成功甚至更勝往昔，科研的成功讓他忘記了害怕，他激動道：「佐田君！你記不記得過去的事？」

佐田右兵衛忽然向那面巨大的觀察窗衝去，在眾人的驚呼聲中，赤身裸體撞擊在玻璃之上，將觀察窗撞得粉碎，破碎的玻璃在他的身上劃出數道血痕，他的雙腳大踏步向前方奔去。

平度哲也大叫道：「攔住他！」

船越龍一第一時間追了出去，大吼道：「佐田！」

一名身穿隔離衣的男子看到佐田右兵衛赤身裸體地奔向自己，慌忙迎上去準備將之攔住，佐田右兵衛一把就將對方的雙臂握住，然後用力擰動，清脆的骨骼折斷聲響起，他竟然憑借強大的腕力將對方的手臂硬生生擰斷。

傷者發出殺豬般的慘叫，佐田右兵衛卻並沒有就此放過對方的意思，他猛然用額頭撞擊對方面部，堅硬的前額將對方的面顱骨撞塌，對方被他撞得一命嗚呼，四仰八叉地倒在了地上。

兩名警衛聞聲趕到，看到佐田右兵衛出手殺人，兩人慌忙掏出了手槍。

船越龍一在後方驚呼道：「別開槍，千萬別……」

蓬！一名警衛已經向逼近自己的佐田右兵衛射出了一槍，子彈擊中了佐田右兵衛的右肩，在他肩頭留下了一個血洞，佐田右兵衛臉上的表情極其麻木，彷彿這一槍並非射在他的身上，他歪過頭，看看自己的右肩，然後左手的食指和拇指探入了那血糊糊的槍洞之中，從中摳挖出一顆彈頭，右肩的傷口以肉眼可見的速度迅速痊癒，很快就消失不見。

兩名警衛震驚到了極點，他們從未見過這樣古怪的景象，甚至都無法想像這世上會有復原能力如此強大之人。佐田右兵衛忽然將手中染血的彈頭彈射出去，彈頭行進的速度不次於手槍激發，正中剛才射擊他的那名警衛的額頭，竟然擊穿對方的頭顱，腦漿和鮮血從警衛的腦後噴射出來。

另外那名警衛此時方才回過神來，舉槍準備射擊，可是佐田右兵衛卻獵豹般衝了上來，一把就卡住了他的脖子，不費吹灰之力就將他的頸椎折斷。

「佐田！」船越龍一的大吼聲在後方響起。

佐田右兵衛赤裸的身軀停頓了一下，他緩緩轉過身來，望著正向自己走來的船越龍一，還有持槍向自己包圍的數名警衛，突然他想起了什麼：「佐田……我是佐田右兵衛……船越先生，我……做了什麼？」

船越龍一見他終於開始恢復記憶，內心稍安，繼續走向佐田右兵衛的時候，平度哲也卻阻攔道：「船越君，不要急於過去，觀察一下再說。」喜悅過後，他的心中又隱隱感覺到不妥。

此時已有十多名警衛聞訊趕到，一個個子彈上膛瞄準了正中的佐田右兵衛。

佐田右兵衛的目光落在地上，看到被他虐殺的三人，他的表情非但沒有流露出任何的內疚，反而因為這遍地的血腥而興奮起來。

船越龍一大吼道：「佐田！」他示意周圍警衛全都將槍放下。

佐田右兵衛的情緒漸漸平復了下去，隨之他雙目中的血絲也開始迅速消退，突然他雙膝一軟，癱倒在了地上。

「是時候了！」羅獵抬起手腕看了看時間，已是晚上六點半，正是夜幕降臨之前，此時光線黯淡，對人的視力會造成相當的影響，羅獵之所以沒有選擇在天黑之後離開，是因為越是夜晚人的警覺性越高，會讓人懷疑他們李代桃僵的計策，因而將關注的重點放在正覺寺，他就是要對方看到喬裝打扮的麻雀，他對麻雀的化妝術有足夠的信心。

麻雀已經提前化妝完畢，如果不是事先知道，幾乎所有人都會認為她就是周曉蝶，短時間內，麻雀已經將周曉蝶的步態和舉止模仿得維妙維肖，因為有墨鏡可以遮蓋半邊面龐，所以扮演起周曉蝶相對容易一些。

瞎子跟著麻雀站起身來，在羅獵擬訂的計劃中，瞎子是要和他一起護送麻雀離開的，因為麻雀現在扮演的是周曉蝶，幾乎所有人都知道瞎子對周曉蝶的好感，如果瞎子跟周曉蝶分開，肯定會讓人產生疑心。

周曉蝶默默坐在房間內，始終一言不發，並非是因為她天生拘謹，而是因為她不知應當說什麼。麻雀將周曉蝶化妝成了自己的樣子，周曉蝶戴著麻雀的黑框眼鏡，雙目雖然很美，可是並無絲毫的神采。

麻雀起身離去的時候，她終於鼓足勇氣道：「保重！」

麻雀笑了笑道：「後會有期，放輕鬆點，我們都不會有事。」

瞎子看了看周曉蝶，想說什麼，卻終於還是忍住沒說，默默向門外走去，來到門前，聽到周曉蝶道：「安翟，你也要小心。」

瞎子內心的喜悅難以形容，周曉蝶還是頭一次在人前表現出對自己的關心，他重重點了點頭道：「噯，你放心。」瞎子向張長弓看了一眼，張長弓向他笑了笑，示意他儘管放心離去，自己一定會照顧好周曉蝶，掩護她安全撤離。

三人上了那輛傷痕累累的轎車，羅獵笑道：「葉青虹若是看到她的車變成了這個樣子，會不會心疼？」

瞎子道：「易求無價寶難得有情郎，別說一輛車，就是你弄壞她十輛車，她都不會說半個不字。」只顧著說話，卻忽略了一旁的麻雀，麻雀轉過俏臉，藏在墨鏡後的雙眸惡狠狠地盯著瞎子。

瞎子乾咳了一聲道：「別看我，容易穿幫，你是瞎子啊。」

「你才是瞎子呢！」

羅獵笑著將引擎啟動，雙手在方向盤上拍了拍道：「想去哪兒？」

「隨便！」麻雀沒好氣道。

羅獵道：「那咱們就沿著紫禁城兜個圈兒，天子腳下，那些日本人總得顧忌一點兒。」心中卻明白，昔日的滿清天子如今正夾著尾巴在紫禁城內坐井觀天，事實上是被軟禁了，哪還有半點的威儀，至於北洋政府也是外強中乾的貨色，僅有的那點兒本事都用來爭權奪利，面對列強入侵，他們根本沒有任何辦法。

汽車並沒有開出多遠，夜幕就已經降臨，還沒有來得及進入大路，就看到前方有一道卡口，卡口後方的道路上停著一輛草綠色的越野車。

到了夜裡，瞎子的目力就如同開了掛，他低聲道：「四個人，不對，前面的林子裡好像還有一輛車。」

羅獵點了點頭，平日裡他們從這條道路上來來往往，從來都沒有卡口，這卡口顯然是臨時設立的，羅獵放緩了車速，看到卡口前有一名穿著警察制服的人正在向他揮手，示意他將汽車緩緩開過去。

羅獵慢慢將車靠近，瞎子摸出了一顆手雷，提醒道：「這幫人有問題。」

羅獵道：「都坐穩了。」

瞎子慌忙坐好，雙手緊緊抓住前方座椅的靠背。

就在卡口的幾人以為這輛車就要停下的時候，羅獵突然踩下了油門，汽車瞬間提速，轟鳴聲中，撞擊在了臨時卡口的木製欄杆上，欄杆從中斷裂木屑亂飛。

其實在羅獵看到這突然出現卡口的剎那就已經決定強行闖關，他們三人的目的在於吸引對方注意，這邊鬧得動靜越大，越能將潛在的敵人吸引過來。

羅獵衝出卡口之後，並沒有筆直向前，而是轉動方向盤，操縱汽車向卡口後停在路邊的汽車撞去，一個嫻熟的擺尾，將對方的車輛擠下了路肩。然後調整車身，繼續向前方駛去。

瞎子大聲提醒道：「注意前面那輛車！」

原本藏匿在樹林裡的那輛車已經發現了這邊的變故，同樣型號的綠色越野車開出樹林駛入正路，然後迎著羅獵他們的汽車駛來。

羅獵表情堅毅，腳踩油門，汽車仍然在不停加速著，兩輛車相向而行，距離越來越近。

瞎子大叫道：「就要撞上了！」

麻雀也嚇得不行，雙手下意識地抓住瞎子胖乎乎的胳膊，因為緊張而用力掐了下去。坐在後座的他們尚且緊張如此，首當其衝的羅獵心理所承受的壓力比他們更大。

羅獵的心理素質極其強大，在他看來對面那輛車的司機同樣承受著很大的壓力，兩強相遇勇者勝，這是一場勇氣的比拚。

兩輛車高速接近，五十米、三十米、二十米……

對面的汽車突然緊急變向，偏向一邊，主動讓出了通道，羅獵卻依然速度不減，轎車擦著對方的車身掠過，車身彼此摩擦碰撞，發出刺耳的鳴響，擦出一條火紅的慧尾，在兩車相擦的剎那，麻雀終於抑制不住內心的恐懼，發出一聲源自內心的尖叫，不過她的聲音被兩車相擦的噪音掩蓋了。

瞎子也跟著大叫起來，他倒不是嚇的，而是被麻雀的指甲掐得好不疼痛，唯有慘叫方能減輕一些痛苦。

對方那輛車重新調頭，此時羅獵駕駛的那輛車已飛速行駛到了大路之上，遠遠將他們撇開，兩輛越野車重新上路，一前一後全速追去。

麻雀已經停止了尖叫，可瞎子仍在大聲慘叫，麻雀望著他一臉的嫌棄：「膽小鬼，有什麼好怕的？」

瞎子苦著臉道：「被你掐出血了……」

麻雀這才搞清為什麼瞎子這麼誇張，趕緊放開了雙手，故意裝出什麼事都沒發生的樣子，轉身看了看後面的兩輛車，如釋重負道：「看來他們一時半會兒追不上來。」

瞎子沒好氣道：「別忘了你的身分，你現在是周曉蝶，看不到任何東西。」

麻雀道：「反正他們看不到。」她趴在前方的靠背上，向羅獵讚道：「羅獵，你車開得好棒。」

瞎子道：「那是當然，老司機了。」他對羅獵是真心佩服，剛才的情景想起來仍心有餘悸，也只有羅獵的強大心態敢做這樣的事情。

羅獵道：「別顧著說話，看他們有沒有跟上來。」

瞎子轉身看了看，發現那兩輛車應該和他們相距一里的樣子，笑道：「跟著呢，羅獵，今天就當出來遛狗，跟那幫日本狗好好玩玩。」

羅獵並沒有和對方正面交鋒的打算，根據目前的車速和雙方的距離估算，他有把握甩開對方，可為了給周曉蝶的逃離創造更多時機，他暫時還不能這樣做，要引誘對方在後方繼續追擊，離開正覺寺越遠越好。

經過前方十字路口，卻看到右方一輛摩托車駛入大路，緊緊跟隨在後方。

瞎子定睛望去，卻見那人一身黑衣忍者裝扮，臉上也用黑布蒙住，只露出一雙眼睛，肩頭露出長長的刀柄：「又來了一個。」

羅獵將油門踩到底部，意圖將後方的追擊者甩開。

然而那黑衣忍者所騎乘的摩托車提速更快，轟鳴聲中，已經衝到汽車的左側，和他們並駕齊驅，忍者冷酷的雙目盯住車內的羅獵，陰冷的殺機猶如無形的大網將車內的羅獵籠罩。

瞎子湊近車窗，三人之中也唯有他才能看清對方的細節，瞎子有些不能置信地眨了眨眼睛，他辨認出，眼前這名騎乘摩托車近距離追擊他們的忍者，似乎是昨晚在風雨園被怪物撕扯掉右臂的那個，當時瞎子還以為他死了，想不到才過了一天就完好無恙地出現在他面前，對他們三人展開追殺。

瞎子揉了揉眼睛道：「我一定是看錯了。」

麻雀道：「什麼錯了？」說話的時候，身體因車輛的擺動撞在車門上，卻是羅獵突然轉動方向盤，利用車身撞擊那名忍者。

忍者不得不緊急剎車，摩托車的後輪因為緊急剎車而向上翹起，脫離了地面。羅獵撞了個空，操縱車輛S形行進，讓忍者一時間無法超越自己。

瞎子大聲道：「羅獵，這忍者好像就是昨天在貨倉大開殺戒的那個，他明明右臂被怪物扯斷了……怎麼？」

羅獵冷靜道：「或許你認錯了人，或許他們原本就是孿生兄弟。」

瞎子撓了撓頭，自己認錯人應該不可能，不過羅獵的說法的確很有道理，這貨的頭腦果然比自己靈光。

忍者減速之後，機車再度加速，這次他竟然不顧一切地向汽車的車尾撞來。

瞎子和麻雀都在後座，時刻關注著這廝的舉動，在他們看來忍者的行為無異以卵擊石，在摩托車即將撞擊車尾的剎那，那名忍者突然捨棄摩托車騰空而起。

失去控制的摩托車全速撞擊汽車尾部，車身震動了一下，並沒有影響到羅獵的駕駛。幾乎在同時，車頂傳來一聲劇震，卻是那名忍者雙腳落在了車頂之上。

瞎子已經掏出了手槍，瞄準車頂，連續射擊，子彈穿透車頂，射向上方的忍者。羅獵猛然踩下剎車，意圖利用慣性將忍者從車頂甩出去。

忍者凌空飛躍，身軀在空中連續轉體，落在前方的路面上。

羅獵踩下油門，毫不猶豫地向忍者撞去。

忍者望著向自己高速撞來的汽車，並沒有流露出絲毫恐懼，雪亮的車燈照耀著他佈滿血絲的雙眸，瞳孔在強光的照射下驟然收縮，他抽出肩頭的太刀，雙手握刀，非但沒有躲避，反而迎向汽車衝去，在汽車撞向自己的剎那，揮動太刀，劈斬在車輪之上，鋒利的太刀將高速行進的車輪一分為二，車輪在被擊破之時發出接連的氣爆聲。

羅獵感覺車身開始偏移，汽車傾斜下去，車身於路面摩擦出無數火星，拖出一條長長的光之軌跡，然後車身翻滾著離開了路肩，沿著傾斜的斜坡不停滾落下去，等到車身靜止下來，羅獵一腳將變形的車門踹開，從裡面爬了出去。瞎子和麻雀也沒有受傷，他先將麻雀推了出去，然後自己跟著從面目全非的車廂中爬了出來。

黑衣忍者正從上方的道路緩緩向他們走來，瞎子摸了摸自己被撞腫的額頭，罵道：「王八蛋！」從腰間摸出了一顆手雷，然後向如影相隨的黑衣忍者全力扔了過去。

手雷在黑衣忍者身邊炸響，他卻於火光中閃身而出，宛如下山的猛虎，右手握住太刀呈四十五度角指向地面，飛速向他們衝了過來。

羅獵大吼道：「瞎子，帶麻雀先走！」

瞎子臨危不懼道：「你們先走，我來殿後！」他又扔出了一顆手雷。

忍者揮刀將手雷拍了出去，那手雷落在遠方的泥地中炸響，激得泥漿四濺。瞎子看到這廝熟悉的出刀手法，更加認定這就是昨晚的忍者無疑。

羅獵此時卻迎著忍者衝了上去，前衝的過程中，抽出三柄飛刀，咻！咻！咻，幾乎在同時射向那名忍者，飛刀在空中呈品字形，扯出三條閃亮的軌跡，飛刀撕裂空氣，發出陣陣尖嘯。

忍者揮刀擊飛了其中的兩刀，還是有一刀射在了他的肩頭，他伸手將飛刀拔出，隨手擲向羅獵。

羅獵的飛刀技法爐火純青，只是在力量上有所欠缺，可是這忍者射出的飛刀速度快到了極致，羅獵也曾見過不少的飛刀高手，可是從未見過有人出刀的速度如此之快，那忍者剛一揚手，飛刀就已來到自己面前。

羅獵倉促之中不及閃避，唯有用右手尚未來得及射出的飛刀去擋，雙刀撞擊在一起，發出噹地一聲刺響，比起這聲驚人的刺響，對方飛刀上蘊含的巨大力量更讓羅獵吃驚，他雖然成功擋住了對方的飛刀，卻被這一刀震得胸口血氣翻騰，向後接連退出三步方才堪堪卸去這股強大的力量。

瞎子向麻雀叫道：「你快走！」他舉起手槍瞄準那名忍者，連續扣動扳機。

面對橫飛的子彈，那名忍者竟然不閃不避，任憑子彈射入他的身體，瞎子剛開始還因為自己擊中了對方而欣喜，可很快他就意識到，自己射出的子彈根本無法對那名忍者構成致命的威脅。

瞎子有些凌亂了，昨晚遇到了一個前所未有的怪物，今天怎麼又遇到了一個，哥們出門沒看黃曆。彈夾內的子彈已經射完，瞎子更換彈夾的時候，忍者已經衝到了他們的面前。

麻雀也沒有離開，她撩開風衣，從中取出了一柄溫徹斯特M1897，這是一支由美國著名槍械設計師約翰勃朗寧從溫徹斯特M1893改進設計出來的泵動式散彈槍，沒有扳機切斷裝置的外置式錘型散彈槍，所以能夠快速連射。麻雀扣住扳機，反覆不斷地拉動前護木，霰彈槍在前護木和槍擊回到前段閉鎖的瞬間發射。羅獵和瞎子和麻雀同行，兩人都沒有發現麻雀偷偷在風衣內藏了這麼一支大殺器。

麻雀也是在離開之前跟隨鐵娃挑選武器，她挑來挑去最後選了一枝霰彈槍，麻雀是知道這武器的威力的，當時之所以沒跟羅獵和瞎子說，卻是因為擔心兩人笑話自己，說她小題大做，所以偷偷藏在風衣裡，沒成想真的派上了用場。

霰彈槍雖然威力很大，可是精準度一般，射程也比不上其他的常規武器，麻雀在關鍵時刻沉得住氣，等到那忍者靠近之後方才舉槍射擊。

蓬！霰彈槍準確擊中了那名忍者的腹部，打得他身軀後仰，腹部出現了一個碗口大小的血洞。忍者居然沒有倒下，低頭看了看自己腹部的血洞，然後繼續揚起了太刀。

蓬！麻雀又瞄準他的面部給了一槍，忍者及時轉頭，饒是如此，他也被轟去了右耳，半邊面孔血肉模糊。

瞎子雖然看得不忍，可心中卻是慶幸非常，關鍵時刻還是麻雀起到了一錘定音的作用，沒有這枝霰彈槍，他們三個恐怕加起來也不會是忍者的對手。

那名忍者緩緩倒在了地上。

羅獵擺了擺手示意同伴儘快離開這裡，瞎子跑了幾步，忍不住回頭又看了一眼，卻發現那名被麻雀轟掉了耳朵的忍者竟然又從地上爬了起來，瞎子認為自己肯定是看錯了，可是那忍者不但站起來，而且快步飛奔再度向他們追了過來。

羅獵和麻雀也察覺到了身後的異常變化，麻雀看到身後的情景，嚇得不由得尖叫了一聲，她剛才明明用霰彈槍近距離射殺了對方，可是那忍者怎麼又活過來了，而且看他奔跑的速度根本不像受傷的樣子。

瞎子比他們兩人看得更加真切，看到那名忍者肚子上的血洞這會兒功夫已經開始縮小，臉上的肌肉和皮膚正在以驚人的速度生長著，瞎子大叫道：「活鬼啊，他可以再生……」

麻雀內心無比惶恐，奔跑中沒留意腳下踩了個空，摔倒在了地上，手中的霰彈槍也飛了出去。

羅獵第一時間將麻雀從地上扶起，麻雀偏偏在這個時候扭了腳，臉色變得蒼白，顫聲道：「腳扭了……」

瞎子望著不斷逼近的忍者，一把抓起了地上的霰彈槍，大吼道：「羅獵，你帶麻雀先走！」說完，他舉槍衝了上去：「我操你大爺！」蓬！蓬！接連兩槍。

這次那名忍者學了個乖，不再像剛才那樣托大，以肉身硬抗子彈的射擊，他的身體忽左忽右，靈活躲避著瞎子的射擊，這會兒功夫，他被霰彈槍打傷的部位已經迅速康復。

羅獵向麻雀輕聲道：「對不起，我不能走！」

麻雀的一雙美眸瞬間湧出了晶瑩的淚花，她知道羅獵心中所想，點了點頭，然後擠出一個明朗的笑容道：「別管我，我走得動……」

瞎子連續射出三槍，卻無一命中目標，霰彈槍中只剩下最後一顆子彈，眼前的目標卻突然消失了，瞎子內心駭然，一股冷氣沿著背脊躥升起來，他的脖子突然僵住了，熟悉的感覺，忍者的身影出現在他身後。

羅獵向忍者衝了過去，可是已經來不及了，他無法在忍者的太刀落下之前趕到，羅獵爆發出一聲聲嘶力竭的悲吼：「瞎子！」

瞎子木立在那裡，他右手中握著一顆手雷，他已做好了和對方同歸於盡的準備，就算拚上自己這條性命，也要為朋友贏得逃亡的時間。

呼！一聲槍響傳來，子彈正中忍者的右臂，忍者不以為然，以為這樣的子彈不會對自己的身體造成任何傷害，可是他的右臂卻麻痺起來，低下頭去，卻發現中槍的部分閃爍著晶瑩的藍光，這藍光照亮了他的肉體，讓他的血脈和骨骼清晰可見，留下的彈孔沒有癒合的跡象，一股奇寒沿著他的血脈迅速蔓延著，他的右臂開始變得失去知覺。

忍者開始感到惶恐，他舉目望向遠方的樹林。

而此時羅獵的飛刀也已先後射入了他體內，呯！又是一槍，這一槍射在了忍者左肩，同樣的傷口，同樣的感覺，忍者突然做出了一個讓人意外的舉動，他竟然放棄了繼續追殺，轉身向遠方拚命逃去，轉瞬間身影已消失在茫茫夜色之中。

瞎子握著手雷大口大口喘息著，直到羅獵呼喊他的名字，這廝方才意識到自己又從鬼門關前爬了回來。

麻雀對羅獵說了謊話，其實她根本走不動，就算走得動，她也不會走，剛才之所以那樣說，只是想讓羅獵心裡好過一些。望著那對生死與共的兄弟，麻雀似乎明白了什麼，等到兩人同時向她看來的時候，麻雀倔強地站了起來，然後道：「我終於明白，你們兩個從未把我當成是自己人。」

瞎子用胖乎乎的肩頭輕輕撞了羅獵一下，羅獵無奈地搖了搖頭，來到麻雀面前，主動蹲下身去。

麻雀氣鼓鼓道：「幹什麼？」

羅獵道：「你有兩個選擇，要麼讓我背著你，要麼讓我抱著你。」

麻雀強行忍住想笑的衝動，抬頭看了看夜空道：「不要以為自己聰明絕頂，把所有事都算計得清清楚楚，我還有一個更好的選擇。」然後她向瞎子極其優雅地招了招手道：「瞎子，你背我。」

瞎子總算明白了一件事，女人如果喜歡一個人，肯定會想方設法地關心他愛護他，心疼他，麻雀讓自己背她絕不是生羅獵的氣，而是她害怕羅獵累著。

瞎子忍氣吞聲地背著麻雀，委屈得就像是一個受了婆婆氣的小媳婦兒，他也有些鬧不明白，自己可以義無反顧地為朋友去死，可是為朋友背女人這事兒，還是打心底不樂意，如果背的是周曉蝶那就另當別論，雖然麻雀長得很漂亮，人也很聰明，可再好也是人家的媳婦兒，自己只有吃苦受累的命。

羅獵絲毫沒有跟瞎子見外的意思，在瞎子為麻雀做牛做馬的同時，他選擇進入東邊的樹林，一是為了逃避有可能循跡而至的日本人追擊，二是想看看，剛才救他們的那個人到底還在不在。

進入樹林內，早已空無一人，雖然如此，羅獵還是在泥濘的土地上找到了幾個腳印。

瞎子背著麻雀氣喘吁吁地湊了過來，好奇道：「你說會不會是陸威霖？」

羅獵搖搖頭，指了指腳印道：「他的腳要大一些，而且，他從不穿布鞋。」

瞎子仔細回憶了一下，好像的確如此。

麻雀道：「幾個腳印說明不了任何問題，真正的高手踏雪無痕，也許救咱們的那個人根本就沒有留下任何痕跡呢。」

羅獵微笑道：「你說得很有道理。」

麻雀道：「現在拍馬屁已經晚了。」話沒說完，卻聽到瞎子放了個響屁。

瞎子當著麻雀的面丟人，臉臊得通紅，他第一時間否認道：「不是我！」

羅獵當然知道就是他，卻故意表情古怪地望著麻雀。

麻雀又羞又急：「死安翟，不是你難道是我啊？」

羅獵笑著向前方走去：「人吃五穀雜糧，誰能不放屁，沒事兒，沒事兒。」

瞎子樂得眉開眼笑，麻雀氣得照著他腦袋拍了一巴掌：「混球，你敢放還不敢承認了。」

「不是我！」

「就是你！放我下來，你放我下來！」

羅獵他們三人折騰到凌晨三點方才回到正覺寺，讓他們欣慰的是，他們今晚雖然歷盡凶險，還幾乎丟掉性命，可畢竟成功轉移了日方的注意力，張長弓在他們離開之後不久，就和鐵娃一起護送周曉蝶離開。

阿諾獨自一人在正覺寺留守，陪伴他的是安大頭，因為今晚事關重大，阿諾也滴酒未沾，始終保證頭腦清醒。

看到幾人返回，阿諾也是如釋重負：「你們總算回來了。」他遞給瞎子一封信，這封信是周曉蝶臨走時留給瞎子的。

瞎子將麻雀放下，他累得就快脫力，去阿諾剛才坐著的躺椅上躺下，雙手攤開道：「累死我了，麻雀，你都吃什麼啊，太重了。」

麻雀呸了一聲，她可不重，嘗試著走了一步，又感覺足踝疼痛，向羅獵伸出手去，示意羅獵過來扶她。

羅獵卻沒看到，倒了杯水遞給瞎子，麻雀看到他對瞎子的照顧，心裡又是羨慕又是嫉妒，同時還有點委屈，自己在他心目中的地位還比不上瞎子，難道他都不懂得關心一下自己？

正胡思亂想時，羅獵也倒了杯水遞給她，輕聲道：「你也累了一晚上了，今晚別走了，就在這裡睡吧。」

瞎子剛喝了一口水，聽到這樂得嗆住了，咳嗽幾聲方才順過氣來：「我說，你們兩人別這麼肉麻啊，羅獵，你請麻雀睡覺也迴避一下，我們可都在呢。」

阿諾腦迴路有點長，這會兒方才悟出瞎子說話的意思，哈哈大笑起來。

麻雀惱羞成怒，舉起裝滿水的杯子照著瞎子就要丟過去，卻被羅獵抓住了手腕，微笑道：「算了，他那張破嘴，別跟他一般見識。」

麻雀哼了一聲道：「瞎子，我看在羅獵的面子上饒了你一次。」

瞎子道：「嚇死我了，我睡覺去了，你們倆好好聊，秉燭長談，我和金毛絕不打擾。」

阿諾聽到瞎子招呼，趕緊各自回房了。

他們一走，院子裡只剩下麻雀和羅獵兩個，麻雀卻突然變得拘謹起來，伸了個懶腰，望了望夜空中的星河，顧左右而言他道：「你說周曉蝶現在是不是已經安全離開了？」

羅獵點了點頭道：「吉人自有天相，張大哥武功高強，做事周詳，我看不會有任何問題。」他指了指麻雀的腳踝：「我能看看嗎？」

麻雀俏臉紅了起來，心想人家是女孩子，女孩子的腳豈能隨隨便便讓你看，可也知道羅獵沒有其他意思，忸怩道：「不怎麼疼了，沒事，休息一晚就好。」

羅獵聽她這樣說也就不再勉強。

麻雀道：「那個忍者好可怕，我從沒見過中了這麼多槍還沒事的人。」

提起那名追殺他們的忍者，羅獵內心一沉，對方的戰鬥力之強大實在超乎想像，比起戰鬥力，那人的再生能力更加讓人恐怖，麻雀用霰彈槍轟掉了他小半個腦袋，換成常人早已死去，可是那名忍者卻在短時間內自我修復。這已超出了羅獵的認知極限，甚至無法用他所瞭解到的科學常識來解釋。

解救他們的那個人應當是對忍者的再生能力有所瞭解的，他射出的子彈可以對忍者造成傷害，忍者對那種子彈造成的傷害並無修復能力。換句話來說，潛伏在暗處的那人完全有射殺忍者的能力，可是他並未對忍者施以殺手，這又是什麼緣故？羅獵陷入深深的沉思中。

麻雀打了個哈欠道：「我去睡了。」

羅獵點了點頭，伸手將麻雀扶起，麻雀一瘸一拐地走向周曉蝶曾住過的房間，走到中途卻道：「不如我還是去你房間吧。」

羅獵瞪大了雙眼。

麻雀有些難為情道：「你別瞎想，我有些害怕，萬一那忍者晚上再過來尋仇怎麼辦？再說了，你不是失眠嗎？反正你也不睡，我……也信得過你人品。」

羅獵道：「你不怕他們說閒話？」

麻雀道：「又不是第一次，我們什麼人他們不知道啊？」然後咬牙切齒道：

「誰敢胡說八道，我扯爛他那張破嘴！」

夜深沉，羅獵盤膝靜坐，按照吳傑交給自己的方法吐納調息，所謂吐納其實就是一種特殊的呼吸方法，正如吳傑所說人的呼吸方法天生形成，每個人呼吸的節奏和頻率都不相同，很少有人注意到自己呼吸的方式是不是正確，是否能在一呼一吸中，讓身體得到最充足的氧氣，可以讓體內血氧飽和度達到最佳的狀態。

羅獵雖然修煉的時間不長，可是他的進境神速，能夠感到經脈中似乎有微弱的內息流動，開始時時有時無，捉摸不定，到後來就變得越來越強，然後有若春風在經脈內輕柔拂過，現在他閉目遐想甚至能清楚感覺到體內氣流流動的細節。

練習三個循環之後，羅獵睜開雙目，卻看到麻雀趴在床上，望著自己發呆。

羅獵不由得笑了起來：「怎麼還不睡？你不用害怕，有我為你守夜。」

麻雀歎了口氣道：「睡不著，總是想著那怪物，你說他究竟是人是鬼？」

羅獵道：「世上沒有鬼，我們所看到的只是一個超出我們認知的生命體。」

麻雀道：「你有沒有看到，他被炸掉的半張臉，一會兒功夫就長了回來。」

羅獵點了點頭，望著麻雀的雙眸道：「還記得咱們是怎麼認識的嗎？」

麻雀點了點頭，想起當時的情景，心中暖暖的無比受用，感覺羅獵的微笑讓人如沐春風，而她很快就迷醉在這暖暖的春風裡，麻雀的螓首緩緩垂落下去，卻是在毫無防備的狀態下又被羅獵催眠了。

羅獵幫助麻雀蓋好被子，然後悄悄來到外面。

瞎子獨自一人坐在院子裡的長條板凳上，望著夜空若有所思。

羅獵來到瞎子身邊，伸手拍了拍他寬厚的肩膀：「還沒睡啊？」

瞎子居然表現出前所未有的深沉，歎口氣道：「睡不著，可能被你傳染了。」

羅獵笑了起來，在瞎子身邊坐下，習慣性地掏出煙盒，卻咳嗽了一聲。

瞎子瞥了一眼道：「你也少抽點，對身體不好。」

羅獵聽從了他的奉勸，將煙盒放了回去。

瞎子道：「我剛才和阿諾在周圍轉了轉，附近應該沒有人監視咱們。」

羅獵對瞎子夜視的能力相當有信心，輕聲道：「還在為周曉蝶擔心？」

瞎子在羅獵面前從不做任何隱瞞，他點了點頭道：「她父母雙亡，眼睛又看不見，現在連手下人也死了，挺可憐的。」

羅獵道：「等過了這陣風頭，你再去找她。」

瞎子道：「她是個心地善良的女孩子，只是發生在她身上不幸的事實在太多，所以她才害怕和外人交往，對人充滿戒心。」

羅獵笑著點了點頭道：「我相信。」

瞎子從懷裡拿出一個信封遞給羅獵，這是周曉蝶臨走前委託阿諾交給他的。

羅獵道：「你的私人信件，我好像不方便看吧。」

瞎子搖了搖頭道：「是一張畫，畫得好像是圓明園。」

平度哲也將佐田右兵衛體內的彈頭取了出來，彈頭是藍色透明的晶體，看起來像是藍色的冰，然後他為佐田右兵衛注射了兩支針劑，一支是為了中和佐田右兵衛體內的毒素，另外一支是幫助他鎮定睡眠。

為佐田右兵衛療傷之後，平度哲也離開了小樓，出門上了汽車，讓司機將他送往西城的一座民宅。

平度哲也下車之後，讓司機在外面等候，他輕輕叩響了門環，過了一會兒，一名男子打開了房門，平度哲也恭敬道：「福山君休息了沒有？」

那男子微笑道：「福山先生說今晚會有客人來訪，沒想到是平度先生。」他做了個邀請的動作，平度哲也跟隨他走入院落之中。

雖然是典型的中式四合院佈局，可房間的裝修卻是日式風格，東側的房間內亮著燈，平度哲也在風雨廊下脫去鞋子，拉開移門進入其中。

一位身穿灰色和服的老人背身坐在一幅佔據整面牆壁的浮世繪前方，靜靜擦拭著手中明如秋水般的太刀。

平度哲也關上移門，跪坐在榻榻米之上，恭敬道：「福山君，我來了！」

老人沒有回頭，依然耐心地擦拭著手中的太刀，直到他感到滿意，方才還刀入鞘，慢慢轉過身來，他滿頭銀髮，相貌清臒，精神矍鑠，兩道灰白色的濃眉之下是一雙深邃的眼睛，他的目光銳利如刀，彷彿可以直視人心，這位老人竟是一直守護麻雀的福伯。

福伯冷冷望著平度哲也，平度哲也在他的逼視下惶恐地垂下頭去。

福伯道：「佐田右兵衛的事情究竟是怎麼回事？」

平度哲也道：「我只是負責對他進行治療改造，其他的事情我一概不知。」

福伯呵呵冷笑起來：「你不知道？那好，我問你，為什麼沒有將他的事情向我彙報，追風者計畫不是已經暫停了嗎？」

平度哲也道：「還沒有來得及，今天上午方才進行手術，我想等他的狀況穩定一些，才向福山君報告這件事，可是沒想到他會去執行任務。」

福伯道：「船越龍一的命令？」

平度哲也搖了搖頭道：「我不能說。」

福伯緩緩站起身來，雙手抱在胸前，在室內來回踱步：「在沒有確定的把握之前，你為何要將化神激素用在他身上？」

平度哲也道：「情況緊急，船越先生要不惜代價救治佐田右兵衛，而且，福山君您當年也說過，只要時機恰當，隨時可以進行人體試驗。」

福伯目光一凜，他的確說過這樣的話，可是他有個前提，人體試驗必須要在可控的範圍內，最好是普通人，而平度哲也選擇的第一個對象就是佐田右兵衛，這位進入黑龍堂地榜的殺手在接受化神激素的治療後，他的實力突飛猛進，已經達到了一個相當可怕的境地。

福伯望著眼前誠惶誠恐的平度哲也，心中卻明白，這個看起來唯唯諾諾的書呆子，並非對自己忠心不二，佐田事件絕非偶然，他放棄了繼續追問的打算，低聲道：「目前提煉出來的化神激素還有多少？」

「除去用在佐田右兵衛身上的，還有三支。」

福伯點了點頭：「全部封存起來，交由我來保管，沒有我的允許，人體實驗不可以繼續進行。」

「此事只怕無法從命！」平度哲也的態度異常堅定。

福伯怒視平度哲也。

平度哲也將頭深深躬了下去：「福山君，我有難處，這件事我做不了主，您也一樣。」

福伯突然明白平度哲也之所以敢對抗自己的命令，是因為他得到了更為強大的支援，這個平度哲也的背後人物在實力和地位上應該都超過了自己，他點了點頭，大吼道：「滾吧！」平度哲也慌忙轉身就想逃，聽到福伯又道：「至於佐田右兵衛，你最好提醒他，你們可以幫他獲得再生能力，一樣可以將他置於死地，如果不懂得收斂，那麼很快就是他的死期。」

「哈伊！」

福伯擺了擺手，平度哲也雙手扶在地上，深深一躬，然後方才退了出去。

福伯歎了口氣，從刀架上取下另一柄短刀，握住刀柄抽出了一截，露出刀鞘的部分卻是藍色透明的刀身，晶瑩剔透，溢彩流光。

這一夜對正覺寺的每個人都是一種煎熬，就連慣於高枕無憂的瞎子和阿諾也度過了一個不眠之夜，還好那些日本人並未去而復返。

天明的時候，眾人聚到院中，麻雀的足踝經過這一夜非但沒消腫，反而腫得越發厲害了。

羅獵決定帶她去治療，葉青虹留下的那輛汽車已經徹底損毀，羅獵唯有拉著板車，帶著麻雀來到回春堂。

之所以選擇回春堂而不是去醫院的原因，一是因為羅獵對吳傑的醫術有信心，二是因為他想將昨晚發生的事告訴吳傑，徵求一下他的看法。雖然沒什麼證據，可羅獵總認為昨晚出現的忍者很可能和吳傑所說的黑煞附體有關。

來到回春堂的時候，吳傑正坐在門前逗他的鳥兒，羅獵還沒有來得及向他打招呼，吳傑已經道：「羅先生來了？」他的表情非常冷淡，因為此前他特地向羅獵交代過，希望羅獵不要帶陌生人前來打擾他。

羅獵道：「吳大哥，我今兒過來是特地向您求醫的，我朋友的腳扭了。」

吳傑站起身，緩步來到板車前。

麻雀在途中已聽羅獵說過吳傑是個瞎子，可看他的舉動簡直和正常人無異，心中難免有些奇怪，這個吳傑怎麼看起來一點都不像盲人。

麻雀右腳的足踝已經腫起老高，發麵饅頭一樣，吳傑讓她就躺在車上不動，修長的手指在麻雀足踝上輕輕一捏，麻雀卻痛得尖叫起來。

吳傑道：「不妨事，骨頭沒斷，只是扭傷了腳筋。」他轉身走入房間內，取出了兩帖膏藥，其中一帖給麻雀貼上了，將剩下兩帖交給了她，叮囑道：「明天這個時候，再用一帖，這兩天儘量不要走動，後天應該可以恢復如常。」

麻雀只覺得那膏藥貼上之後原本火熱脹痛的足踝頃刻間如同清流湧入，疼痛也不那麼明顯了，看來羅獵沒有欺騙自己，這位盲人郎中果然有過人之能，剛一出手就顯奇效。

吳傑說完就下起了逐客令：「沒別的事，兩位請便吧，我待會兒還要出診。」他今天的態度出奇冷淡。

羅獵並不介意，微笑道：「有些事想跟您商量。」

吳傑點了點頭，低聲道：「你跟我來。」

羅獵聽得清楚，他說的是你跟我來，而不是你們，於是讓麻雀就在外面坐著等自己。

走入吳傑的小屋，看到床上的行李箱和疊好的衣服，卻是準備整理行李出門的樣子，羅獵愕然道：「吳大哥打算出門？」

吳傑也沒有隱瞞：「是，我打算去趟津門。」

羅獵頓時猜想到他此番前往津門或許是為了尋找方克文，心中難免有些後悔，自己不該將方克文的事告訴他，對吳傑他已經有些瞭解，此人有些像西方的驅魔獵人，他的使命或許就是為了尋找並消滅黑煞附體的生命。

羅獵道：「昨晚我遇到了一個麻煩。」

吳傑沉聲道：「方克文找你了？」

羅獵搖了搖頭道：「沒有，我們遭遇了日本人的伏擊，前晚被方克文扯掉右臂的忍者出現了。」

吳傑皺了皺眉頭，他馬上意識到這件事的不尋常，一個人的手臂在被人活生生撕扯掉之後，等於丟掉了大半條性命，按理說絕不可能在一日之間就恢復。

羅獵將昨晚發生的事簡單說了一遍，主要是講述了和那名忍者交手的情景。

吳傑的臉色變得越發凝重，當他聽到有人開槍阻止了忍者之後，低聲道：「忍者中槍之後什麼狀況？」

羅獵道：「傷口發出藍光，肌肉血脈骨骼都變得近乎透明。」

吳傑倒吸了一口冷氣，手中竹竿在地上重重一頓，開始在室內緩緩踱步。

從吳傑的表現，羅獵就知道他必然瞭解一定的內情，興許這忍者也是他所說的黑煞附體？

吳傑道：「普通的子彈殺不死他，那子彈中含有地玄晶。」

「地玄晶？」羅獵愕然道，他從未聽說過這種東西。

吳傑道：「你應當沒聽說過這樣的東西，地玄晶應當是一種天外來的隕石，非常少見，人被黑煞附體之後，他們的防禦力和攻擊力都會變得極其強大，普通的刀槍無法對他們造成致命傷害，只有用地玄晶製作的武器才能。」

羅獵道：「您是說，昨晚嚇走忍者的那個人，他的子彈是用地玄晶製成？」

吳傑點了點頭道：「不排除這個可能。」

羅獵道：「那名忍者並非刀槍不入，他擁有超強的再生能力，我親眼看到他的頭顱被轟掉了小半個，可是一會兒功夫就完全復原了。」直到現在羅獵仍然覺得這件事不可思議。

吳傑道：「黑煞附體，吸附在不同人身上會產生不同變化，方克文變成了一個滿身鱗甲神力驚人的怪獸，那個忍者獲得了強大的再生能力，這些人獲得超強能力的同時，無一例外會迷失本性，禍亂人間！」

羅獵心情極其沉重，如果那名忍者再度前來，他和他的這些朋友根本沒有能力與之抗衡，吳傑或許懂得怎樣對付這些被黑煞附體的怪物，正準備請教之時。

吳傑道：「你的處境很危險，還是儘快離開北平吧。」

羅獵道：「事情還沒辦完，我暫時不能走。」受人所托忠人之事，別說葉青虹委託自己的事並未完成，現在連葉青虹也神秘消失，羅獵又怎能在這時離去。

吳傑沉默了一會兒，撩開長衫，從腰間取下一把匕首，遞給了羅獵道：「你留著，危急的時候興許用得上。」

羅獵接過匕首，感覺入手頗為沉重，烏木手柄，鯊魚皮鞘，造型古樸但是做工算不上精緻，當著吳傑的面，羅獵並沒有將匕首抽出，也沒有推辭，恭敬道：「謝謝吳大哥。」吳傑做事神出鬼沒，深不可測，他送給自己的東西必非凡品。

吳傑道：「不必客氣，以後你不用來這裡找我了，這一去我也不知何時能夠回來。」他來到床前，將疊好的衣服井井有條地放入藤條箱內。

羅獵道：「吳大哥，方克文的本性不壞，您……」

吳傑打斷了他的話：「自從他們被黑煞附體的那一刻，就已迷失了本性，你務必要記住，面對這種人絕不可以手下留情，你對他留情，就是對自己殘忍。」他想起了一件事：「對了，門口那隻鷯哥你帶走吧，若是有緣咱們還能再見。」

羅獵點了點頭，吳傑為人大有俠者之風，獨來獨往，做事堅決無畏，此人的信念極其堅定，一旦決定的事，絕不會被他人的意見所轉移。

麻雀讓羅獵將自己送到燕京大學的宿舍，那裡有同事可以幫忙照顧她。

忙完麻雀的事情，羅獵將板車和鷯哥都留在了麻雀那裡，在他看來麻雀、鷯哥都是鳥類，相互之間應該有共同語言。

在燕京大學門外叫了一輛黃包車，舒舒坦坦躺在車上，奔波了一天，總算可以好好休息一下了，在車內無意中發現了一份客人遺留的報紙，羅獵隨手展開，流覽了一下，無意中在中縫內發現了一行小字，這是一則訃告，卻是一代名伶焦玉成於津門寓所內被人槍殺。

看到焦玉成的名字，羅獵不由想到了遠走黃浦的白雲飛，這焦玉成乃是白雲飛的授業恩師，他中風癱瘓後告別了舞台，生活開始變得窘迫，一直以來都是白雲飛在負責他的生活，沒想到白雲飛出事沒多久，焦玉成就被人槍殺。羅獵心中暗歎這些江湖人的冷血，焦玉成只是一個癱瘓的老人，為何還要對他趕盡殺絕？

羅獵的心情因這個消息而變得低沉，黃包車夫拉到中途，天空突然下起雨來。羅獵不忍看他在雨中奔跑，讓他先去前方長廊避雨，等雨停了再繼續趕路。風雨長廊內擠滿了避雨的人們，那車夫生怕羅獵走遠，對他亦步亦趨，羅獵知道他擔心自己逃了車錢，笑了笑，先付給車夫車資，指了指前方的煙酒鋪，說明自己過去買包煙。

車夫得了車錢也就不再跟著，安心蹲在了原地候著。

羅獵來到煙酒鋪前，買了一包香煙，剛點上一支，就感到有硬物頂住了自己的後腰：「不許動！」

第七章

當局者迷 旁觀者清

羅獵看出周曉蝶和瞎子之間產生情愫，
周曉蝶的絕交信證明了她不想瞎子為了她冒險前去。
這對瞎子未嘗不是一件好事，畢竟現在周圍危機四伏，
瞎子若是前往滿洲，興許會被日本人盯上，
反而會給周曉蝶帶去更大的風險。

對方一發聲，羅獵反倒笑了起來，從聲音中他已經辨別出對方竟然是久未謀面的陸威霖。他轉過身去，看到陸威霖穿著黑色風衣，右手的手指模擬成手槍的形狀對著自己。

羅獵將手中剛買的香煙遞給他，陸威霖毫不客氣地接了過來，抽出一支。羅獵幫他點上，輕聲道：「剛來，還是一直都在啊？」陸威霖這個人神龍見首不見尾，他們兩人也算得上是不打不相識，在一場場生死歷險中不知不覺結下了深厚的情誼。其實羅獵問話的時候已經看到了陸威霖左手的黑色皮箱，推測出他應當是抵達北平不久。

陸威霖道：「今天剛到北平，本想去正覺寺找你們，到了這兒雨突然下大了，只能來這裡避上一會兒，想不到啊，居然遇到了你。」

羅獵聽他說完，已經知道陸威霖是來找自己的，不過他應不是單純的訪友敘舊那麼簡單，羅獵敏銳覺察到陸威霖的出現很可能和葉青虹新近的失蹤有關。

果不其然，陸威霖馬上就道明了自己的來意：「葉青虹失蹤了，穆三爺讓我過來尋找她的下落。」

其實這些天羅獵一直都在擔心這件事，葉青虹在正覺寺和自己匆匆一晤之後就失去了下落，羅獵本以為葉青虹是躲在暗處守株待兔，可在東生派人冒充義和團進入綺春園開挖黃金之後，葉青虹居然沒有出現，那時候羅獵就意識到情況有些不太對，其實就算陸威霖沒有現身，他也打算直接和穆三爺聯繫。

陸威霖的出現說明連穆三爺也不清楚葉青虹現在到底身在何處，羅獵皺了皺眉頭道：「有沒有她在北平落腳的地方？」

陸威霖點了點頭道：「有個地址，我打算找你問過之後再去呢。」他將地址說給羅獵聽了，居然就在他們避雨的地方不遠。

此時雨稍稍小了一點，兩人讓黃包車夫離去，他們選擇步行前往，走了不到三里地，已經來到陸威霖所說的葉青虹的暫住地，單從外面的高牆就已經看出宅院的氣派，大門上著鎖，裡面沒人。

羅獵和陸威霖對望了一眼，彼此就已經心領神會，陸威霖為羅獵掩護，羅獵掏出隨身攜帶的開鎖工具開始撬鎖，撬門別鎖並非是他的強項，不過畢竟名師出高徒，和瞎子在一起久了，羅獵多少也掌握了一些開鎖的要訣，更何況這門鎖極為普通，羅獵並沒有花費太久的時間就將門鎖撬開。

兩人進入大門，合力將大門掩上，卻見進門的院落之中綠草萋萋，樹木豐茂，從花園的情況來看，應當有日子無人打理了。

陸威霖道：「這裡不像有人住的樣子。」

羅獵做了個手勢，兩人分頭尋找，裡裡外外將這套宅子搜索了一個遍，並沒有看到有人在裡面。

羅獵撬開了車庫的大門，看到車庫內也沒有人在，只停放著一輛挎斗摩托車，讓他欣喜的是，摩托車鑰匙就插在上面，葉青虹提供給他使用的汽車已經於昨晚被忍者摧毀，剛好可以將這輛摩托車開走當代步工具。

陸威霖從他的表情中已經猜到了他的心思，歎了口氣道：「走吧，看來她並沒有在這裡住過。」

陸威霖的突然出現讓阿諾欣喜不已，幾人之中阿諾和陸威霖的感情最好，畢竟他們一起經歷了在九幽秘境的同生共死，更讓阿諾欣喜的是羅獵順手牽羊帶來的這輛挎斗摩托車，他在瀛口的時候就擁有過一輛破破爛爛的挎斗摩托車，一度被他視為最寶貴的財富。這輛摩托車和他此前的那輛型號相同，成色卻是極新。

羅獵善解人意，知道阿諾心底的情結，將鑰匙扔給了他，讓阿諾先出去兜兜風，順便將油加滿，再買些菜回來，陸威霖主動提出要和阿諾同去。

瞎子白天補了一天的覺，才醒了沒多久，揉著亂如雞窩的頭髮，打著哈欠來到羅獵的面前：「是不是有麻煩了？」

羅獵搖了搖頭。

瞎子道：「剛剛我聽到好像有人來了。」

羅獵這才將陸威霖來北平的事情跟他說了，瞎子不以為然道：「他來了又頂個屁用，槍法再好也打不死怪物忍者。」

羅獵拍了拍他的肩頭道：「別急，耐心等兩天，張大哥就會回來了。」

瞎子點了點頭，自從周曉蝶離去之後，他始終心神不定，總是擔心周曉蝶會出事，在一旁坐了，安大頭一溜煙跑了過來，在他腿肚子上蹭來蹭去，瞎子在安大頭的背上拍了拍，忽然問道：「小蝶留下的那張圖是什麼？」

羅獵道：「應該是圓明園的地下水道，標記了一些東西，我懷疑可能是當年蕭天行藏匿黃金的地點，畢竟咱們只找到了兩尊木雕，蕭天行可能藏了不少。」

瞎子聽到黃金小眼睛頓時灼灼生光，壓低聲音道：「咱們儘快挖出來，得了金子就離開這裡，娘的，這北平實在不太平。」

羅獵道：「葉青虹失蹤了。」

瞎子瞪大了雙眼，然後這廝沒心沒肺地笑了起來：「那不正好，雇主都失蹤了，咱們還傻兮兮地待在這裡做什麼？幹一票，撈一筆走人！」他說完，看到羅獵沒有半點反應，乾咳了一聲道：「怎麼？你捨不得走啊？」

羅獵道：「君子一諾千金……」

「屁的千金！」瞎子壓低聲音道：「這園子裡埋的就不止千金，咱們將蕭天行留下的金子都弄走，那葉青虹反正也不是什麼好人，讓她自生自滅，再者說了，陸威霖不是來了，讓他去找就是。」

羅獵沒有說話。

瞎子歎了口氣道：「我算是明白了，你喜歡葉青虹。」

羅獵搖了搖頭道：「不是！」

瞎子冷笑道：「別否認，你要是不喜歡她，被她坑了這麼多次，還甘心為她做事？」

「那是我欠她人情。」

「別拿人情當藉口，羅獵啊羅獵，咱們可是打尿尿和泥一起的兄弟，你跟別人玩深沉，跟我玩不了，你多粗多長我都清楚。」

羅獵因為瞎子的粗俗禁不住哈哈大笑起來。

瞎子卻沒笑，表情前所未有的認真：「葉青虹不適合你，我絕不會接受一個只想利用你的女人跟你在一起。」

羅獵從兜裡摸出香煙，剛叼到嘴上，就被瞎子一把搶了過去：「心虛了，你聽我說完。」

羅獵無奈道：「說吧，我聽著呢。」

瞎子道：「你難道看不出麻雀喜歡你？」

羅獵道：「你倒是蠻關心我的事。」

瞎子道：「麻雀不錯，找老婆就得找個真心喜歡你的，再說了，麻雀論長相論人品，哪樣比不上葉青虹？」

羅獵又抽出了一支香煙，瞎子伸手想搶，卻被羅獵擋住了手臂，瞎子道：「你跟我說實話，葉青虹和麻雀你究竟喜歡誰？」

羅獵終於成功將香煙點上，抽了口煙道：「這個問題不好回答。」

瞎子道：「那我換個方式，葉青虹和麻雀如果都願嫁給你，你會娶哪個？」

羅獵道：「我沒想過結婚，而且我對她們兩人沒有產生你想像中的愛情。」

瞎子幾乎不能相信自己的耳朵，他眨了眨眼睛：「你沒騙我？」

羅獵吐出一團煙霧，躺在躺椅上，目光投向上方陰沉沉的天空，輕聲道：「我喜歡的人已經在另外一個世界了。」他彷彿看到空中有一雙深邃的眼睛正在望著自己，羅獵被她的眼神刺痛了，下意識地閉上雙眼，腦海中卻出現熊熊燃燒的烈焰，一個白色倩影正飛蛾撲火般撲向那團烈焰，他的內心劇烈抽搐了一下。

心被灼痛的同時，手也感覺到一種燒灼的痛感。

瞎子叫道：「二貨啊，煙都燒手了。」

陸威霖的到來並沒有帶來任何起色，他雖然掌握了葉青虹在北平可能落腳的各個地點，也在羅獵幾人的幫助下逐一尋找過，可是每次都是無功而返，葉青虹果然失蹤了。

自從那晚之後，日本人也再沒有前來找過他們的麻煩，那位擁有著強大再生能力的忍者也沒有出現過，這讓羅獵等人內心稍安。

如果說最好的消息就是張長弓的返回，他和鐵娃將周曉蝶安全送到了白山，這是羅獵的主意，奉天雖然很近，可是遍佈日方勢力，周曉蝶在那裡長期居住並不安全，白山那邊相對閉塞了一些，而且有楊家屯的幾位老人，鐵娃此番陪同周曉蝶過去，一可以照顧周曉蝶，二可以探望一下他的父老鄉親，在鐵娃心中早已將鄉親們當成親人看待，他出來的時間雖然不長，可是已經想家了。

張長弓做事謹慎，幾經中轉，確信無人跟蹤方才將周曉蝶安全送到了白山。至於周曉蝶的具體下落，他也只告訴了羅獵。

瞎子本來嚷嚷著想去奉天陪伴周曉蝶，可是張長弓轉交給他一封周曉蝶的親筆信，瞎子看完之後就不吭聲了，當晚喝得酩酊大醉，卻是周曉蝶在信中明確告訴瞎子，自己一直以來都將他當成哥哥看待，從未有過其他的想法，這封信顯然是要瞎子斷了對她的念想。瞎子感覺自己的戀情剛剛開始，又被無情扼殺了，喝多也在情理之中。

阿諾在瞎子失戀的時候充當了共患難的角色，雖然他並沒有失戀，可是架不住他嗜酒如命，最後一樣喝得醉如爛泥，這貨明顯沒學過喧賓奪主這個詞兒。

當晚安頓好這兩個醉鬼，已經是午夜時分了。

張長弓來到羅獵的房內飲茶，低聲道：「其實我看得出，周曉蝶對瞎子應該是有意思的。」

羅獵微微一笑，當局者迷旁觀者清，他也看出周曉蝶和瞎子之間應當產生了情愫，周曉蝶的絕交信恰恰證明了她在乎瞎子，不想瞎子為了她冒險前去。這對瞎子未嘗不是一件好事，畢竟現在他們周圍危機四伏，瞎子若是即刻前往滿洲，興許會被日本人盯上，反而會給周曉蝶帶去更大的風險。

張長弓道：「白山那邊有鐵娃在，應該不用擔心，這孩子肯定能將事情辦得妥妥地。」

羅獵道：「這件事，你知我知，他們的下落連瞎子都不要說，還有，對麻雀和其他人一樣要保密。」

張長弓點了點頭，他還是有些奇怪，難道羅獵連麻雀也信不過？

羅獵道：「知道的人越少，他們就越安全。」

張長弓道：「陸威霖怎麼來了？」

羅獵這才將張長弓走後發生的事情告訴了他，張長弓雖沒有親眼目睹，可是也聽得心驚肉跳，尤其是當羅獵說起被那個再生能力超強的忍者追殺，張長弓如同親臨現場，雙手掌心都冒出了冷汗。

羅獵道：「你有沒有聽說過地玄晶？」

張長弓搖了搖頭道：「從未聽說過。」

羅獵從腰間抽出匕首遞給了張長弓，張長弓將匕首從鞘中抽出，頓感寒氣逼人，匕首之上閃爍著星星點點的藍色反光，仔細一看卻是有一顆顆砂礫大小的藍色晶體融入到匕首的刃體之中，張長弓並未覺得這匕首如何稀奇，翻來覆去看了幾眼，重新還刀入鞘，托起匕首還給羅獵道：「這匕首有什麼特別？」

羅獵道：「我也不清楚，我懷疑這藍色顆粒就是吳先生所說的地玄晶。」

張長弓道：「你不是說有人用槍射傷了那名忍者？」

羅獵道：「興許這把匕首可以對忍者造成傷害。」他停頓了一下又道：「這藍色顆粒應當和射傷忍者的子彈含有同樣材質。」

張長弓道：「地玄晶？我看你應當找人鑒別一下，這地玄晶到底是什麼東西？如果能夠搞清楚它是什麼，咱們就可以購買一些，用來改進咱們的武器，到時候就不用怕那些妖魔鬼怪了。」

羅獵笑著點了點頭道：「明天我去燕京大學，麻雀幫我聯繫了一位冶金系的教授，希望他能夠幫得上忙。」

羅獵來找麻雀不僅僅是為了鑒別這匕首的材質，周曉蝶留下的那幅圖，雖然明顯畫的是圓明園，可現在的圓明園早已面目全非，以羅獵幾人對圓明園的瞭解，是不可能按照這張畫從這片廢墟中找到標記的地點。

來到圖書館前，看到麻雀已經在那裡等著自己，羅獵笑著走過去，遞給她一串冰糖葫蘆。

麻雀的腳已經完全好了，吳傑的膏藥極其靈驗，接過羅獵遞來的冰糖葫蘆，笑道：「禮下於人必有所求，今天對我這麼好啊？」

羅獵道：「讓你幫忙聯繫的事進展如何？」

麻雀道：「剛巧學校請了一位英國冶金學教授過來講學，我幫你約了他。」

「男人還是女人啊？」

麻雀有些敏感地瞪了他一眼道：「男人，老男人！」

亨利教授來自於英國皇家工學院，他是應燕京大學蔡校長的邀請，特地前來講學，其實冶金採礦之類的專業在燕京大學並非強項，這是個慈眉善目的小老頭兒，謝頂嚴重，頭頂光禿禿一片，齊上耳根的位置還保留著一圈花白的鬈髮，顯得有些滑稽可笑，穿著上也是不拘小節，咖啡色西服上裝，洗得已經泛白的黑色褲子，脖子上纏了一條紅黑相間大方格的圍巾，腳上居然蹬著一雙厚底戰鬥靴。

這位臉上始終掛著和善笑意的教授有著歐美人不多見的五短身材，即便是穿著那雙厚底靴，還是只到羅獵肩頭，不過他生得肥胖，肚子腆出老高，嚴重的比例失衡，腰圍要遠大於身長，走路的架勢左搖右擺，看起來像極了一隻企鵝。

羅獵早就懂得不能以貌取人的道理，此前麻雀也向他介紹過，亨利教授不但在英國本土，即便是在當今世界的冶金領域中也享有極高的聲譽。賓主寒暄之後，羅獵取出那柄匕首遞給了亨利教授。

亨利抽出匕首看了看，雖然他在礦物方面的知識極其豐富，可是單憑肉眼一時間也難以判斷這上方藍色晶體的主要成分，單從冶金專業的角度來看，這樣的鍛造工藝並不複雜，而且存在著相當的瑕疵，用來鍛造匕首的幾樣材料並沒有達到融為一體的地步，換句話來說，在鍛造過程中，這藍色的晶體還未達到熔點。

得到羅獵的允許之後，他利用打磨的方法，從匕首上採集了部分小樣，這種採樣並不會破壞匕首的完整性，更不會影響到匕首的使用。

亨利教授倒是提出一個建議，從專業角度上來看，這柄匕首只是一個半成品，應當重新回爐，再度鍛造。

羅獵雖然表面接受了他的建議，可心中卻並不那麼認為，吳傑送給他匕首的初衷應當是讓他面對那些被黑煞附身的敵人能夠保命防身，這柄匕首究竟是因為鍛造工藝的缺陷，還是故意鍛造成這個樣子還很難說，這些只有等見到吳傑才能找到答案。

羅獵認為遍佈匕首的藍色顆粒，很可能就是吳傑口中的地玄晶，而地玄晶或許就是克制那些變態強敵的關健。至今羅獵仍然不相信所謂的黑煞附身之說，他認為方克文應當是遭受某種輻射後的變異，輻射源很有可能就是那塊禹神碑。

可是羅獵也沒有確實證據，他也同樣接近了禹神碑，為何目前他的身體並無異樣？或許起到決定作用的是接觸時間的長短。

羅獵帶來的那幅圓明園的圖紙，引起了麻雀的關注，因為羅獵的緣故，她最近搜集了不少圓明園方面的資料，其中就包括許多形式不同的建築結構圖，不過羅獵帶來的這一張卻有些特別，麻雀只看了一眼就能夠斷定，在自己搜集的諸多資料中並無任何一張與之相同，這張地圖應當是圓明園未被焚毀之前的建築圖。

不過想要將周曉蝶留下的這張地圖和遺址圖完全對應起來，恐怕至少要花費三天的時間。

羅獵也知道任何事情不能操之過急，周曉蝶留下的這張圖很可能和蕭天行當年藏匿在圓明園地下的黃金有關。相比這件事當前葉青虹的下落更加重要，他將這幅圖留給了麻雀，約好等麻雀將圖紙對應之後，再跟他聯絡。

麻雀送羅獵離開圖書館的時候，迎面走來一位中年男子，那男子五十歲左右的樣子，頭髮卻已全白，兩道劍眉黑如墨漆，目光銳利，身材挺拔，黑色長衫非常合體，手中拎著一隻黑色水牛皮公事包，氣宇軒昂，健步如飛，目不斜視。

麻雀看到那男子驚喜萬分道：「沈伯伯！」

那男子看到麻雀，一張冷酷的面孔頓時春風拂面，雖然他已不再年輕，可是卻依然充滿了魅力，微笑道：「小麻雀！」

麻雀將手中的材料向羅獵懷中一塞，然後歡呼雀躍著向對方跑去，原來這位中年男子正是麻博軒的師兄沈忘憂，目前就職於國立圖書館，他過去曾在燕京大學任教，現在雖然離開，可仍然是這裡的客座教授。

麻雀來到沈忘憂的面前，挽住他的手臂，開心道：「沈伯伯，您不是在英國講學嗎？什麼時候回來的？怎麼一點消息都沒有。」

沈忘憂哈哈大笑道：「我做什麼事難道還要事先向你彙報？本來要再晚三個月回來，可是洋人的飯實在太難吃，所以我就提前回來了。」

麻雀道：「回來了好，回來了好，我有好多好多問題準備向您請教呢。」

兩人聊得熱切，反倒把一旁的羅獵忘了個乾乾淨淨，說了好一會兒話，還是沈忘憂提醒麻雀旁邊還有她的朋友，麻雀這才想起羅獵，放開了沈忘憂的手臂，向他道：「沈伯伯，我給你介紹，這位是我好朋友羅獵，羅獵，這就是我跟你提起的知識淵博，學富五車的沈忘憂沈先生。」

羅獵聽說此人就是沈忘憂，心中不由得為之一動，微笑道：「沈先生好，我是羅獵，還請沈先生以後多多指教。」他主動向沈忘憂伸出手去。

沈忘憂和羅獵握了握手，打量了一下他，然後向麻雀意味深長道：「好朋友？」

麻雀的俏臉立時紅了起來，然後用力點了點頭道：「好朋友，他是牧師。」

「牧師？」沈忘憂的表情更加奇怪了。

羅獵笑道：「過去的事了，現在也就是到處轉轉，增長一下閱歷，自己都不成熟，又談什麼拯救世人呢？」

沈忘憂微笑點頭，放開了羅獵的手。

麻雀道：「我來做東，請沈伯伯吃飯，為您接風洗塵。」

沈忘憂笑道：「今天恐怕不行啊，我跟蔡校長有約。」

麻雀撅起櫻唇道：「蔡校長嘮嘮叨叨的，跟他在一起有什麼意思。」

沈忘憂哈哈大笑起來：「你這丫頭居然這麼說校長，小心傳到他耳朵裡不給你發薪水。」

麻雀道：「我有好多好多事情想向您請教呢。」

沈忘憂道：「請教未必要吃飯啊，反正還沒到時間，走，去你辦公室談。」

羅獵雖然心中滿肚子疑問，可是他畢竟第一次見到沈忘憂，對這個人他一點都不瞭解，也不敢貿然相問，麻雀卻沒有那麼多的機心，向羅獵道：「拿來。」

羅獵心中一怔：「什麼拿來？」

麻雀道：「那匕首！」

羅獵頭皮一緊，沈忘憂給他的第一印象絕非普通人物，更何況當年和母親通信的那個人極有可能就是此人，羅獵並不想暴露太多，可麻雀對沈忘憂顯然是極其信任的，而且在她眼中沈忘憂學識淵博，無所不知。

羅獵將匕首拿了出來，其實想想也不是壞事，剛好可以看看這位沈忘憂是不是真有本事，連頂尖冶金學教授都無法確定的物質，沈忘憂未必知道是什麼。

沈忘憂看到那柄匕首不由得露出苦笑：「剛見面這就舞刀弄劍的，小麻雀，你還真是麻煩。」

麻雀幫他拿過公事包，撒嬌道：「我可跟羅獵說了，您天文地理無所不精，是我見過最有學問的人。」

沈忘憂笑道：「捧得越高，摔得越重，你這丫頭嘴巴越來越會說了。」從羅獵手中將匕首接了過來，並沒有急於將之從鞘中拔出，而是先在手中掂量了一下份量，然後看了看匕首的外形，刀鞘和手柄的製造工藝，輕聲道：「這匕首應當是民國成立之後出品，工藝普通。」右手握住手柄向外抽出了一些，只是看到了部分的鋒刃，沈忘憂的臉色卻是突然一變，他還刀入鞘，雙目炯炯盯住羅獵道：「這匕首你從何處得來？」

羅獵沒有回答他的問題，反問道：「沈先生能夠看出這匕首有何不同嗎？」

沈忘憂將匕首還給了羅獵，他同樣沒有馬上回答羅獵的問題，向羅獵道：「不如咱們去麻雀的辦公室坐坐。」

羅獵心中暗奇，難道他當真看出了匕首的來歷？帶著滿腹的迷惑，羅獵隨同他們一起回到了麻雀的小辦公室。

麻雀讓他們自己隨便坐，她去為兩人泡茶，沈忘憂的目光在麻雀辦公桌上掃了一眼，桌上那些圓明園的圖紙還未來得及收起。沈忘憂並沒有特別留意，在羅獵旁邊的籐椅上坐了下去，和顏悅色道：「這匕首非常特別。」

羅獵道：「一個朋友送的，我也搞不清楚這是什麼材質，所以非常好奇。」

沈忘憂道：「如果我沒看錯，這些細小的藍色晶體應當是來自於外太空的隕石，通常被人們稱為地玄晶。」

羅獵內心劇震，開始時他還以為沈忘憂故弄玄虛，可是當沈忘憂說出地玄晶的名稱後，他已經相信麻雀對沈忘憂的崇拜並非沒有原因，這位麻博軒的師兄果真知識淵博，同時羅獵內心又生出警惕，沈忘憂何以認識地玄晶？這樣的一個人又為何給自己母親寫過一封如此奇怪的信，在心中他將母親稱之為反叛者。

羅獵裝出一臉迷惑的樣子：「地玄晶？我從未聽說過這種東西。」

麻雀此時端著泡好的茶走了過來：「地玄晶？沈伯伯，您說這叫地玄晶？」

沈忘憂微笑道：「我也是猜測，地玄晶也非學名，不過我倒是知道一些關於這種物質的來歷。」

麻雀搬了張凳子過來，向羅獵得意地眨了眨眼睛道：「我就說嘛，沈伯伯肯定不會讓我們失望的。」

沈忘憂道：「我可沒那麼厲害，要說地玄晶這種東西，我還是從你父親那裡得知的。」

麻雀啊了一聲，連她都不知道這回事。

沈忘憂道：「當年你父親、羅行木、方克文三人組織探險隊，那件事進行得非常隱秘，我那時在黃浦，你父親臨行之前給我寫了一封信，信中說了他要去考察探險的事情，還說他去尋找一個改寫人類文明史的巨大發現。」

麻雀點點頭，父親生前一直將沈忘憂當成他的良師益友，麻雀也時常在想，如果當時沈忘憂在北平，父親沒有對他隱瞞這件事，或許他會阻止父親的冒險。

沈忘憂道：「結果他們還是出了事，你父親回來時就已經發瘋，當時你來找我，你還記得當時的情景嗎？」

麻雀自然記得，當時已經變得瘋瘋癲癲的，在自己最彷徨無助的時候，是沈忘憂和福伯為她安排了一切，如果沒有他們兩人的幫助，自己當時真不知道應該怎麼辦。

沈忘憂道：「你父親身上還是帶了一些東西回來，你們去日本看病之前，那些礦樣和標本都暫時交由我來保管。」

麻雀點了點頭，經沈忘憂提醒，她已經完全想起來了。

沈忘憂道：「在那些礦樣之中，就有一顆同樣的礦石，你父親還在礦石的包裝紙上寫下了它的名稱和來歷，如今有部分礦石樣品還在我家的儲藏室內。」

羅獵聽到這裡，心中不由得一陣驚喜，按照沈忘憂的說法，他手中還有礦石的樣品。

麻雀道：「只是這種地玄晶有什麼作用呢？」

沈忘憂意味深長地向羅獵看了一眼道：「這我就不清楚了，總之，你父親千里迢迢從蒼白山將它帶回來，應該是一件很重要的東西吧，我不是礦產專家，對此興趣不大，麻雀，那些東西本屬於你的，改天有時間我拿來給你。」

羅獵道：「沈先生認為這世上存不存在一些擁有特殊能力的人？」

沈忘憂端起茶盞喝了一口道：「世界無奇不有，有特異功能的人不少啊。」

麻雀道：「你有沒有見過腦袋掉了半個，還能長出來的人？」

沈忘憂一口水嗆了出來，趕緊扭過臉去，他被這一嗆，劇烈咳嗽了起來，咳嗽得撕心裂肺，過了好久方才平復，掏出手帕擦了擦嘴唇，歉然笑道：「不好意思，嗆到了。」

麻雀有些歉意地來到他身後幫忙捶肩，如果不是自己提起這件事，沈忘憂也不會嗆到。

沈忘憂道：「你說什麼？」

麻雀看了羅獵一眼，生怕羅獵責怪自己多嘴，可看到羅獵的表情風輕雲淡，並無什麼過激反應，於是繼續道：「我們遇到了點麻煩，昨晚有個日本忍者追殺我們，他的手臂斷了可以重新長出來，腦袋掉了也可以長出一個新的，子彈對他也沒有任何作用，就算是打傷了他，一會兒功夫就能復原。」

沈忘憂的表情變得凝重起來，低聲道：「你仔細說給我聽聽。」

麻雀將此前的遭遇說了一遍，當然她並未提起這件事的起因，只是著重描述了忍者追殺他們的情景。

沈忘憂聽完之後，喃喃道：「怎麼可能？」

麻雀信誓旦旦道：「我親眼所見，那還能有錯？羅獵可以證明。」

羅獵道：「我的確看到了，可有時候看到的事也未必是真，我聽說日本忍者善用幻術，我該不是看到了他們的障眼法。」其實他心中明白，那晚所見絕不是障眼法，但是他並不瞭解沈忘憂，有些話不能說得太透。

沈忘憂道：「這種事，我聞所未聞，人的再生能力就算再強大，也不可能在短時間內完成對身體的修復。」

麻雀道：「壁虎蜥蜴有這樣的能力，可是也僅限於尾巴，不可能腦袋掉了再長出來一個。」

沈忘憂道：「你們又是怎麼從他的追殺中逃脫的？」

麻雀道：「有位神秘人幫助了我們，他藏身在遠處的樹林中打了那怪物忍者兩槍。」

沈忘憂道：「你剛才不是說子彈對他沒有任何作用嗎？」

麻雀道：「他的子彈非常特別，擊中那忍者之後發出藍光。」

沈忘憂將信將疑道：「你說的莫不是天方夜譚？」

羅獵並沒有提及母親留下的那封信，雖然那封信和在麻雀家找到的另一封，無論信紙還是信封都完全相同，但羅獵並不能證實，這兩封信都出自於沈忘憂的手筆，兩封信上雖然都有文字，可是字體並不相同。

進入春季，北平的雨多了起來，羅獵騎著三輪摩托車，冒雨回到正覺寺的時候，身上已經完全被雨淋濕，在門外看到了一輛黑色的福特牌轎車，不免多看了一眼，首先想到的是失蹤多日的葉青虹可能回來了。

將摩托車駛入避雨的長廊下，猶如落湯雞一般的羅獵快步走入自己的房間，瞎子從大廳探出頭來，扯著嗓子向羅獵叫道：「羅獵，你看看誰來了。」

羅獵向他做了個稍等的手勢，回到房間內，以最快的速度換了身乾爽的衣服，這才來到客廳，看看到底是誰冒雨前來拜訪。

還沒走入大廳，就已聞到一股煙草的香氣，借著昏暗的天光望去，卻見大廳內坐著一位老者，手中托著從不離身的煙杆兒在那裡靜靜抽煙，瞎子在一旁陪著，那老者竟是雄霸黃浦的穆三壽。

羅獵怎麼都不會想到在黃浦都深居簡出的穆三壽居然不遠千里親自前來北平，首先想到的是，穆三壽此番前來必然和葉青虹失蹤一事有關，羅獵意識到事態比自己想像中還要嚴重得多。

看到羅獵歸來，穆三壽並沒有起身，只是頷首示意，算是跟羅獵打了個招呼，他欣賞這個年輕人的沉穩和睿智。

羅獵微笑道：「穆三爺，真沒想到是您？」他左右看了看，並沒有看到陸威霖的身影，於是向瞎子道：「陸威霖呢？他知不知道三爺來了？」

瞎子還沒有回答，穆三壽卻道：「我這次來是為了見你。」

羅獵笑道：「三爺吃飯了沒有？不如就在我們這裡湊合一頓？」

穆三壽道：「好啊！」

瞎子道：「老張和阿諾他們在準備呢，我去看看。」瞎子還是有眼力的，知道穆三壽有事想找羅獵單獨談，這種時候自己最好迴避。

羅獵在穆三壽身邊坐下，看到他吞雲吐霧，下意識地去摸衣兜，卻摸了個空，方才想起自己剛換了衣服，香煙並沒有隨身帶著。

穆三壽看出他想幹什麼，將手中的煙杆兒遞給羅獵：「試試？」

羅獵猶豫了一下，還是接過煙杆兒，對著和田玉的煙嘴兒啜了一口，煙草的辛辣氣息讓羅獵禁不住皺了皺眉頭，他將煙杆兒掉了個頭，歸還給穆三壽，這旱煙袋可不是什麼人都能抽慣的。

穆三壽歎了口氣道：「青虹失蹤了！」

羅獵道：「我們這幾天到她可能去的地方找過，並沒有找到任何線索，三爺是否有線索？」他相信穆三壽肯定是有備而來。

穆三壽緩緩搖頭，沉聲道：「她肯定出了事，十有八九落在弘親王手中。」

「弘親王載祥？」

穆三壽點了點頭。

羅獵心中暗忖，穆三壽何以這樣說？難道他已經有了證據？

穆三壽又抽了口煙道：「我雖然沒有證據，可是我堅信必然是載祥對她下了手，換成別人，沒這個膽子，也沒這個本事。」他說話的節奏始終不緊不慢，在任何情況下，都表現出超人的鎮定和沉穩。

羅獵對弘親王載祥並不瞭解，只是從他和葉青虹之間的接觸中知道，葉青虹應當是將載祥當成了殺父仇人，她將這裡交給自己，其用意也是以此為誘餌，想要將載祥引出來。如果載祥識破了葉青虹的目的，不排除他搶先下手的可能。

羅獵想了一會兒方才道：「此事不合邏輯，假設弘親王活著，他知道葉青虹要報復自己，看出正覺寺的事情是一個圈套，為何不選擇迴避？他抓葉青虹又有什麼意義？難道……」羅獵停頓了一下方才道：「這圓明園下當真藏有秘藏？」

穆三壽將煙鍋兒在鞋底磕了磕，然後道：「如果沒有又何必設局？以弘親王載祥的狡猾，又怎會輕易上鉤？」他從懷中掏出一張圖，推到羅獵面前：「這張圖是王爺當年留下的，上面應當就是秘藏的地點，根據標記的地點，秘藏的入口應當就在正覺寺。」

羅獵並沒有馬上拿起那張地圖，這張圖應該早就存在，葉青虹卻從未向他透露過，看來葉青虹最初只想利用他們將弘親王載祥引出，而不想將秘藏的所在暴露出來，如果不是葉青虹突然失蹤，穆三壽興許不會前來北平，更不會主動提供這張藏寶圖。

羅獵意味深長道：「三爺，這麼重要的東西，交給我您放心嗎？」心中卻明白，不到萬不得已的地步，穆三壽或許不會亮出這張底牌。

穆三壽淡然道：「在我心中天下間沒有比青虹平安更重要的事，其實我並不贊同她去復仇，冤冤相報何時了。」

羅獵頗感差異，這樣的梟雄人物居然能夠說出看淡恩仇的話，不知是他的心胸使然還是他年齡的緣故？

穆三壽道：「王爺留下的財富足夠青虹安享一生，可這孩子太要強。」

羅獵道：「三爺給我這張圖，是讓我去挖秘藏？」

穆三壽點了點頭道：「捨不得孩子套不得狼，弘親王的狡詐遠遠超乎你的想像，如果他認為這只是一個徹頭徹尾的騙局，他是不會輕易現身的，可是如果你當真挖出了秘藏，那麼他就會忍不住跳出來爭奪。只有找到他，才能夠問出青虹的下落。」

「就算有這張圖，單憑我們幾個還不知挖到何年何月。」

穆三壽淡然道：「人手方面你不必擔心，我會做好安排，你需要人的時候只需告訴陸威霖。」

羅獵點了點頭，他將那幅圖收了起來：「只是就算我挖出了秘藏，消息又怎能傳到載祥那裡？」

穆三壽向羅獵欠了欠身道：「我有辦法讓他知道。」

羅獵心說你既然有辦法讓他知道，難道沒辦法找到載祥的藏身處？穆三壽顯然還有不少事情瞞著自己，羅獵道：「還望穆三爺將事情說得明白一些，您老究竟想讓我們找什麼東西？」

穆三壽沉吟了一會兒，似乎有所猶豫，最後終於還是道：「一隻銅鼎。」

羅獵心中暗自奇怪，區區一隻銅鼎，為何會引起如此重視，他忽想起此前麻雀曾說過的九鼎，麻博軒之所以尋找禹神碑，最終目的卻是要從禹神碑中找到九鼎的線索，自己曾深入九幽秘境，算得上親眼目睹禹神碑，禹神碑的碑文他可以一字不落的背出來，只是其中的意義晦澀難懂，至今他都無法領悟。

羅獵暗忖，不知穆三壽所說的銅鼎和麻雀提到的九鼎是不是同一回事？

穆三壽道：「載祥這個人疑心頗重，凡事都喜歡親力親為，若非親眼見證，他是不會相信找到秘藏的。只要銅鼎出現，他一定會來，一定會找上你們。」

羅獵忽然感到內心一凜，從穆三壽的這番講述中可以推斷出葉青虹十有八九被載祥所俘，這位弘親王載祥既然神不知鬼不覺地將葉青虹劫走，那麼此人的能力一定非同小可，穆三壽雖然給了自己這張藏寶圖，可不變的仍然是要以自己為餌，為了葉青虹，為了當初的承諾，自己要將整個團隊再次置於危險之中，羅獵不禁猶豫了，不是因為自己，而是因為自己的朋友，身為這個團隊的首領，他要為所有人的安全負責。

穆三壽終究還是沒有留下來吃飯，離去之前，他又想起了一件事，低聲對羅獵道：「救出青虹，除了銅鼎之外，秘藏內所有的東西全都歸你們。」

羅獵道：「世上銅鼎何止萬千，我又怎知三爺所說的銅鼎究竟是哪一個？」

穆三壽道：「冀州鼎！」

讓羅獵感到詫異的是，穆三壽給他的這張圖幾乎和周曉蝶留下的那張一模一樣，不過這張圖在正覺寺後院的留白位置特地蓋了一個大大的印章，這印章破壞了整個畫面的協調性，不過也明示秘藏的入口應當就在印章的範圍內。

羅獵將穆三壽的條件告訴了幾位朋友，張長弓看了看那張藏寶圖，雖然他也看不明白，不過憑直覺認為事情既然關乎葉青虹的性命，穆三壽應當不會說謊。

阿諾聽說有錢賺就兩眼發光，毫不猶豫地第一個舉起手來，誘餌就誘餌，為了秘藏冒點風險是值得的。

素來愛財如命的瞎子反倒表現出和平時不符的理智，在瞎子看來穆三壽的話也未必可信，他沒理由將瑞親王留下的秘藏這麼容易就便宜了他們幾個。

阿諾道：「你是說這張圖是假的？是真是假咱們挖出來看看不就知道？對咱們來說也就是多耗費一些時間，也沒多大的損失。」

張長弓將藏寶圖還給了羅獵，低聲道：「這個穆三爺我並不瞭解，可看他的行事做派應當是個厲害人物。」

瞎子道：「何止厲害，他在黃浦隻手遮天，呼風喚雨，跺跺腳，整個法租界就得抖三抖。」穆三爺的厲害他是深有體會，也正因為如此，他才認為穆三爺不會平白無故送一份大禮給他們。

阿諾道：「葉青虹失蹤了，葉青虹不是他乾女兒嗎？」

瞎子不屑道：「葉青虹哪那麼容易被人抓住，我們幫她做事以來，每次遇到麻煩的時候，她都會抽身事外，袖手旁觀，我看這件事不排除他們兩人演雙簧的可能。」

張長弓和阿諾同時道：「雙簧？」

瞎子點了點頭道：「一唱一和，一個在前面，一個躲在後面，真正的目的就是把咱們忽悠進去，以咱們為誘餌。」

第八章

遠瀛觀

這張圖上描繪的是所有生肖一起噴水的情景，
根據這點推測，應當是正午時刻，也就是中午十二點，
可遠瀛觀鐘樓上的指標指的卻是七點十分，
不知是畫師的有意疏忽，還是當初畫這幅畫的人刻意為之？
羅獵心中推測應當是後者的可能性更大一些。

羅獵笑了起來。

瞎子瞪了他一眼，以為羅獵是在嘲笑自己。

羅獵其實並沒有嘲笑他的意思，非但如此，他還認為瞎子分析得不無道理，葉青虹的失蹤過於奇怪，此前沒有任何的徵兆，穆三爺先是派陸威霖過來，現在又親自來到北平，充分證明葉青虹對他的重要性。瞎子所說的事情確有可能，不過羅獵並不認為他們幾個對葉青虹的陣營有那麼的重要，能夠讓穆三爺親自出面來引他們入局。

同樣，羅獵也無法排除葉青虹當真落入敵手的可能，而他也無法否認，自從確定葉青虹失蹤之後，他的內心就開始感到不安，他對葉青虹還是有些關心的。

阿諾道：「就算穆三爺給咱們的地圖是假的，周曉蝶的那張地圖應該是真的，反正都得挖，索性多挖一點，總而言之，這園子下面必然有寶，咱們不會落空。」一在挖金尋寶方面，阿諾有著超人一等的執著。

張長弓道：「羅獵，你拿主意，你怎麼說，我們就怎麼幹！」

瞎子歎了口氣道：「還用問，他肯定要救葉青虹的。」

羅獵微笑望著瞎子道：「還是你瞭解我。」

瞎子道：「都說我愛色如命，我看你才是，我就不知道那個葉青虹究竟哪點好？你被她坑了多少次，明知是個當，偏偏還要往上撞。」

外面傳來汽車的聲音，幾人停下交談，張長弓出去看了看，不一會兒和陸威霖一起回來了，陸威霖已經知道穆三壽前來的消息，回來之前，他也和穆三壽見了面，這輛汽車也是穆三壽提供給他的。

陸威霖道：「三爺說了，他會提供給咱們需要的任何條件，我車裡帶來了不少的武器，回頭你們各自挑選幾件。」

瞎子道：「穆三爺這麼大方，看來這次的事情不小啊。」他用肩膀碰了陸威霖一下：「說說看，你覺得葉青虹會在哪裡？」

陸威霖冷冷道：「沒證據的事情我從不亂說。」

穆三壽交給羅獵的這張地圖並不詳盡，這張圖和周曉蝶留給瞎子的那張圖幾乎一模一樣，而且還有同一個缺點，就是當時繪製之時的情況和現在有著很大的分別，現在的圓明園幾經損毀，許多標誌性的建築物已經不復存在，而這些圖畫的是圓明園全盛時期的情景。瞎子裝模作樣地看了老半天，咬牙切齒道：「這老狐狸，我真當他那麼好心，居然弄一幅殘缺不全的地圖來糊弄咱們！」

羅獵道：「若是什麼都標記得清楚反倒是假的，根據這張地圖來看，這印章應是故意留下的，秘藏的入口應當在正覺寺的後院，挖開一看不就知道真假？」

瞎子一聽果然是這個理兒，撓了撓頭道：「你說這世上哪有那麼便宜的事兒？他們會白白送那麼大一個寶藏給咱們，我看是個當。還有，上次葉青虹欠咱們的錢還沒有結清。」瞎子記得清楚，葉青虹此前跟他們約定，只要幫忙找回兩枚七寶避風塔符，她就會付給他們十萬現大洋，可如今他們只收到了一萬大洋的預付，剩下的九萬還沒有著落。

羅獵從衣領中拉出那枚硨磲七寶避風塔符，在瞎子面前晃了晃，周曉蝶將真正的避風塔符交給他的事，羅獵並未向外聲張，而且這件事他本不想瞎子知道。

瞎子愕然道：「你沒給她？」

羅獵道：「此前給他們的是假的，這枚我新近才找到，本想交給葉青虹，可她不巧又失蹤了。」

瞎子眨了眨那雙小眼睛，似乎明白羅獵決定尋找葉青虹的用意了，拋開羅獵可能對葉青虹存在的感情不談，即便是穆三壽給他們的地圖是假的，為了九萬大洋的尾款也值得他們冒這次險。

正覺寺的改建工程已經重新復工，新招募的十多名工人在正覺寺後方開挖魚池，這些工人全都是陸威霖找來的，據他所說這些人都是穆三爺派來的心腹，每人口風都是極嚴，不會走漏風聲，儘管如此，羅獵也沒有將這件事的內情向他透露太多。

他和陸威霖雖然有過蒼白山同生共死的經歷，可畢竟兩人的出發點不同，羅獵清楚，陸威霖代表穆三爺的利益，有些事不便和他談得太過深入。

工程方面仍然是交給老成持重的張長弓負責，陸威霖也是個明白人，他清楚自己和羅獵幾人只是暫時的合作關係，不可能向他們之間那般親密無間，所以他並沒有選擇住在正覺寺，每天都是一早到來，收工之後即刻離去，平日裡和其他人話都不多說。

然而在穆三壽到來之後一切似乎又恢復了平靜，正覺寺方面每天的工程順利進行，葉青虹依然沒有消息，他們根據穆三爺提供的這張圖紙開挖，已經在後院挖出了一個大大的魚池，可什麼秘藏的出口卻仍然沒有見到。

沈忘憂返回北平後不久，就讓人將昔日麻博軒寄存在他那裡的物品全都送往麻博軒的故居。

麻雀一個人忙不過來，讓羅獵幾人過去幫忙，羅獵叫上了瞎子和阿諾，自從鐵娃走後，安大頭就重新傍上了瞎子，彼此的感情突飛猛進，現在瞎子走到哪兒，安大頭都要跟著，這次也不例外。

當麻雀看到羅獵送來的這幅藏寶圖之後，馬上就判斷出，這張藏寶圖和此前周曉蝶給羅獵的那張根本就是出自同一人的手筆。

羅獵將秘藏的入口有可能就在正覺寺的事情說了，麻雀仔細看了看他帶來的這張藏寶圖，上面雖然在正覺寺做了標記，可是並沒有表明具體的位置。輕聲道：「除非你們能將正覺寺挖個底兒朝天，否則很難找到秘藏的入口。」

羅獵歎了口氣道：「可不是嘛，我本以為穆三壽給我送來了一張真正的藏寶圖，可現在看來，這圖紙上面的標注地點並不明確，所以我只能撒大網，在正覺寺的後院挖一個魚池，不過從現在的情況來看，下面好像什麼都沒有。」

麻雀禁不住笑了起來。

羅獵道：「周曉蝶那張地圖有什麼進展？」

麻雀道：「倒是有些奧妙。」她將周曉蝶留下的那張地圖拿了出來，指著那張圖道：「上面並未標注具體的地點，不過你如果仔細看就會發現有個地方非常特別。」她拿出一支放大鏡遞給了羅獵，羅獵接過放大鏡，麻雀指點了一下圖紙的某個地方，圖上標記的是圓明園西洋樓中的遠瀛觀。

麻雀道：「這裡是遠瀛觀，昔日曾經是乾隆皇帝最寵愛的香妃住過的地方，內部陳設極其奢華，未被損毀之前，殿內掛有乾隆四十六年閏五月親筆御書的

《遠瀛觀》西洋花邊玻璃心匾。匾兩旁各掛有對聯一幅。殿內畫有大量西洋人物及風景通景畫，總面積超過二百多平方米。乾隆皇帝為博得香妃的歡心，特意按她的身材做了西洋式鍍金銅床、西洋浴缸等西洋傢俱。遠瀛觀內還到處擺放有西洋玩具及金銀、珐瑯質地的藝術珍品，連法國國王所贈的土耳其掛毯及英王喬治三世送給乾隆皇帝的一架天文儀器——天體運行儀也陳設在殿內。」

麻雀學識豐富，最近一段時間特地搜集研究了不少圓明園的資料，對昔日的陳設信手拈來，如數家珍。

羅獵根據她的介紹特地看了看，自然看不到遠瀛觀的內部細節，麻雀所說的東西一樣都沒有看到。

麻雀提醒他道：「有沒有看到鐘樓？」

羅獵這才用放大鏡看了看鐘樓，通過放大鏡的放大，他可以清楚看到鐘樓的指標。時間鎖定在七點五十的位置，羅獵道：「怎麼了？」

麻雀道：「你看觀水法！」

大水法南為觀水法，是過去清朝皇帝觀賞大水法的地方，位於遠瀛觀中軸線南端，設有皇帝的寶座，後面是由五件石雕並列面成的大型石屏，分別雕刻西洋軍旗，甲胄，刀劍，槍炮案。兩邊各設一座巴魯克門，門兩側各有一座巨型漢白玉方水塔一座和接收噴水的水池。池旁依勢設置各種獸類，呈半圓形，象徵獸戰和林中逐鹿等遊戲。噴水的管口安裝有時鐘，根據中華傳統的計時方法，用十二種動物表示一天的十二個時辰，每隔一時辰便有一獸的口中向池內噴水。

海晏堂的後方是一座工字形平台樓，是附近噴泉群的供水樓。工字開畜水樓東西兩頭外面為二層樓，實際上是提水用的水房，中段平台樓下邊是一座大型海墁高台，台上是畜水池，用錫板焊接而成，俗稱錫海。

一次蓄水可達一千六百餘立方米海晏堂。海晏堂正樓朝西，上下各十二間樓門，左右有弧形疊落式噴水漕。階下為一大型噴水池，池左右呈八字形排列著十二生肖人身獸首青銅坐像，按古代計時法，十二時辰的順序，各輪流自口中噴水一個時辰，每到正午時刻，所有生肖一起噴水，周而復始，俗稱水力鐘。十二生肖的獸首已於一八六〇年英法聯軍第一次掠奪圓明園時丟失，至今下落不明。

這張圖上描繪的是所有生肖一起噴水的情景，根據這一點來推測，應當是正午時刻，也就是中午十二點，可遠瀛觀鐘樓上的指標指的卻是七點十分，不知是畫師的有意疏忽，還是當初畫這幅畫的人刻意為之？羅獵心中推測應當是後者的可能性更大一些。

這張畫並未採取西洋畫的科學透視法，而是採用中國畫特有的軸測投影法，避開成交透視法，使所畫物象不受推遠拉近的影響。所以原本應當居於同一中軸線上的鐘樓和水力鐘就出現了左右的偏移。

麻雀道：「開始的時候，我也以為是畫師的筆誤，可是後來發現，這可能是畫師故意這樣做，他應該是在這張圖中留下了一些線索。」

羅獵聽得非常專注，麻雀分析得絲絲入扣。

麻雀道：「如果我們將水力鐘視為一個時鐘，假設當時水力鐘所指的就是十二點，我們用時鐘來表示，那麼時針和分針就應當重疊在垂直線的位置，我們從水力鐘的中心，引出一條直線，再將鐘樓七點十分的那條線延長，兩條直線相交，只有一個交點。」

麻雀利用鉛筆和三角尺準確標記處兩條直線交點的位置，然後道：「你又看出什麼來了？」

羅獵劍眉皺起，這個交點並非是他們此前發現木雕的地方。

麻雀道：「你們此前發現木雕的地方和這個位置有很大的偏差，本來我認為這張圖和那個藏寶處無關，可是如果我們繼續將鐘樓七點十分的這條線延長，會發現，延長線恰巧從此前你們發現木雕的位置經過。」

羅獵點了點頭，這絕不是僅僅只是巧合。

麻雀道：「既然如此，我從藏金地再畫一條直線，看看這條線通往何處？」她從標記點畫出一條垂直線，單從這條直線看不出任何頭緒，畢竟這張圖上建築眾多，鐘樓時針的延長線和這條線的交點已在畫面之外，也沒有任何參考價值。

麻雀從鐘樓的軸心引出一條水準線，這條水準線和剛才的垂直線在畫面上的交點恰恰位於錫海，而且這個點恰恰是錫海的中心。麻雀道：「這三個點最為特殊，藏金的可能性也最大。」

羅獵點了點頭，將穆三壽提供給他的那張圖拿了出來，本想按照麻雀的方法找到可能的藏寶地，可仔細一看，這張圖上，遠瀛觀的鐘樓上並未有時鐘，而水力鐘只有狗頭獸首噴水，從水力鐘推斷出時間是戌時，從噴泉的中心到戌狗位置引出一條直線，這條直線恰巧從正覺寺穿過，不過另外一條線圖中卻沒有明示。據麻雀看來，這張圖應當是假的，可從兩張圖的著色落墨，以及線條勾勒來看，又明顯是出自一人的手筆，這恰恰是讓人百思不得其解的地方。

外面傳來瞎子的抱怨聲：「喂，你們孤男寡女的躲在房間裡半天幹什麼？也不怕人說閒話。」

阿諾跟著附和道：「就是就是！」

麻雀不甘示弱道：「外面有人嗎？我怎麼不知道？」說話間來到門前將房門

拉開。

瞎子和阿諾兩人這會兒功夫已經將沈忘憂送來的一箱物品抬到了門外，兩人也累得夠嗆。

羅獵笑道：「辛苦了，快進來休息一會兒。」出門幫忙將箱子抬到書房內。

麻雀抱怨道：「沈伯伯也真是，說好了親自送來，怎麼人影都沒見一個。」

瞎子走過去端起羅獵的茶杯咕嘟咕嘟一通牛飲，喝完之後抹了抹嘴唇道：「麻雀，中午請我們去吃涮羊肉唄。」

麻雀橫了他一眼道：「整天就知道吃，你看看你都快胖成皮球了，再這樣下去老婆都討不到。」

瞎子嘿嘿笑道：「沒事兒，找不到老婆我就陪著羅獵過一輩子。」

麻雀向羅獵看了一眼，心想羅獵跟你可不一樣。

阿諾一旁把麻雀想說的話說了出來：「人家羅獵跟你可不一樣，英俊瀟灑，討女人歡心，還能缺老婆啊。」

瞎子道：「他不喜歡女人，對吧？」

羅獵笑道：「你就貧吧，不就是一頓涮肉嗎？中午我請客。」

麻雀道：「你充什麼大頭啊，今兒可是在我家，給我幫忙的，當然我請。」

瞎子來到椅子上大剌剌坐下，懶洋洋道：「不管誰請，有吃的就行，其實你倆誰請都一樣。」

羅獵知道這貨滿嘴跑火車，保不齊回來又說出讓麻雀尷尬的話來，向瞎子道：「別癱著了，對面東興樓訂座兒去，待會兒客滿可沒得吃。」

瞎子向阿諾道：「金毛，你去，黃毛藍眼珠子的洋大人臉面好使。」

金毛搖了搖頭，知道瞎子是個一身懶肉的貨色，自己肯定是耗不過他的，轉身出門去了。

安大頭從外面竄了進來，在瞎子的胖腿旁邊趴下，伸著鮮紅色的舌頭呼哧呼哧喘氣。

麻雀打開箱子，裡面都是她父親麻博軒去日本之前委託給沈忘憂的一些物品。羅獵最為關心的就是地玄晶，此前沈忘憂曾經說過，麻博軒交給他暫時保管的物品之中，就有那麼一塊地玄晶的礦石。

麻雀並沒有花費太久的功夫就找到了這塊用油紙包裹的礦石，上方標注了地玄晶的名字，打開層層包裹的油紙，發現其中的地玄晶大約有櫻桃般大小。麻雀將之取出，難免有些失望，這塊晶石比自己想像中要小得多。

羅獵從麻雀手中接過那顆地玄晶，用放大鏡觀察了一下，這塊晶石藍色透明，有些類似水晶，不過通過放大鏡可以看出其中含有不少雪花狀的物質。

麻雀道：「這地玄晶製成的武器能夠殺死那些怪物？」

瞎子聽她這麼一說也好奇地湊了上來。

羅獵將地玄晶在手中掂量了一下，這顆地玄晶雖然不大，可入手頗為沉重，其密度應該不小，只是不知硬度如何，找了塊玻璃劃了一下，輕輕鬆鬆就在玻璃上劃出一道痕跡。

瞎子提議用鐵錘砸一下，看看能否砸碎，三人帶著好奇，將地玄晶放在鋼鐵墊板上，瞎子用鐵錘全力砸了幾下，地玄晶完好無損，反倒是鐵錘和下方的墊板被硌出小坑。

瞎子感歎道：「好硬啊。」

麻雀點了點頭道：「難怪你那柄匕首只是一個半成品，這地玄晶的熔點想必極高，普通的工藝無法將它和精鋼融為一體。」

瞎子道：「可惜太小，這玩意兒如何充當武器？單憑它恐怕砸不死人。」望著這顆藍色的晶石，瞎子忽然想起一件事，當初他們幾人在淩天堡藏兵洞的時候一度分開，羅獵和顏天心一路，他和張長弓、阿諾一起，當時張長弓從地上撿到了一顆藍色晶石，和眼前的地玄晶幾乎一模一樣。只是當時因為血狼出現，他們只顧著逃命，慌亂間誰也沒顧得上將那顆晶石撿回來。

瞎子將這件事說了，羅獵心中暗忖，此事確有可能，麻博軒撿到這塊地玄晶的地方應當也是在蒼白山。當時他們為了逃出凌天堡而進入下方藏兵洞，無意中發現了那地下礦井，因為逃走的過於匆忙，所以當時也沒有來得及探究，這地下礦井到底開的是什麼礦？現在看來他們開採的很可能就是地玄晶，難道蕭天行早已知道地玄晶的價值和作用？

瞎子如願以償地吃了一頓涮肉，普通人失戀往往會茶飯不思，可這貨卻是化悲痛為食欲，自從周曉蝶走後，徹底放棄了減肥重塑形象的心思，敞開肚皮大吃大喝，從他圓滾滾的肚皮就已經看出這廝最近體重又開始直線上升。

當天晚飯之後，羅獵三人將麻雀送回了家裡，正準備離開的時候，安大頭卻突然從瞎子的身邊竄了出去，瞎子叫道：「大頭，你哪兒去啊？該回家了。」

突聽安大頭狂吠了起來，幾人頓時覺得不妙，同時跑了過去，等到了地方，卻見安大頭站在院落之中，兩隻耳朵支稜著，衝著前方叫個不停。

瞎子的目力在晚上最為出眾，向前方望去，卻見此前懸掛在長廊上的鳥籠子已經摔落在了地上，那隻鷯哥已經死了，死狀極慘，鳥頭被活生生揪走，地上散落著血跡和鳥毛，尚有鳥毛在夜空中飄浮仍未落下，看來距離鷯哥慘遭虐殺並沒有太久。

瞎子的第一反應是安大頭嘴饞，將鳥籠撲下來，把鷯哥給吃了。

麻雀發出一聲嬌呼，雙手捂住嘴唇，被眼前一幕嚇得花容失色。

羅獵看到眼前情景心中也是一沉，這隻鷯哥乃是吳傑委託給他照料的，他又交給了麻雀，想不到方才過去幾天，這隻鷯哥就慘死，以後見到吳傑都不知應該怎樣交代？可更讓他驚心的是殺死鷯哥的敵人應當就在附近。

安大頭的叫聲非但沒有平息，反而越發狂暴，瞎子方才覺得有些不對，這事如果當真是安大頭做的，那麼牠應當將鷯哥叼走慢慢享用，又或者將鷯哥整個吞下才對，怎麼會如此變態地咬掉鷯哥的腦袋？

羅獵凝神屏息，傾耳聽去，自從練習吳傑教給他那套靜坐調息的方法，他的感知能力就在不知不覺中得到提升，雖然短時間內無法達到吳傑那種不靠視力，就能夠察覺周圍細微變化的層次，可是比起過去，感覺也變得敏銳了許多。

羅獵聽到一個壓抑的呼吸聲，那呼吸聲斷斷續續，絕不屬於他們四人中的任何一個，羅獵張開雙臂，示意同伴不要繼續向前，其餘人都從羅獵的舉動中感覺到了異常，一個個屏息以待，不敢貿然發出聲音。

羅獵指了指房內，他已經可以斷定，那呼吸聲就來自書房內，安大頭的兩隻耳朵抖動了一下，頸後青黃色的短毛一根根豎起，只有在遭遇極度危險的時候，牠才會做出如此反應。

阿諾掏出了手槍，最近遭遇了一連串的怪事，為了安全起見，最近幾人都是槍不離身。

羅獵做了個分散包抄的手勢，瞎子和阿諾分別守住書房兩側的窗口，羅獵讓麻雀在後方負責策應，自己悄悄靠近書房大門，左手拿著手電筒，右手摸出三柄飛刀，在門前深吸了一口氣，突然抬腳將房門踹開，旋即用光柱指向屋內橫樑。

羅獵準確鎖定了呼吸傳出的位置，橫樑之上，一個黑影宛如蝙蝠般倒懸在那裡，光柱剛好籠罩住對方的面孔，對方臉上覆蓋著一層如同魚鱗般的細甲，棕色瞳孔因為光柱的籠罩瞬間收縮。

羅獵在用光柱鎖定目標的同時，揚起右手，三柄飛刀追風逐電般向對方的身體射去，三柄飛刀先後撞在對方的身體上，叮咚的撞擊聲過後，飛刀掉落在地上，根本無法突破對方身上堅韌的鱗甲。

羅獵出手的時候，阿諾和瞎子，也用手槍砸爛了窗戶的玻璃，向書房內連續開火。

阿諾開火根本是漫無目的，他看不清室內的情況，瞎子開火之後，看到一個黑色的身影從橫樑上直奔自己的方向撲來，出於本能的反應，瞎子慌忙蹲了下去，那怪人用身體撞碎了窗戶，從瞎子的頭頂凌空越過，瞎子擔心他會對自己痛下殺手，在地上連續幾個翻滾，宛如一個圓球般滾向羅獵的位置，他的一身贅肉並沒有影響到動作的靈活性。

羅獵騰空越過瞎子的身體，又是一柄飛刀射向怪人的面孔，這一刀直奔怪人的右目，在羅獵看來，對方身體遍佈鱗甲，普通的飛刀很難對他造成創傷，興許他的眼睛是比較脆弱的環節。

那怪人揚起左手，月光之下，遍佈鱗片宛如鳥爪般的左手準確無誤地抓住了飛刀，用力一捏，竟然喀嚓一聲將飛刀捏得粉碎。面對羅獵三人的攻擊他並未展開報復性的反擊，足尖一點，直奔麻雀撲了上去。

羅獵特地將麻雀安排在距離書房最遠的地方，讓她負責策應，這也是為了照顧麻雀，讓她最大限度地避免危險。可是在三人未能成功阻截怪人的狀況下，怪人瞬間突破了他們的包圍圈。

現場的局勢變成了麻雀直接面對這怪人，麻雀手中只有一把柯爾特M1906袖珍手槍，彈夾容量六發，殺傷力有限，比起她此前用來對付忍者的霰彈槍，其威力不可同日而語。麻雀連續扣動扳機，六顆子彈幾乎瞬間全部發射一空。

那怪人不閃不避，任憑子彈射在他身上，子彈擊中他的身體如同擊中一塊鐵板，發出叮叮噹噹的聲音，高速行進的彈頭全都被他遍佈身體的鱗甲擋住。

麻雀花容失色，她想要更換彈夾，卻因為過度的緊張彈夾掉落在地上。

關鍵時刻，瞎子抱起身邊的金魚缸向那怪人砸了過去，金魚缸砸在怪人的身上撞得粉碎，裡面的冷水潑了怪人一身，十多條金魚散落一地，在地上蹦蹦跳跳，瀕死掙扎。

怪人被砸了這一下雖然沒有受到傷害，可是注意力卻被轉移，他猛然回過頭去，充滿殺氣的雙目盯住了瞎子，暫時放下麻雀，向瞎子步步逼近。

羅獵從側方向怪人衝去，手中飛刀宛如連珠炮一般接連向怪人發射，怪人不以為然，別說是羅獵的飛刀，即便是高速奔行的子彈都無法射穿他的鱗甲，他基本無視眾人的攻擊。

在接連射出三柄飛刀之後，羅獵擲出了一柄匕首，這柄匕首正是此前吳傑所送，匕首追風逐電般直奔怪人右肩，噗的一聲，竟然透甲而入，怪人肩頭劇痛，內心中震驚到極點，他本以為自己這身鱗甲刀槍不入，想不到居然被一把匕首穿透，低頭望去，卻見右肩之上插入一柄匕首，傷口處隱隱泛出幽蘭色的光暈。

怪人一聲怒吼，伸手去抓那匕首，不曾想匕首的尾端卻拴著繩索，羅獵用力一拉，匕首脫離怪人的身體倒飛回來。羅獵深知這柄含有地玄晶的匕首的重要性，雖然從未用於實戰，卻猜測可能是對付這些變異生物的利器，於是事先做了少許改動，無非是在匕首上方繫上一道繩索，方便收回，這樣可以保證匕首不被敵人輕易收走。

怪人被刺中之後，傷口非但不見癒合，反而感到一股徹骨的寒意向體內侵蝕，雙目之中竟然流露出些許惶恐的光芒。

瞎子將一顆手雷扔給了阿諾，兩人握住手雷，和羅獵組成三角形的陣列，將怪人包圍在其中。

羅獵握住匕首，冷冷望著那怪人道：「我知道你是誰，再敢作惡，休怪我不留情面！」他認定眼前遍身鱗甲的怪人就是方克文。

怪人發出一聲嘶吼，張開雙臂，右臂卻牽動了肩頭傷口，他心有不甘地望著羅獵身後的麻雀，恨恨點了點頭，足尖一點，向阿諾和瞎子之間的空隙衝去。

羅獵大吼道：「讓他走！」其實倒不是羅獵手下留情，而是在眼前的形勢下，他們縱然聯手也沒有制服方克文的實力。

幾人眼看著那怪人爬上屋面，轉瞬之間已消失在他們的視野之中。

麻雀還是第一次看到這怪人出現，整個人仍然處於渾渾噩噩之中。瞎子和阿諾都已經是第二次和這怪人交手，幸虧那怪人知難而退，不過從剛才的狀況來看，那怪人並未使出全力。

瞎子道：「他是誰？」羅獵剛才的那句話幾人可全都聽見了。

羅獵道：「我怎麼知道？剛才只是虛張聲勢。」

瞎子將信將疑，羅獵剛才完全可以趁著那怪物麻痹大意的時候，用匕首射他的要害，以羅獵的刀法不可能錯過，他看得清清楚楚，羅獵選擇的攻擊點在怪物的右肩，其實羅獵完全可以選擇心臟和腦部這些要害位置。

阿諾心有餘悸道：「只是不知道他還會不會回來。」

麻雀驚魂未定，顫聲道：「他為什麼要找上我？我又不認識他。」比起此前因為周曉蝶追殺他們的忍者，這個遍體鱗甲的怪物更加可怕，他潛入自己的書房內，顯然是衝著自己而來。

羅獵安慰她道：「應該不是衝著你，是找我們麻煩的。」

就連喝得暈乎乎的阿諾都能看出今晚這怪人的目標就是麻雀，更何況冰雪聰明的麻雀，麻雀這會兒情緒稍稍平復了一些，她搖了搖頭道：「不對，我看得出，他應當是衝著我來的，我好像沒什麼仇家……」

瞎子道：「你雖沒有，可你父母未必沒有，這世上多的是父債子償的事。」

羅獵瞪了瞎子一眼，不巧被瞎子說中，方克文今次前來必是為了報復麻博軒，隨著此人身體的變異，內心也變得陰暗充滿仇恨。過去的方克文可以放下仇恨，笑看風雲，現在的方克文卻成了一個睚眥必報，心狠手辣的怪人。

羅獵岔開話題道：「先去書房看看，有沒有丟失什麼東西。」

書房內除了被瞎子和阿諾射出的彈孔，並沒有任何凌亂的徵象，從現場的狀況來看，書房內的東西沒有被動過，這就基本上排除了那怪物前來盜竊的可能，從另一方面也證明他的目標就是麻雀。

麻雀道：「怎麼辦？我該怎麼辦？」

羅獵道：「暫時不要住在這裡了，這樣，先去正覺寺住幾天，我們彼此也好有個照應。」

麻雀點了點頭，也唯有跟在羅獵身邊，她方才能夠安心。

臨行之前，麻雀將地上沾染血跡的泥土鏟起放入玻璃瓶中，安大頭跟上來在染血的地面上嗅了嗅，然後向外奔去，瞎子慌忙跟著追了出去，大聲道：「大頭，你給我回來！」

幾人擔心瞎子落單，也一起追了上去。

安大頭跑得很快，跑出不遠，他們就看到地面上滴落的血跡，瞎子雖然在後面竭力呼喊安大頭的名字，可是安大頭卻越跑越快，牠顯然是將追尋怪人當成了一次表現的機會。

瞎子一身肥肉，追了一會兒就氣喘吁吁，從跑在最前落到了最後，麻雀畢竟是個女孩，耐力也不成，羅獵讓阿諾照顧他們，一個人快步追到前方，安大頭在一道矮牆前方停下了腳步，這條狗極其靈性，此時牠停下吠叫，轉身奔向羅獵。

羅獵追趕安大頭的目的絕不是為了跟著牠的腳步找到方克文，而是擔心牠出事，想把牠帶回去。上前拍了拍安大頭的腦袋，指了指身後的道路，示意牠跟隨自己離開。

可此時卻有一滴鮮血從上方滴落，正落在羅獵雙腳之前，羅獵抬頭望去，卻見頭頂大樹之上一道黑影飛撲而下，不等他反應過來，已被那人撲倒在地。

安大頭嚇得狂吠不已，撲上去向那怪人咬去，被怪人一巴掌拍得橫飛了出去，撞在土牆上沒了聲息，躺在地上一動不動，不知是死是活。

那怪人的利爪抓住羅獵的左肩，五指深深刺入羅獵的血肉之中。羅獵臨危不懼，右手的匕首也抵在了怪人的小腹之上，沉聲道：「方先生，你別逼我。」

方克文抬手將羅獵推倒在了地上，自己捂著右肩的傷口，陰惻惻望著羅獵，他被刺傷的地方仍未癒合，鮮血沿著他手指的縫隙不停湧出。

羅獵站起身來，手握匕首嚴陣以待。

方克文向後退了一步，嘶啞著喉頭道：「再敢阻止我，休怪我不念舊情！」

從他的這番話，羅獵判斷出方克文仍然良心未泯，至少他還念及自己昔日對他的恩情，羅獵道：「我不允許任何人傷害麻雀，你也一樣。」

方克文點了點頭，目光落在羅獵手中的匕首上：「這是什麼？」在身體發生變異之後，他頭一次感覺到害怕，連子彈都無法穿透自己身上的鱗甲，可是這匕首卻能輕易刺穿，給他的身體造成傷害。

羅獵道：「我勸你還是面對現實，興許你還可以治好。」

方克文冷笑道：「我現在的感覺比起以往任何時候都好。」自從被麻博軒和羅行木陷害困在九幽秘境，方克文就從未有此刻這般自信且強大過，他感到自己周身充滿了力量，甚至可以為所欲為，掌控一切。

羅獵點了點頭道：「興許你這樣想，可是小思文見到你現在的樣子，會不會也這樣想？」

「你住口！」方克文被羅獵激怒了，他向前跨出一步，揚起宛如鬼爪的左手：「只要我願意，我可以輕易將你撕成兩半。」

羅獵寸步不讓道：「你大可一試，誰先死掉還未必可知。」

方克文道：「我欠你一個人情，今天我放過你。」

羅獵淡然道：「錯了，你欠我兩條人命，小桃紅母女的性命是我救的，所以你必須要還，放過麻雀！否則你就是不仁不義，恩將仇報。」羅獵絕非討價還價之人，當初營救小桃紅母女也不是為了有朝一日得到方克文的報答，可是如今的方克文實在變得太可怕，他必須抓住方克文的弱點，改變他報復麻雀的念頭。

方克文怒道：「你有什麼資格跟我討價還價？」

羅獵道：「我可以幫你保守秘密，如果你膽敢傷害麻雀，膽敢對我任何一個朋友不利，我就將你的事情公諸於眾，我要讓所有人都知道方克文變成了一個見不得天日的怪物！」

方克文宛如一頭憤怒的雄獅，彷彿隨時都可能向羅獵撲過來，羅獵半蹲著身子，手握匕首嚴陣以待，絲毫沒有流露出半點退縮的意思。

遠方傳來瞎子幾人焦急的呼喚聲，一時半會兒他們找不到這裡。

方克文終於點了點頭道：「你我之間，恩仇兩清，他日相見，不是你死就是我死！」他騰空越過土牆，向遠方逃去。

羅獵望著他的背影道：「這世上能傷到你的絕不止我一個！」雖然方克文如今已經變成了這副模樣，可羅獵從今晚的對峙之中仍然感覺到他良知尚存，如果方克文當真對自己起了殺心，那麼自己很難逃出他的魔爪。羅獵的最後這句話卻是對方克文的善意提醒，吳傑已經前往津門追殺方克文。

方克文離去不久，瞎子幾人就趕到了羅獵身邊，看到羅獵肩頭受傷，麻雀擔心得就快落下淚來，彷彿受傷的不是羅獵而是她自己。

瞎子確信羅獵性命無恙，又趕緊來到安大頭身邊，安大頭發出幾聲嗚咽，從地上爬了起來，牠剛才被方克文拍了一巴掌，不過還好只是被暫時打暈，並沒有受到嚴重的內傷，這也算得上是不幸中的萬幸。

瞎子看到安大頭醒了，對安大頭又摟又抱，感歎道：「冒失鬼，你以為自己是誰？還連累羅獵受傷。」

阿諾道：「你看清那怪人是誰了？」

羅獵搖了搖頭道：「沒看清，不過我也刺傷了他，相信他短時間內不會再來找麻雀的麻煩了。」

麻雀眨了眨眼睛，羅獵說得如此篤定，這其中必有內情，可是他既然不想說，也不便追問。

瞎子抱起安大頭道：「走吧，此地不宜久留。」

幾人返回麻雀的住處，卻見門前停了三輛汽車，有員警正在周圍搜索，其中一輛車前站著一位穿著黑色長衫，精神矍鑠的老人，那老人鶴髮童顏，正是福伯，看到麻雀幾人現身，福伯驚喜地迎了上來，摘下禮貌向麻雀行禮道：「小姐，我正擔心您呢。」

麻雀詫異道：「福伯，您何時到北平的？」

「下午剛到，我先去大學找小姐，卻撲了個空，這才來到這裡，等到了地方，才知道出了事情。」這些員警並非福伯叫來的，而是他們聽到槍聲，接到報警之後趕來。

此時有員警過來詢問詳情，麻雀前去配合調查。

福伯深邃的目光停留在羅獵的臉上，微笑道：「小姐的事情多虧你們了。」

羅獵淡然笑道：「我們是好朋友嘛，您老來了，我們也就放心了，有您保護她最好不過。」

福伯道：「剛才究竟發生了什麼事情？我聽說院子裡有搏鬥的痕跡。」

羅獵道：「具體的事情還是讓麻雀跟您說吧，時候不早了，也該回去了。」

福伯看了看羅獵染血的左肩道：「羅先生好像受傷了？」

「皮肉傷，沒什麼。」

羅獵和阿諾幾人上了挎斗摩托車，驅車迅速離開了現場，安大頭這會兒方才恢復過來，腦袋鑽入瞎子的懷中不停摩擦，以這種撒嬌的方式尋求安慰，瞎子一邊撫摸著安大頭一邊道：「福伯不簡單，他是我見過最厲害的盜門高手。」

羅獵道：「他的確不簡單，以後咱們還是跟他保持距離為好。」

瞎子道：「那怪人到底是誰？」

幾乎在此時此刻，福伯也向麻雀提出了同樣的一個問題。

麻雀搖了搖頭道：「我不認識，他渾身長滿了鱗片，就像一隻……一隻穿山甲，我從未見過如此古怪的人。」剛才她並沒有向員警描述潛入者的模樣，因為此事太過離奇，就算說出那些員警也不會相信，只會以為自己精神錯亂，至於福伯她倒沒有這種顧忌，畢竟福伯是這個世界上她最信任的人之一。

福伯道：「羅獵他們也不認識？」

麻雀想了一會兒道：「應當不認識。」

福伯道：「你能確定那怪人是衝著你來的？」

「我可以肯定！」

福伯兩道花白的眉毛擰在了一起，沉聲道：「你不能繼續住在這裡了，去福熙巷那邊住吧，我可以安排人手保護你。」

麻雀道：「我才不要人保護。」

福伯緩緩走了幾步，忽然道：「你並沒有什麼仇人，你父親生前也沒什麼仇人，今晚這怪人卻想要將你置於死地，你有沒有想過，這個人很可能是……」

麻雀咬了咬嘴唇，福伯雖然沒有說出那個名字，可是她卻已經猜到了，自從今晚羅獵對那怪人說出認出他身分的時候，麻雀就已經猜到那個人很可能就是方克文。如果說父親在這世上還有一個仇人的話，那個人只可能是方克文。

只是昔日英俊瀟灑的方克文因何會變成現在這個樣子？想起在蒼白山那個滿臉瘢痕的怪人，和現在的古怪面孔相比，似乎也變得不是那麼可怕了。更何況麻雀曾經親眼見證羅行木的改變，方克文因為那次探險，他的身體一定也發生了和羅行木類似的變化。

福伯悄悄觀察麻雀的表情，從她表情的細微變化中已經證實了自己的猜測，他又道：「羅先生他們怎麼在北平？」

麻雀本想回答，可是話到唇邊卻想起羅獵的叮囑，雖然她信任福伯，可是羅獵特地囑咐她，一定要保守他們之間的秘密，於是麻雀道：「說是過來玩的。」

福伯點了點頭，似乎並未產生懷疑。

正覺寺這邊仍然沒有任何發現，羅獵回去之後，召集幾人開了個小會，首先就是今晚遭遇方克文的事情，羅獵雖然信守承諾沒有揭穿他的身分，可是也需要提醒身邊人留意方克文再度來襲，當然，這種可能性應該不大，自己今晚和方克文基本達成了共識。

張長弓聽說羅獵用那把匕首傷了怪人之後，也是打心底鬆了口氣，至少現在他們已經擁有了一件可以克制怪人的武器。

第九章

鎖龍井

據說大禹治水之時，擒獲作惡的蛟龍，
將之沉入深井之中鎖住，井口通常用鐵鍊封住，
井深直達地心，蛟龍用鐵鍊縛住。
只是羅獵從未聽說過在圓明園也有口鎖龍井，
畢竟這是皇家園林，弄一口鎖龍井，似乎並不吉利。

羅獵將那顆櫻桃大小的地玄晶也從麻雀那裡帶來，遞給了張長弓，雖然材料不多，可是如果運用得當，還是可以打造出幾支鏃尖，能夠預見，這些含有特殊材料的羽箭再加上張長弓百步穿楊的箭法，可以成為他們克制怪人的殺器。

想法雖然成熟，但是想要付諸實施並不容易，首先就是地玄晶的硬度和熔點奇高，他們目前並不具備將地玄晶和鋼鐵完美融合的工藝和條件。

夜深人靜，羅獵獨自一人來到後院的工程現場，在正覺寺的後院已經挖出了一個長三十米、寬十米、深三米的大坑，除了幾尊殘破不全的石雕，和一塊斷成兩截的石碑就再也沒有其他發現，羅獵開挖正覺寺的真正目的就是為了將弘親王載祥吸引過來。

可從目前的狀況來看，局勢並不明朗。葉青虹仍然如同人間蒸發不見任何消息，穆三壽提供的藏寶圖極有可能是假的。興許他並不知情，興許他明知故犯，想要利用這張圖誘使自己入局更深。

身後響起踢踢踏踏的腳步聲，羅獵不用回頭就已經判斷出是瞎子，最近一段時間應當是吳傑教給他的吐納練氣起到了相當的作用，他的感覺和反應能力都提高了不少，今天之所以能夠從方克文的手上逃生，不僅僅是因為方克文念及舊情的緣故，和自己臨場的反應也有相當的關係。仔細回想，當時自己已經提前預感到了危險的氣息，甚至他大概能夠判斷出危險藏匿的位置。

羅獵越發感覺到吳傑所授練氣方法的難得，假以時日，自己很可能會發生脫胎換骨的變化，有一點他能夠確定，雖然近期仍然失眠，可是他的精神卻並未因此而受到影響。

瞎子先在遠處撒了泡尿，這才提好褲子不緊不慢地走了過來。

羅獵笑道：「怎麼著?真讓我傳染了?」

瞎子歎了口氣道：「安大頭被嚇著了，鑽我床上，非要跟我一起睡，姥姥的，牠居然打呼。」

羅獵忍不住笑了起來。

瞎子感歎道：「長這麼大，我還沒摟女人睡過覺呢。」這已經成為他目前為止生命中最大的遺憾，曾經一度他認為自己不久以後可以實現這個心願，也曾經幻想過摟著周曉蝶美美的睡上一覺，然而周曉蝶的那封信讓瞎子心中一切美好的幻想變得支離破碎。

羅獵將信將疑地望著瞎子：「你不是常去光顧春風街?」

瞎子咬了咬嘴唇，終於鼓起勇氣承認道：「我吹牛的。」

羅獵大聲笑了起來，他早就知道，只是一直沒有戳破瞎子的謊言罷了。

瞎子臉紅了，窘迫道：「我可不是膽小，只是總覺得自己守了二十幾年的清白，不能這麼容易就交代出去。」這貨停頓了一下又道：「你應當瞭解我，其實我這個人還是滿傳統的。」

羅獵拍了拍他寬厚的肩膀道：「贊同。」

瞎子道：「咱倆是好兄弟，我對你可是知無不言言無不盡，你也跟我說句實話，你是不是早就把自己交代出去了？」

羅獵沒搭理他，向前方走去。

瞎子不依不饒地跟上去：「看你的樣子就知道你肯定交代過了，老實說，你是不是在美利堅就已經播種了？說，你騎了多少大洋馬？」

羅獵歎了口氣道：「瞎子，你是不是腦子有毛病啊。」

瞎子很認真地點了點頭道：「憋的，腦袋都憋大了。」

羅獵在瞎子那雙大手上掃了一眼道：「實在受不了，你還有一雙巧手。」

瞎子趕緊將雙手背到了身後。

羅獵指了指前方道：「那裡是咱們發現木雕的地方吧？」

瞎子舉目看了看，正是他們那天截獲木雕的地方，點了點頭。

兩人走了過去，羅獵從懷中取出了那張麻雀標注過的地圖，這樣的光線下，他是看不清的，不過瞎子能，瞎子接過地圖，確定是周曉蝶留給他的那一幅，低聲道：「有什麼特別？」

羅獵將麻雀的發現告訴了他，瞎子想了想道：「這還不簡單，咱們逐一檢查就是，把這三個點全都查一遍，興許還能發現金子。」

羅獵道：「地圖上標記的三個地方我都去過，除了這裡，以咱們目前的人手，挖掘另外兩個地方並不現實，別的不說，單單是那些廢墟上動輒數噸的巨大石雕就不是我們能夠移動的。」

瞎子道：「咱們挖不動，那麼當初蕭天行他們是怎麼將黃金藏進去的……」說到這裡他似有所悟，抬頭看到羅獵只可意會不可言傳的表情，伸出胖手拍了拍自己的後腦勺道：「我靠，這麼簡單的道理我居然沒想到，咱們搞不動，他們同樣搞不動，他們不可能將那些大石塊吊起來，然後再將黃金埋下去。」

羅獵道：「我查過一些當年的資料，當年瑞親王奕勳的確奉命修繕園子，可他當時用各種理由拖延，圓明園的修繕工程也是斷斷續續，並未有過大興土木的工程建設。」

瞎子道：「可是這邊的金子已經被挖走了。」他停頓了一下道：「你是說這圓明園下面根本就沒什麼寶藏？葉青虹此前跟你說過的事全都是假的？」

羅獵道：「我不清楚……」說到這裡，他突然停下，厲聲喝道：「什麼人？」說話的同時揚起右手，飛刀化為一道急電向林中射去。

暗夜中響起噹的一聲，旋即看到樹枝顫動，羅獵和瞎子都明白逢林莫入的道理，羅獵將匕首抽了出來，瞎子也掏出了手雷，今晚他連出門都帶著武器。

瞎子低聲道：「那怪物來尋仇了。」

羅獵卻認為這種可能性微乎其微，此前的那番對話證明方克文對自己還是有所顧忌的，兩人也已經達成了協定，自己為方克文保守秘密，而方克文以放棄向麻雀復仇為代價。

兩人原地觀望了一會兒，羅獵閉上雙目，內心中那種危險到來的感覺漸漸消失不見，他舒了口氣道：「應該走了。」

瞎子眨了眨眼睛，在黑暗處自己的視力要遠遠超過羅獵，真不知道他是怎麼看到的。其實羅獵剛才完全是一種發自內心的感覺，並不是他親眼目睹。

兩人進入林中，看到羅獵射出的飛刀插在其中一株樹幹之上，瞎子禁不住笑了起來，在他看來羅獵應該是過度緊張，連風吹草動的聲音都能讓他如此警惕。

羅獵從樹幹上拽下那柄飛刀，目光向周圍望去，他可以斷定剛才必有人在，飛刀雖然插在樹幹上，可是他對自己出刀的角度和路線非常清楚，這飛刀本不該出現在這個位置上，應當是有人改變了飛刀的位置。

素來沉穩冷靜的陸威霖也開始失去耐性，正覺寺的後院已被挖了個底兒朝天，深度已經到了五米，根本沒有找到任何有價值的東西，而且到現在為止他們的行動並沒有引來弘親王的關注。

除了張長弓在工程現場之外，羅獵幾人似乎都變成了局外人，他們有時間寧願去已經是一片廢墟的園子裡隨便轉轉，也不願待在正覺寺，雖然麻雀從周曉蝶留給他們的地圖上標記出了三個最可能藏金的地點，但是因為條件所限，並不能馬上進行挖掘工作。

羅獵一大早又準備前往燕京大學找麻雀，剛剛啟動摩托車，陸威霖就攔住了他的去路，他想跟羅獵單獨談談。

羅獵將剛剛啟動的摩托車熄火，就在摩托車旁，遞給陸威霖一支香煙，他看出了陸威霖的焦躁，從陸威霖的種種表現中，他也察覺到陸威霖對葉青虹安危的關心，陸威霖這次前來北平參與營救葉青虹，應當不僅僅是受了穆三爺的委託。

陸威霖抽了口煙，緊鎖的眉頭卻沒有隨著彌散的煙霧舒展開來，沉聲道：

「你難道一點都不擔心？」

「擔心什麼？」

陸威霖因羅獵的明知故問有些生氣了，他的情緒開始變得激動：「你是不是巴不得葉青虹死了才好，這樣你就無需繼續履行你的承諾。」

羅獵昂起頭，吐出一團煙霧，卻被初升的朝陽刺痛了雙眼，瞇起眼睛：「有些事急不得的，連穆三爺都找不到她的下落，我們又有什麼辦法，眼前只能安安心心地在這裡刨地。」

陸威霖怒道：「興許他給的地圖根本就是假的，興許這園子下面根本就沒什麼所謂的秘藏，如果沒有，那麼弘親王又怎麼會出現？」

羅獵道：「有三種可能，一是葉青虹已經死了，永遠都不會出現。」

陸威霖用力搖了搖頭道：「不可能，她掌握了太多的秘密，敵人不可能輕易對她下手。」

羅獵從他衝口而出的這句話中卻把握到了什麼，繼續道：「第二種可能，就是她被人抓住了，關押在一個秘密地點，而第三種可能……」羅獵停頓了一下方才道：「其實我希望她是自己藏起來，欺騙了你我，只把你我當成誘餌，靜待獵物的出現。」

陸威霖何嘗不希望真相是羅獵所說的那樣，他將煙蒂扔在地上，狠狠踩滅，情緒居然奇蹟般冷靜了下來，歎了口氣道：「不好意思，我太激動了。」

羅獵向他笑了笑，正準備離開的時候，卻聽到裡面傳來一陣驚呼聲。兩人對望了一眼，同時向後院跑去，來到後院卻發現所有人都從泥坑裡爬了出來，泥坑之中，有近百條蛇正在蠕動，一名逃走較慢的民工已經被蛇咬了一口。

張長弓讓人將他抬到乾燥平整的地方，為他處理了一下傷口，憑經驗判斷咬他的蛇應該無毒。不過為了穩妥起見，還是讓人儘快將民工送去附近的醫院診治一下，又安排瞎子陪著一起過去，雖然這些民工都是陸威霖精心挑選的人，可仍然擔心他們在外面亂說話，一面引起不必要的麻煩。

現場平靜下來之後，陸威霖給那些民工暫時放假，畢竟誰都不願意冒著被蛇咬傷的危險繼續幹活。

羅獵和張長弓在大坑的東南角站著，兩人都發現這會兒功夫，坑底已經爬滿了數百條蛇，種類不同，其中不乏毒蛇的存在，張長弓將剛才的情況向羅獵說了一遍，他們剛剛開工不久，就挖出了一條蛇，本以為是冬眠的土蛇，那名民工揚起鐵鍬將蛇拍死，沒成想，拍死那條蛇之後，如同捅了馬蜂窩一樣，裡面的蛇就從四面八方湧了過來。

眾人看到情況不妙，慌忙從大坑中爬上來，可仍然有一名民工被咬傷。

陸威霖此時也湊了過來，望著大坑內遍地蛇蟲也有些頭疼，如果不將這些蛇處理完，恐怕是無法繼續開挖了。阿諾建議道：「丟幾顆手雷下去，保管血肉橫飛，將牠們消滅得乾乾淨淨。」

張長弓道：「你想將全北平的人都吸引過來嗎？」

其實阿諾也就是過過嘴癮，他也知道自己的建議不切實際，嘿嘿一笑，不再說話。

陸威霖道：「放火吧，倒點汽油下去，點燃之後乾乾淨淨。」羅獵和他想到了一處，點了點頭。

他們找來幾桶汽油，朝著下方蛇蟲聚集的地方澆了下去，張長弓和阿諾又扔了一些木料下去助燃，一切準備停當，陸威霖打著火機扔到大坑之中，轟地一聲火焰燃燒起來，剛才還昂頭吐信，耀武揚威的毒蛇頓時沒入一片火海之中，牠們四處逃竄，可惜已經來不及了，火勢蔓延得很快，轉瞬之間將整個大坑覆蓋，空氣中彌散出一股焦臭味。

羅獵幾人全都退到後方，這場火燒了近半個小時方才完全熄滅，整個大坑下方變得一片焦黑，幾百條毒蛇全都化成了灰燼。

等到硝煙散盡，陸威霖換上膠靴第一個下去，羅獵擔心他遇到危險，也跟下去幫忙。

幾百條蛇同時湧入大坑，證明大坑裡面必有牠們的藏身之處，羅獵提醒陸威霖要注意腳下，以免有漏網之魚。陸威霖走了幾步，突然感覺腳底被硌了一下，他抬起腳掌，用鐵鍬挖去表面的浮泥，伸手從泥地之中拉出一條鐵鍊。他們在正覺寺的後院裡挖了這麼多天，一直沒有什麼讓人驚喜的發現，這鐵鍊的出現讓他們內心中同時萌生出希望。

連羅獵也不禁暗忖道，難道穆三壽果然沒有騙我，那張藏寶圖是真的？在正覺寺的後院之中果然隱藏著通往秘藏的入口？

張長弓和阿諾看到兩人有所發現，全都下來幫忙，他們四人一起動手，沒多久就循著那條鐵鍊找到了盡頭，鐵鍊的底部連接在一口倒扣的銅鐘之上。因為有過在蒼白山牽拉銅鏈，誤中機關的事情，羅獵提醒眾人小心。

他們先將銅鐘周圍的淤泥清理出來，然後利用撬棍，合力將銅鐘翹起。銅鐘石板翹起之後，發現下面卻隱藏著一口深井，井口為八根鐵鍊封閉，剛一揭開銅鐘，就聞到一股腥臭的氣息撲鼻而來，四人不約而同地將面孔扭了過去，阿諾只感到胃裡一陣翻江倒海，轉身大口大口嘔吐起來。

瞎子這會兒處理完醫院的事回到這裡，看到坑洞中的情景，瞎子驚呼道：「我靠，鎖龍井！」然後他擺了擺手道：「趕緊蓋上，趕緊蓋上！」

阿諾此時方才順過那口氣，抱怨道：「太臭了，裡面是什麼東西？」

羅獵聽到瞎子的叫聲，方才想起了一件事，據說大禹治水之時，擒獲作惡的蛟龍，將之沉入深井之中鎖住，井口通常用鐵鍊封住，井深直達地心，蛟龍用鐵鍊縛住，羅獵認為這應該只是一個傳說罷了，不過在全國各地的確有不少鎖龍井，其中最有名的在禹州。

北平北新橋也有一口鎖龍井，不過那口鎖龍井相傳是明朝劉伯溫和姚廣孝兩人抓住孽龍之後鎖在了海眼之中。當時還在井上修了一座武穆廟，供奉的是愛國將領岳飛。

只是羅獵從未聽說過在圓明園也有口鎖龍井，畢竟這是皇家園林，弄一口鎖龍井，似乎並不吉利。

瞎子沿著梯子小心爬了下來，用衣袖掩住鼻子，湊到井口前方，朝裡面看了看。其他幾人雖然都往井裡看過，可是誰也沒有瞎子的本事，全都看不清裡面到底是什麼狀況。

瞎子抬起頭來，向後退了幾步，衣袖仍然捨不得離開鼻子，低聲道：「有根鐵鍊，一直連到井下，看不到底，應該是鎖龍井，我說哥幾個，這玩意兒有些邪性，趕緊蓋上吧。」

阿諾湊了過來，這貨聽說鎖龍井的來歷之後，雙目發光，在他看來如果下面真能找到一頭活著的龍，那麼可比什麼秘藏都要值錢了。

羅獵想的卻是剛才那些蛇是從何爬出來的，從目前的狀況來看，很可能來自於這口鎖龍井。

陸威霖低聲建議道：「既然都挖出來了，我們不妨將鐵鍊拉上來看看，反正我是不相信這世上有龍的。」

張長弓也是膽大包天之人，他也動了一探究竟的心思，一心想見證真龍的阿諾自不必說，現在反對最為堅決的反倒是他們之中最為財迷的瞎子，財寶雖然重要，可是性命更加重要。

所有人都將目光投向羅獵，等他拿出最終決斷。

羅獵道：「下面有沒有龍我不清楚，可我能斷定下面一定有蛇。」

外面傳來汽車的聲音，卻是麻雀過來了，人還沒有進門，她的聲音就已經響起：「羅獵，你猜猜我發現了什麼？」她走入後院，看到正站在大坑中的五個人，手中的圖紙放了下去，她這幾天翻閱史料，方才發現正覺寺的這個院落之中曾有一座鐘樓一座鼓樓，不過鐘鼓樓早已因為年久失修坍塌不在，根據周曉蝶留下的那幅地圖推斷，當初繪製地圖的人，喜歡用時間為軸。

寺院中往往是通過鐘鼓來報時的，只要找到鐘樓和鼓樓的位置，兩者之間的連線，和此前劃出的延長線的交叉點應當就是穆三壽這張藏寶圖隱藏的秘密。

麻雀看到眼前有些誇張的大坑，再看到大坑中的那口井，搖了搖頭道：「看來你們已經找到了。」

羅獵揮了揮手，讓所有人暫時撤離現場。

幾人回到大廳之中，麻雀將穆三壽交給羅獵的那張地圖還給他，她在這張圖紙上花費了不少功夫，好不容易才找到了這個提示，從水力鐘戌時的位置引出的延長線和鐘鼓樓之間連線的交點，很可能就是圖紙提示的秘藏入口。

麻雀道：「你們仔細看，從水力鐘的中心到戌狗位置連線延長恰巧通過正覺寺，可是這條延長線並非處於正覺寺的中軸線，單憑一條線我們是無法確定具體位置的，我想來想去，方才想起這正覺寺並沒有鐘鼓樓，你給我的圖紙上也沒有標記。這兩天查了好多資料，方才找到一張過去正覺寺的結構圖紙。」她又取出另外一張圖紙，指點了一下過去鐘鼓樓的位置。

羅獵點了點頭，麻雀的推斷和他們的發現是契合的，這就證明穆三壽給他的圖紙並沒有錯。

瞎子道：「那又如何？這可不是什麼秘藏入口，是一口鎖龍井，你們知道鎖龍井是什麼嗎？囚龍之地，下方用鐵鍊困住妖龍。一旦我們打開鎖龍井，妖龍就會得到自由，興風作浪，到時候整個北平就會被汪洋大海吞沒。」

「切！」一旁阿諾嗤之以鼻，實在是受不了瞎子太過誇張的說辭。

瞎子對他怒目而視道：「金毛，你切個屁啊。」

麻雀道：「鎖龍井的事我也知道，不過從未聽說過正覺寺也有鎖龍井，不排除當初留下密道之人故意用這種方法來掩飾的可能。」

幾人同時點頭，瞎子發現自己突然被孤立，歎了口氣道：「好心勸你們，真遇到麻煩不要後悔。」

說話時外面突然響起了一個炸雷，這聲炸雷平貼地面，震得整個大殿都顫抖起來，眾人被嚇了一跳，全都走了出去，卻見這會兒功夫天空中烏雲聚集，太陽被厚重的雲層擋住，剛才還明亮的天空，此刻變得如同夜幕將臨。

瞎子道：「看吧，報應來了。」話音未落，一場瓢潑大雨突然而至。

阿諾此刻也不禁縮了縮脖子，天色變得實在太快，連他也不禁有些懷疑了。

陸威霖道：「春天下雨原本就是再尋常不過的事，別自己嚇自己。」

羅獵指了指大坑之中道：「你們看！」

眾人順著羅獵所指的方向望去，卻見大坑之中迅速積水，畢竟他們挖出的這個大坑已經成為整個正覺寺最為低窪的地方，所以周圍所有的雨水都彙集到了這裡，等到積水沒過了井口，方才向鎖龍井中流入。

這場雨一直下到午後三點，那口鎖龍井成了排洪通道，雨勢很大，可是始終沒有將井口淹沒。井內的水位也沒上漲多少，看來這口井的下面另有排水管道。

太陽再度從雲層中露出之時，一道彩虹橫貫天空，在純然一色藍天的映襯下更顯瑰麗動人。一會兒功夫，大坑中的積水已經消散得乾乾淨淨。

幾人商量之後，終於達成了共識，決定將鎖龍井的那根鐵鍊拉上來，看看鐵鍊的那一端究竟繫的是什麼，瞎子雖然滿心的不情願，可本著少數服從多數的原則還是答應了下來。

他們將大門插好，然後在堅硬的平地上立好絞盤，用繩索連接鎖龍井下方的鐵鍊，通過絞盤的轉動將鐵鍊捲起。張長弓和阿諾、羅獵三人負責轉動絞盤，瞎子負責在井口觀察。

麻雀雖然也是滿心好奇，可實在受不了井口散發出的腐臭味道，只能站在坑外遠遠觀望。

不過事實證明瞎子的擔心是多餘的，他們並沒有花費太長時間就已經看到了結果，鐵鍊的另外一端並非拴著什麼妖龍，而是什麼都沒有，就是一根鐵鍊。

望著已經生銹的鐵鍊尾端，瞎子忍不住罵了起來，不知誰那麼惡作劇，居然弄了根鏈子晃點他們。

從鐵鍊的長度來看，約有三十米左右的長度，尾端長年浸泡在水中，銹蝕嚴重，明顯有斷裂的痕跡，由此可以推斷出鐵鍊的另外一端應該栓有其他的東西

陸威霖顯然不甘心目前的這個結果，他決定親自下去看看情況。

羅獵雖然並不反對他去探察一番的想法，可是也不放心陸威霖獨自一人進去，幾人商量之後，決定還是由羅獵、瞎子、陸威霖三人進入探路，另外三人在上面負責接應。

在開挖正覺寺前，他們已做足了準備，武器裝備自然不在話下，三人全副武裝，考慮到回頭可能進入水中，裡面穿著水靠，周身裹得嚴嚴實實，甚至連防毒面具都配備上了，還在衣服上塗抹了可以驅趕蛇蟲的藥液，這些驅蛇藥水卻是瞎子剛才從外面買回來的，本來用意是驅散坑裡的毒蛇，想不到居然派上用場。

因為擔心那根鐵鍊銹蝕嚴重，中途可能斷裂，於是他們重新找來了繩索。

陸威霖第一個進入鎖龍井內，瞎子第二，羅獵負責斷後。井口狹窄，瞎子肥胖的身體也是堪堪擠了進去，按照瞎子的想法，他是不想主動蹚這渾水的，可是羅獵既然決定要進入其中探察究竟，身為羅獵最好的朋友自然不能落後，雖然幾

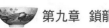

人都帶著手電筒，可畢竟關鍵時刻還得用上自己的那雙夜眼。

進入井口之後，下方頓時變得寬闊起來，這口井的四壁全都用石頭砌成，從石頭縫裡仍不停有雨水滲透進來，三人依次緩慢下降，下降途中，陸威霖不停用手電筒照射周圍井壁，以防井壁藏有蛇蟲。

瞎子用不到這些玩意兒，只需保持好身體的平衡，控制下降的速度即可。

羅獵下降到十米左右的時候，聽到井口傳來麻雀關切的聲音道：「羅獵，沒事吧？」

羅獵閃了兩下手電，表示一切正常，繼續下降發現鎖龍井的直徑不斷擴展，陸威霖停了一下，手電筒的光芒照射周圍井壁，發現井壁之上刻有兩條張牙舞爪的長龍，兩條長龍雙目相對，前爪伸出，爭奪著一顆圓珠。

瞎子指了指井壁，羅獵向他點點頭，因為帶著防毒面具，交談並不方便。

陸威霖繼續下降，瞎子打開手電筒用光柱照在他臉上，陸威霖經他提醒暫時停了下來。在這種環境下，瞎子的目力最好，雖然他們下降了十米左右，卻仍然看不清井底水面的情景，因為水面之上籠罩著一層白茫茫的霧氣。

如果繼續向下，他們就會進入這片霧氣之中。

陸威霖沒有猶豫，率先進入那片霧氣之中，羅獵和瞎子並沒有急於進入，不一會兒下方傳來陸威霖的聲音道：「下來吧，沒事！」

陸威霖利用單手和雙腳控制身體，取下防毒面具，嘗試著吸了一口氣，感覺下方的空氣反倒比井口清新許多，連剛才那股難聞的惡臭氣息也奇蹟般消失了，胸口也舒暢起來。

羅獵和瞎子兩人穿過那片約有兩米厚度的霧氣層，看到陸威霖沒事，羅獵和瞎子兩人也先後取下防毒面具收起，帶著這玩意兒實在是太悶了。

麻雀忍著井口的臭氣，再度發問道：「羅獵，你怎樣？」

瞎子笑道：「你怎麼就關心羅獵，也不操心一下我們啊？」

麻雀聽到他的回應知道幾人都沒事，關切道：「別輕易取下防毒面具，下面的空氣可能有毒。」

瞎子用力吸了口氣道：「不知道多清新，放心吧。」他低頭望去，距離下方水面約有十米的距離，水面宛如沸騰般翻滾不停，瞎子眨了眨眼睛，方才看清在水面下翻騰的是數以千計的水蛇，頓時感到毛骨悚然。

兩道光柱投射在水面上，羅獵和陸威霖兩人也在同時看清了水面的狀況，不過還好在井壁周圍並沒有任何蛇蟲。

「上去吧！」瞎子建議道，他最怕蛇，看到水中群蛇亂舞的情景，內心中不禁有些發毛。

陸威霖看清下面的狀況之後，也覺得繼續向下會遇到危險，點了點頭，卻聽羅獵道：「等等！你們看，水面在不斷下降！」

兩人循著羅獵的指引望去，果然看到這會兒功夫水面又下降了不少，他們的位置距離水面又遠了一些。約莫過了十分鐘左右，水面比起剛才已經下降了三米左右，一隻方鼎從水底露出了真容。

羅獵心中大喜，想起穆三壽委託他尋找的冀州鼎，難道這只隱藏在水下的方鼎就是冀州鼎？

那些水蛇隨著水面的下降而逐漸遠離他們，瞎子確信那銅鼎之上沒有水蛇殘留，方才繼續下行，方鼎長約三尺，寬約兩尺，雙耳高度約有三尺，四足立於青銅鑄造的平台之上，平台為圓形，直徑超過三米，厚約一尺，底部連接三根石柱，直通井底。

銅鼎之上刻滿文字，羅獵雖然在夏文上的學識無出其右，可是這些金文小篆，卻非他的所長，瞎子和陸威霖兩人更是一竅不通，他們也不敢冒險繼續下行。銅鼎內蹲著一隻蛤蟆，長大了嘴巴，昂首向天。

麻雀聽說下方居然發現了一口刻滿文字的青銅大鼎，好奇心頓時被激起，在張長弓和阿諾的幫助下，也沿著繩索滑到井下，與羅獵三人會合。看過鼎上文字之後，麻雀道：「難道這是冀州鼎！」

羅獵驚喜道：「冀州鼎，可是九鼎之一的冀州鼎？」

麻雀笑道：「此冀州鼎絕非傳說中的九鼎之一，上面刻有年代，此鼎乃是清朝鑄造，應當是鎮水之用。這裡也不是鎖龍井，而是園裡諸多洩洪口之一。」

羅獵聽到之後不禁大失所望，他又生出一個疑問，那條鐵鍊未曾銹蝕斷裂之前連接在什麼地方？

陸威霖也考慮到同一個問題，低聲道：「那條鐵鍊難道是用來連接銅鼎？」

瞎子搖了搖頭道：「不是，銅鼎上並沒有鐵銹，那鐵鍊上鏽跡斑斑，你們注意到了沒有。」他指了指上方。

其餘三人都不知道他指的是什麼，瞎子道：「另外一端是繫在那顆球上。」他所指的球是井壁上二龍戲珠爭奪的那顆珠子，其實羅獵三人也都看到了那顆珠子，只不過他們在暗處的目力有限，雖然看到了珠子，卻看不清上面的細節。

瞎子道：「如果我沒猜錯，鐵鍊的另外一端應當是連著那顆鐵球的，利用鐵鍊將鐵球拽出，然後將鐵球放入這蛤蟆的嘴裡，就可以觸發機關。」

羅獵低頭看了看那只鼎內的蛤蟆，再回憶了一下兩條龍爭奪的那顆球，大小好像真的差不多呢。

陸威霖這會兒看瞎子的目光都多了幾分敬佩，士別三日當刮目相待，想不到瞎子的頭腦居然變得如此靈光。

麻雀道：「聽起來好像有些道理。」

瞎子笑道：「那是當然。」

陸威霖已經動作起來，沿著繩索向上攀爬，他要將那顆球弄下來，驗證瞎子的推測。

陸威霖並沒有花費太大功夫就將那顆球從牆面上弄了下來，帶回到平台之上，他看了看同伴，以目光徵求他們的同意之後，將那顆球放入蛤蟆口中，圓球進入蛤蟆口中，之後沿著蛤蟆的腹部滑落下去，轟隆隆的聲音響起。

此時他們頭頂傳來吱吱嘎嘎的聲音，沒等他們搞清楚發生了什麼，一股水流從上方沖了下來。

幾人都沒有想到會從上方沖出水流，湍急的水流沖在麻雀身上，麻雀驚呼一聲，身軀墜下平台。危急之中羅獵一把將她的手臂抓住，另外一隻手抓在鼎耳之上，陸威霖和瞎子雖然也被水流衝擊，可是兩人畢竟體重占優，也及時抓住銅鼎邊緣。他們被水流沖得睜不開眼，根本不知道麻雀的情況。

水流的強度稍減，羅獵鬆了口氣，正準備將麻雀拉回自己身邊，可是又一股強勁的水流從上方沖落，這次卻是對準了羅獵，羅獵用盡全身力量死死抓住鼎耳，可不巧的是鼎耳經年日久已銹蝕嚴重，竟承受不住羅獵的拉力，從中崩斷。

羅獵只覺得手臂突然一鬆，然後被那股洪流沖得向下方墜落，落入水面沒等他回頭，又被湍急的水流帶著向下方漂去。

瞎子和陸威霖兩人被從天而降的水流沖成了落湯雞，這兩道先後落下的水柱都有一米粗細，從上方約十米處的地方奔騰而下，衝擊力極大，別說看到周圍的變化，就連呼吸喘氣都變得極其艱難，身處其中，幾乎就要窒息，他們兩人死命抓住銅鼎的邊緣，雙腿以老樹盤根的架勢盤在銅鼎足部，好不容易方才頂住了兩股霸道的水流。

水流漸漸減弱，井口傳來張長弓和阿諾關切的呼喊聲。

瞎子的視覺卻於聽覺之前恢復，他首先發現羅獵和麻雀兩人已經於平台上消失，低頭望去，卻見下方水面距離他們的足底大約有五米左右，水面因上方仍未停止落下的水流而水花四濺，可是瞎子很快就確定水面上沒有兩人的影子。

陸威霖抹去臉上的水漬，抬頭仰望，發現二龍戲珠的龍頭部分向外突出了不少，龍頭處不斷有水流噴湧出來，比起剛才減弱了許多，他稍一琢磨就已經明白，自己剛才放入蛤蟆口中的鐵球必然觸動了機關，那兩條長龍的口中暗藏洩洪通道。

鐵球進入蛤蟆口中之後，觸發機關，打開了洩洪通道的閘門，於是產生了剛才的兩股水流。此時他方才明白為何過去用鐵鍊牽繫那只鐵球，如果徒手將鐵球放入蛤蟆口中，那麼平台上的人在洪流到來之時會無處藏身。

瞎子雙手抓住那斷裂的鼎耳，哀嚎道：「羅獵，羅獵他們掉下去了！」

陸威霖點了點頭，他也是擔心不已，可是他們繩索的長度到達不了下方的水面，如果盲目下去救人，很可能非但救人不成，還會多幾個人陷入困境。

瞎子咬了咬牙，瞬間已經下定了決心，向上叫道：「你們丟一根繩下來，我下去找人。」他和羅獵情同手足，羅獵出事，他就算拚了性命也要下去救人。

陸威霖有些詫異地看著瞎子，在他的印象中，瞎子素來貪生怕死，貪財好色，可這樣一個人居然毫不猶豫地願意為羅獵以身涉險，這讓陸威霖不僅僅看到了瞎子隱藏的勇氣，也看到了羅獵的個人魅力，一個能讓朋友捨生忘死的人必然有其與眾不同的地方。

張長弓和阿諾兩人在洩洪道噴出洪流的時候就已經知道下面出了事情，確定羅獵和麻雀兩人已經被水沖走，目前不知下落，張長弓向阿諾道：「我下去。」

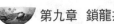

阿諾卻搖了搖頭：「還是我下去吧，你又不會水。」

張長弓雖然武功高強，可是他行獵於山林之中，不擅水性，所以進入井內對他來說是具有極大風險的。

張長弓還想堅持，阿諾拍了拍他的肩頭道：「上面只能你來撐著，萬一有什麼事情，我可頂不住。」他說的也是實情，雖然正覺寺大門緊閉，可是誰也不知道未來會發生什麼狀況，萬一有敵人找來，井下的幾人都會有危險，所以武功最高的張長弓留在上面坐鎮最為穩妥。

張長弓聽他這樣說也就不再堅持，沉聲道：「多帶些彈藥下去。」

阿諾不僅帶了彈藥，還特地帶上了救生圈，沿著繩索滑下平台的時候，瞎子的喉嚨叫得已經有些沙啞，不過仍然沒有聽到任何的反應。

陸威霖準備停當，讓他們兩人先在平台上等候，自己先下去看看情況，他們用阿諾帶來的繩索繫在青銅大鼎上，確信捆綁結實，又讓瞎子和阿諾兩人抓住繩索，提供雙重保險。畢竟這只青銅大鼎已經有了斷裂的先例，如果不是鼎耳斷裂，羅獵和麻雀也不會被洪流沖入井下。

陸威霖沿著繩索慢慢下滑，比起未知的井下，他更擔心的是那些水蛇，手電筒的光束照射下方水面，此時上方的兩道水流已經漸漸停歇，水面漸趨平靜，不過仍然有十幾條水蛇在來回游弋。

水面邊緣的一處，露出了一個弧形的缺口，水流正向這個缺口中不停流入，因為水流湍急，在進入缺口的地方形成一個漩渦。陸威霖仔細觀察了一下那個缺口，確信這裡應當暗藏著一個水洞，他將這一發現告訴了同伴。

隨著水面的下降，這個洞口會漸漸顯示出來，從目前所見來看，這個隱藏在水面下的洞口，連接著影外一個洩洪通道，而羅獵和麻雀應當是被剛才的洪流沖落下去，然後又隨著水底的潛流進入了這個通道。

瞎子在得知情況之後，提醒陸威霖暫時不要急於冒險，因為水面在不停下降，水蛇也隨之遠離，等到那洞口全部暴露出來，進入其中也會變得安全一些。

他們本來預計最多二十分鐘水面就能降落到洞口的下緣，他們可以進入洞口找人，可是當那洞口方才露出三分之一，天空中又下起雨來。雨水從井口落下，這還不是最主要的問題，那兩個龍口中暗藏的洩洪通道開始向下噴湧水流。得到了水源的繼續注入，下方的水面已經停止了繼續下降。

瞎子暗歎不知雨會下到什麼時候，雖然張長弓暫時將井口遮蔽，可是他們無法封堵住內部的洩洪口，仍然阻止不住井內水面的上漲。瞎子讓阿諾在銅鼎上守著，也循著繩索滑落下去。

陸威霖看他到來，大聲道：「水面停止下降了，這會兒功夫似乎開始上漲。」他的聲音在空曠的井內不停迴盪。

瞎子抬頭望去，卻見那兩個龍頭噴出的水流越來越大，外面的雨不停的下，雨水匯流進入洩洪通道，然後經由這兩個龍頭排出。瞎子看了看那個露出水面三分之一的洩洪通道的部分，這洞口的直徑至少要在兩米左右，用不了太久的時間，水面就會淹沒整個洩洪通道。等到暴雨停歇，水位下降，這個洩洪口才會重新暴露出來。

陸威霖道：「瞎子，我看咱們還是先上去，等水退了，再去找他們。」陸威霖認定羅獵和麻雀被暗流沖入這洩洪通道無疑，兩人生死未卜，作為朋友，他們理當盡力營救，可凡事不可盲目，必須要等到時機成熟。陸威霖指了指上方的平台，示意瞎子他們爬上去休息一會兒再說。

瞎子點了點頭，陸威霖率先向上爬行，可是突然聽到噗通一聲，他被嚇了一跳，低頭望去，卻見瞎子已經奮不顧身地跳入水中。

在瞎子看來現在不斷有洪水進入，如果淹沒了洩洪通道，他們短時間內就不可能進入其中營救。時間就是生命，可能羅獵和麻雀已經受傷，早一刻找到他們，他們也就多了一分生的希望。

瞎子鼓足勇氣跳入水中，揮動雙臂本想奮力向那排洪洞口游去，還未等他適應水中的環境，一股潛流帶著他向排洪洞內沖去，瞎子發出一聲大叫，然後肥碩的身軀如同遭遇到一股不可抗拒的吸力，瞬間被抽吸進去，消失在洞口之中。

陸威霖大吼了一聲瞎子，可是井下水面已經失去了他的影蹤。一時間陸威霖心中波瀾起伏，一直以來在他心中貪生怕死的瞎子，此時表現出和朋友同生共死的勇氣。讓他感到震驚，同時也讓他感到慚愧，一時間陸威霖熱血上湧，他幾乎要跟著瞎子跳入水中，可在最後關頭他終究還是沒有失去理智，因為他明白現在就算所有人都跳下去也無濟於事。

若非有著超人一等的冷靜，陸威霖也不可能成長為頂尖的殺手。他並不怕死，而是不能白白送死。

並不是所有人都擁有陸威霖一樣的理智，阿諾擰開他的不銹鋼酒壺，咕嘟咕嘟接連灌了幾口，然後將酒壺扔了，帶著兩個救生圈，大吼了一聲：「瞎子，我來也！」一個猛子扎了下去，如果說瞎子是鼓起了全部的勇氣。阿諾是七分勇氣，三分酒氣，如果沒有這壺酒墊底，他下不了這個決心。

陸威霖看到阿諾居然也跳了下去，這兩人平時就是一對活寶，雖然做事莽撞衝動，可是從這件事可以看出他們對羅獵的友情，陸威霖佩服他們的勇氣，也佩服羅獵的為人，如果被水沖走的是自己，瞎子和阿諾應當不會捨身相救。

此時上方光芒透入，卻是張長弓移開了井口的遮蔽物，雨仍然沒有減小的跡象。張長弓不知裡面發生了什麼狀況，大聲詢問著，他水性不行，儘管瞭解到了情況不容樂觀，也只有乾著急的份兒。不過張長弓也沒有喪失理智，提醒陸威霖不要貿然進入，畢竟瞎子和阿諾已經進去了，沒必要所有人都跳下去冒險。

第十章

頭骨牆

阿諾那邊也發現這白色物體是什麼，湊近一看，
駭然道：「頭蓋骨，這牆上鑲嵌的是頭蓋骨！」
麻雀嚇得慌忙縮回手去，然後又緊緊抓住羅獵的手臂，
羅獵鎮定道：「這世上最沒有危險的就是死人，
不用怕，咱們繼續走。」

幾人的判斷沒錯，羅獵和麻雀兩人被洪水沖入井中，然後又被井下的那股潛流送入排洪隧道，因為擔心會彼此分開，羅獵和麻雀盡力抱住對方，手足相纏，猶如藤纏樹一般密不可分，兩人屏住呼吸，眼前一片黑暗，只知道被水流沖入了一個黑漆漆的管道，麻雀心中首先想到的是自己連累了羅獵，如果他不是為了營救自己，也不會被洪水沖下，內心中又是歉疚又是感動，雙臂緊緊抱住羅獵，恨不能和他永生永世不要分開。

羅獵雖然身處險境，可心中並未想過要放棄，他相信這條洩洪管道必有出口，從湍急的水流能夠判斷出，這管道應當是傾斜向下，只有巨大的落差方能產生如此高速的水流，內心中暗自期盼，只希望這條洩洪管道短一些，他們方才能夠在窒息之前脫離險境。

麻雀抱住羅獵的雙臂漸漸鬆弛下來，她已經開始出現窒息的徵兆，力量開始迅速減退。羅獵卻並沒有任何缺氧的感覺，他很快就意識到自己在水中能夠撐那麼長的時間，應當和吳傑教給他的呼吸吐納方法有關，在不知不覺中，他的體質發生了一些微妙改變，一次有效的呼吸可以提供給身體長時間需要的充足氧分。

科學研究表明，人的大腦耗氧量要占去全身消耗量的四分之一，如果能夠減低大腦的耗氧量，就能有效增加閉氣的時間。中華傳統道家練氣，講究心無雜念，抱守元一，其實是和科學研究不謀而合的。

在這種危險的環境下，越是緊張，越是恐懼，所消耗的氧氣就會越多，出現缺氧的症狀自然越早，所以要最大程度地摒除雜念，放鬆身心。

在漆黑水下時間顯得格外漫長，雖然只過去了七分鐘左右，羅獵卻如同經過了一整個世紀，就在他產生一個不祥雜念時，感覺身軀被凌空拋射了出去，水流終於將他們沖到了排洪通道的另外一端，羅獵和麻雀的身體如同炮彈一般從通道出口隨著水流噴射出去，然後又拋物線般向下落去，墜落在一條地下河之中。

羅獵顧不上觀察周圍的環境，他抱住已經失去知覺的麻雀，拚命向岸邊游去，將麻雀拖到岸邊，解開她的外套，鬆開她的領口，按壓她的腹部，幫助麻雀將體內的水倒出。

倒水之後，麻雀仍然毫無知覺，羅獵利用自己所掌握的知識，幫她進行心肺復甦，忙活了十分鐘左右，麻雀方才有了反應，在一連串的咳嗽之後，趴在地上哇哇吐出了數口黃水。

她跪在地上，雙手撐著地面，過了好久方才稍稍緩過勁來，擦去唇角的水漬，看到羅獵打著了打火機，火光照亮了羅獵英俊蒼白的面龐，他向麻雀露出一個會心的笑容：「你命真大。」一是鼓勵也是安慰，更是對兩人逃出生天的慶幸。

麻雀顧不上說話，大口大口的呼吸著，補充剛才缺氧的損失，同時也找回失去的記憶。

羅獵倒沒有太多的疲憊感，從地上站起身來，他以為仍然背對自己的麻雀是因為剛才自己對她的營救而尷尬，所以不再主動提起剛才發生的事情，任何時候他都會照顧別人的感受。借著火機的光芒環視周圍，在周圍有不少洩洪口，被稱為萬園之園的圓明園是一個龐大的建築群，常人看到的是地面上的建築，卻看不到地下龐大壯觀的排水工程，而他們應當是被突然洩洪的水流沖入了圓明園地下排水工程的中樞部分。

麻雀恢復體力之後，首先想到的就是羅獵剛才一定給自己做了人工呼吸，芳心中羞澀且欣喜，她雖性情開朗，可畢竟是未出閣的黃花大閨女，考慮到自己和羅獵已有過如此親密的接觸，一時間不知如何面對她才好。

羅獵將火機合上，火機的金屬外殼已有些發燙，周圍重新陷入一片黑暗中。

麻雀有些惶恐道：「羅獵！」

羅獵應了一聲，沒多久就感到麻雀柔軟且冰冷的小手抓住了自己的大手，羅獵將她的纖手握在掌心中，在黑暗中給她安慰，默默撫慰著她惶恐的內心。

麻雀的心情很快就已經完全平復，小聲道：「這裡應當是圓明園下的洩洪工程，咱們沿著這條河，應該可以走出去。」

羅獵和她也有一樣的想法，輕聲道：「不知秘藏會不會就藏在這裡？」

麻雀道：「或許吧。」她對秘藏原本就沒有太多渴望，尤其是經歷了剛才這場生死劫難之後，只覺得就算是拿世上所有的財富和羅獵相比都不值得一提，腦補出羅獵剛才營救自己的過程，俏臉不禁紅得越發厲害了。

羅獵似乎察覺到麻雀的異常，小聲道：「你怎麼了？」

「沒什麼，只是……感覺有些冷了……」麻雀下意識地向羅獵靠近了一些，芳心不禁怦怦亂跳。

羅獵展開臂膀輕攬她的肩頭，麻雀將螓首靠在他的懷中，突然覺得這黑暗潮濕的地下也沒那麼可怕，似乎轉瞬間變成了人世間最美好，最溫馨的所在。就在麻雀沉浸於羅獵帶給自己溫暖的時候，突然聽到上方傳來接二連三的驚呼聲。

羅獵抬起頭來，那驚呼聲顯然來自於他的夥伴，重新將打火機點燃，借著火苗微弱的光芒，看到兩道黑影被水流從他們剛剛經行的洩洪通道中沖了出來，先後落在河流的中心，砸在河面上，撞擊出大片的水花。

羅獵趕緊跑了過去，驚喜道：「瞎子！阿諾！是你們嗎？」

瞎子和阿諾兩人聽到羅獵的聲音，同時回應，兩人竭盡全力向羅獵所在的岸邊游來，在羅獵的幫助下，濕淋淋如落湯雞般的兩人爬上了河岸。

瞎子看到了羅獵身邊的麻雀，呵呵笑道：「麻雀，你也在呢。」

麻雀俏臉一熱，她知道瞎子擁有一雙可以在黑暗中視物的夜眼，不知自己和羅獵剛才親密的情景是否被他看到了，這正應了做賊心虛的那句話。

其實瞎子剛才和阿諾兩人被激流沖出，只顧著大叫，哪還顧得上兼顧其他的事情，也是在羅獵呼喊他們的名字之後，瞎子方才清醒過來，看清周圍的境況。

看到羅獵平安無事，瞎子心中的石頭總算落地。阿諾想起剛才驚心動魄的過程難免有些後怕，下意識地去摸酒壺，才想起自己在跳下之前已經扔了，酒壯英雄膽，缺酒頓時膽氣就弱了幾分，怎麼突然感覺雙腿有些發軟。

劫後重逢，心情難免激動，最先冷靜下來的那個人仍然是羅獵，他提醒幾人檢查一下隨身物品，他們每人都隨身帶著手電筒，可是因為進水全都損壞。瞎子隨身用來裝手雷的包也在激流中失落，阿諾專程為了營救他們而來，以他隨身攜帶的各種物品最多，而且基本都在，其中最為重要的就是兩個救生圈和一些武器，幸好他攜帶的那包武器保護得很好，經歷剛才的激流衝擊居然沒有進水。

這地下排洪管道中雖然伸手不見五指，可對他們來說並不是問題，畢竟有瞎子在，除了瞎子之外，羅獵手中的打火機就是他們用來照明的唯一光源。

幾人在黑暗中商量了一下，從他們被沖出的排洪通道，距離這裡大概有七米左右的距離，爬上去應該沒什麼困難，可是這會兒功夫排洪通道中的水流比起剛才明顯變大了，由此能夠推斷出，外面的雨非但沒有停歇，反而越下越大。

他們沿著原來的排洪通道逆流而上回到井內的可能性幾乎不存在，麻雀建議道：「我曾研究過圓明園的排水系統，若論到規模之大，構造之妙，放眼中華大地無出其右，這裡的排水系統錯綜複雜，遍佈溝河湖泊，污水和雨水分成兩套不同的系統，前者直接排入污水渠，後者則回收利用，循環送入園內水系之中。」

阿諾摸了摸後腦勺道：「這倒也沒什麼稀奇，在倫敦的地下也有這樣的水道，許多人都住在其中呢。」

瞎子道：「你讓麻雀說完。」

麻雀道：「從咱們目前所處的位置來看，我們應當處在雨水回收排澇的中樞，下雨後，雨水通過各種各樣的排水系統進入溝渠，然後流經那些管道匯總到這裡進入這條地下河。」

瞎子道：「既然是地下河，就會有出處，只要咱們順流而下，用不了太久時間就能出去。」

麻雀點了點頭道：「不錯，我想這條河的出口很可能就在圓明園內。」

阿諾道：「葉青虹所說的秘藏是不是在這裡？」

羅獵其實也是這樣想，現在可以確定葉青虹選擇正覺寺是有原因的，穆三壽給出的那張地圖明示秘藏的入口就在正覺寺的後院，而接下來的見聞也逐一表明，當年瑞親王奕勳很可能到過這裡。

羅獵的直覺告訴自己，這裡已經接近秘藏的真相不遠。

麻雀這會兒已經徹底恢復過來，活動了一下腰肢道：「既然來了，咱們不妨去看看，只是咱們應當往上游走還是往下游走？」

阿諾忽然想起當初在九幽秘境的時候，他就曾面對過這樣的問題，當時他提議逆流而上，結果遇到了赤炎追魂蜂，險些把性命給丟掉，這次又面臨了幾乎同樣的選擇，阿諾搖了搖頭決定還是選擇沉默。

瞎子道：「順流是出口，咱們自然要往上走，再說人往高處走，水往低處流，你們說是不是這個理兒？」

阿諾禁不住笑出聲來，瞎子一臉迷惘，呸了一聲道：「笑？就知道笑，你笑個屁啊！」

在場的人中羅獵曾經和阿諾共同經歷了那件事，所以也唯有他明白阿諾為何發笑，羅獵道：「這條河應該不會太長，咱們先去上游看看。」

羅獵一開口等於做出了決定，所有人一致同意，他在同伴中擁有著無法替代的威信。

瞎子在最前方負責引路，阿諾走在隊尾負責斷後，羅獵緊跟瞎子，麻雀則緊隨他的身後。在地洞中沒有一絲光線，他們的眼睛根本看不到任何的東西，所有人都手牽手走在河邊。

瞎子就是他們所有人的眼睛，即便是在這樣黑暗的環境下，瞎子仍然可以清晰地看到周圍的景物，這條河明顯是一條人工河，他們剛才落水的地方，寬約十米，兩旁用青石砌起堤壩，逆流而上，步步登高，昔日建設圓明園的工匠充分考慮到了利用落差來增加水的流速，以加快排洪的速度。

向上走了約百米左右，有一座青石橋橫跨河道兩岸，在青石橋的對面又有三股不同的水流從三個不同方向的溝渠匯入地下河的主幹道之中。

瞎子帶著幾人走上青石橋，羅獵說得沒錯，這條河果然不長，青石橋就是上游的開始，再往上行，就是三條不同的溝渠，那三條溝渠肯定通往不同的方向。

羅獵打著火機，借著火機的亮光觀察了一下周圍的地形，如果繼續上行，必須選擇三條溝渠中的一個，不過接下來的路開始變得陡峭難行，他們又是摸黑行走，肯定要面臨許多困難。

阿諾習慣性地撓了撓頭道：「看來是到頭了，咱們回去吧。」

麻雀掏出指南針看了看，想了想指向左前方的那條溝渠：「朝那裡走。」

幾人都好奇地望著麻雀，不知她因何做出這樣的決定。

麻雀道：「正覺寺位於圓明園東南，咱們應當是處於正覺寺下方，左前方的這條溝渠指向正覺寺的西北，也就是指向圓明園中心的位置。」

羅獵點了點頭，麻雀的決定不無道理，其實已經走到了這個地方，不妨繼續多走幾步，總不甘心這樣中途放棄。

瞎子仍然負責在前方帶路，沿著溝渠旁邊狹窄陡峭的護堤前行，提醒幾人要注意腳下，以免失足落入水渠之中，這水渠裡水流湍急，只要掉進去，就會沿著水流被沖入剛才來時的河道。

再往前行，看到前方泛起微光，羅獵幾人的雙眼總算有了一些用處，等他們走到近前方才發現，在牆壁上鑲嵌著一個個碗口大小的圓形白色物體，就是它們泛出光芒，麻雀不知這是什麼材質，好奇地伸手摸了摸，憑著指尖的觸覺她判斷出這發光物竟然是骨頭，內心不由得一顫，一種莫名的惶恐從心底升騰起來。

阿諾那邊也發現這白色物體是什麼，湊近一看，駭然道：「頭蓋骨，這牆上鑲嵌的是頭蓋骨！」原來這白乎乎的圓形物體全都是人的頭蓋骨，排列得整整齊齊，鑲嵌在牆壁之中。

麻雀嚇得慌忙縮回手去，然後又緊緊抓住羅獵的手臂，羅獵鎮定道：「這世上最沒有危險的就是死人，不用怕，咱們繼續走。」

瞎子道：「什麼人這麼歹毒，竟然將這麼多人的頭蓋骨鑲嵌在這裡？」

羅獵歎了口氣道：「或許是當年建設園子的工匠。」**浮華的背後往往深藏著醜陋和險惡，昔日清朝皇室在上方享受景色絕美的圓明園的時候，應當不會想到在圓明園下黑暗的地下水道中，還深藏著那麼多的冤魂。**

這些頭骨排列得整整齊齊，瞎子初步數了一下，至少有二百個之多，而且每個頭骨上面都刻有名字，心中不禁有些忐忑，如果突然從這地洞中湧出二百多個冤魂，僅憑著他們四個恐怕應付不來。

總算走過了這段頭骨牆，前方於十米左右的地方彙集成三個並排排列的兩米直徑的洩洪口，溝渠中的水流就是來自於洩洪口中。不過中間一個洩洪口沒有水流，兩旁兩個洩洪口卻水流湍急。

瞎子來到那水流枯竭的洩洪口前看了看，裡面連丁點兒水漬都沒有，他將這一發現告訴同伴，幾人商量之後，決定進入這個無水的洩洪口去看看，事實上他們也沒有其他的選擇，不可能頂著洪水逆行進入其他兩個洩洪口。

沒有走出太遠，就發現地上的枯枝，輕輕一碰，就變成碎屑簌簌落下，可見已經存在不少的時日，瞎子吸了口帶著黴味的空氣，被嗆得咳嗽起來，管道幽深，遠方也傳來同樣的咳嗽聲回應。

阿諾聽得心底發毛，低聲道：「遠處好像有人呢。」他一開口，也有回音傳來，自己方才明白是怎麼回事，難免有些尷尬。

進入裡面二十米左右，地面上出現了橫七豎八的骨骼，這些骨骼上泛著星星點點的磷光，羅獵幾人借著微光也能看出輪廓。因為有了剛才頭骨牆的經歷，心理上已經有了準備，所以看到這遍地的骸骨已經沒有了觸目驚心的感覺。

瞎子看得更為清楚，發現這些骸骨都有一個共同的特點，所有骸骨全都失去了頭顱，由此不難推斷出，這些死者的頭骨全都被鑲嵌在了剛才經過的那面牆上，有多少顆頭骨，就應該有多少具骸骨。

雖然幾人小心閃避，阿諾還是不小心踩在了一具骸骨之上，寂靜中突然響起咔啪脆響，幾人都被嚇了一跳，阿諾慌忙抬起腳來，卻感覺到右腳被人死死抓住，嚇得阿諾慘叫道：「鬼啊！」

瞎子轉身望去，不禁笑了起來，原來阿諾踩在了一具骸骨的胸廓，踩斷了肋骨，大腳丫子陷入骸骨胸腔之中，一時間抽不出來，所以才產生了被人抓住腳掌的錯覺。

羅獵點燃火機，阿諾這才看清足下的情況，尷尬地挪動腳掌，將腳從骸骨縫隙中抽離出來。

借著打火機的光芒，麻雀放眼望去，卻見前方骸骨遍地，一直蔓延出去，不知哪裡才是盡頭，芳心中暗自感歎，這排洪管道之中究竟死了多少人？到底是誰如此狠辣，殘殺了那麼多的工匠？

瞎子發現不少骸骨上都插著兵器，也就是說，這些人死前曾經經歷了一場相互殘殺，他從一具骸骨上拔出一柄腰刀，靠近刀背的地方刻有鑄造年月，按照上面的日期推算，是甲午年間所製，他將自己的發現告訴了羅獵。

羅獵心中暗忖，從兵器的鑄造時間來推算，這些死者應當是在甲午年之後方才進入圓明園地下水道，這一時間和瑞親王奕動負責修建圓明園的時間相符，而此前葉青虹曾經說過，瑞親王奕動於圓明園下發現秘藏，並命令劉同嗣守住這個秘密。守住秘密最好的辦法就是殺人滅口，這些骸骨很可能就是當年瑞親王手下的親衛。

只是有一點讓人不解，為了滅口將他們殺死就是，為何還要將他們的頭顱割下，將顱骨嵌入牆內，究竟是什麼人如此殘忍，又如此無聊呢？那面頭骨牆絕非一日能夠完成。瞎子一邊感歎，一邊將這柄腰刀懸在腰間，這刀鋼口不錯，帶出去應該能夠賣個好價。

麻雀心中有些害怕，下意識地抓緊了羅獵的手臂，羅獵輕輕拍了拍她的手背表示安慰。

其實所有人心中都存在著同一個想法，既然走到這裡，總不能半途而廢。沿著累累白骨走了約莫百餘米的樣子，前方到了盡頭，排洪道被沙石封住，羅獵伸手拍了拍牆面，從牆面的回饋來看極其堅實厚重。三條洩洪通道，只有這條沒有水流，原因就在於此，應當是這條通道被人為填塞。

阿諾解下身上的革囊，裡面有十多顆手榴彈，他建議道：「可以將這堵牆炸開。」

瞎子點了點頭，在這件事上他和金毛想到了一處。

麻雀道：「不可，在這裡引爆，很可能造成隧道坍塌，萬一發生那種狀況，咱們幾人就會被活埋。」

阿諾道：「這隧道結實得很，咱們可以將手榴彈塞入牆體下方，從底部引爆，受到衝擊最大的是這堵牆，應該不會發生坍塌的狀況。」他對武器彈藥的瞭解要遠遠超過其他人，在這方面頗有信心。通過一番觀察，發現牆體的下方有一個三角形的縫隙，應當可以塞入手榴彈，從下方引爆。

麻雀道：「就算爆炸順利，我們炸開這堵牆，在背後等待咱們的是什麼？」

阿諾顯然被麻雀問住了，此時方才考慮到這堵牆的背後應當全都是積水，一旦他們炸開了這堵牆，被阻擋在對側的積水就會洶湧而至，將他們全都吞沒。想到這一層，阿諾不禁打起了退堂鼓。

瞎子有些遺憾地歎了口氣道：「看來秘藏應當是在這堵牆的另外一邊了，咱們是沒機會進去了。」比起秘藏還是性命更加重要，瞎子可以為了羅獵捨生忘死，但是他還沒貪財到為了秘藏可以不惜性命的地步。

羅獵道：「也不是沒有機會，這裡距離出口也不過一百多米，引爆之後就算被水沖出去，這段距離我也捱得住。」他對自己在水中閉氣的能力相當有信心。

其餘幾人都聽懂了他的意思，麻雀搖了搖頭道：「不可以，你不可以冒險！」剛才凶險一幕仍然讓她驚魂未定，她可不想讓羅獵再去冒險。

羅獵微笑道：「我這個人天生好奇，如果不搞清楚這件事，恐怕我會寢食難安，你們去外面等著，我負責爆破，如果一切順利，用不了太久時間，我就會被水送到外面的溝渠裡，你們做好準備從水裡撈我就是。」

阿諾道：「也不是沒有可能。」他將其中一個救生圈遞給了羅獵，以備不時之需。

麻雀還想阻止，羅獵拍了拍她的肩頭道：「放心吧，咱們都走到了這裡，總不能半途而廢，我水性好得很，剛才那條洩洪通道要比這條長好幾倍，我一樣沒事，你不用擔心。」

瞎子沒說話，來到阿諾身邊將另外一個救生圈要了過去，羅獵知道他想要和自己共同進退，心中暗自感動，可是他並不希望瞎子這樣做，輕聲道：「瞎子，你和阿諾負責保護麻雀，我一個人應付得來。」

瞎子道：「有人照應總要好一些，別忘了你游泳還是我教的。再說了，這裡這麼黑，總得讓人給你引路。」

羅獵見他堅持，也只能點頭，阿諾將爆炸方法教給兩人之後，護著麻雀先行退離出去，羅獵將捆紮好的手榴彈塞入牆根凹窩之中，這三角形的凹窩居然可以塞入八個手榴彈。

兩人向後退到安全的距離，瞎子更換手槍瞄準了那捆手榴彈，羅獵此時也不禁緊張了起來，屏住呼吸生怕干擾到瞎子開槍。瞎子瞄了一會兒，握槍的手重新垂落下去，來回抖了幾下，長舒了一口氣。

「別緊張！」羅獵為他打氣道。

「陸威霖要是在就好了。」瞎子此時不禁想起了神槍手，他對自己的槍法並沒有太大的信心。

羅獵鼓勵他道：「一槍不行就兩槍，咱們有的是時間。」

外面突然傳來阿諾的聲音：「瞎子，你行不行啊？不行我進去換你！」

瞎子呸了一聲，大聲道：「金毛，我最煩別人激我，老子閉上眼也比你行。」他抬起手槍瞄準前方射出一槍，清脆的槍響過後，毫無反應。瞎子又連開了幾槍，卻槍槍落空，外面傳來阿諾大聲的嘲笑，這廝不禁有些急了，槍內只剩下最後一顆子彈，怒罵道：「金毛，我操你大爺！」說來奇怪，每次罵阿諾的時候，瞎子都感覺自己渾身充滿了神奇的力量。

呼！子彈從槍膛中射出，這次居然準確無誤地擊中了那捆手榴彈，蓬！八個手榴彈幾乎在同時被引發，爆炸讓整個地下通道劇烈搖晃起來，羅獵一把拖住瞎子大吼臥倒，他的聲音被爆炸引起的聲浪掩蓋，連他自己都聽不到自己的聲音。

兩人趴在地上雙手捂著腦袋，感覺碎石粉塵簌簌落在他們身上，兩人的腦袋都被震得昏昏沉沉，本以為馬上就會被狂湧而至的洪水包圍，可等了半天，也沒有水湧到身邊。

外面傳來麻雀和阿諾關切的聲音，羅獵仍有些耳鳴，短時間聽力未能完全恢復，他大吼道：「我們沒事，你們暫時不要進來。」

瞎子被灰塵嗆得劇烈咳嗽，他從地上爬起來，身上蓋了一層沙石，再看羅獵也是灰頭土臉狼狽不堪，想想自己現在的樣子肯定也好不到哪裡去，兩人相互攙扶著向爆炸處走去。

羅獵本以為這次爆炸沒有成功，來到近前方才知道，那堵牆還是成功炸塌，上方露出一個大洞，只不過牆那邊並沒有他們此前預料那樣積水。

瞎子看到成功炸開了石牆，不禁舉起雙手大聲歡呼起來。

此時兩人的聽力也開始漸漸恢復正常，麻雀和阿諾兩人已摸索著走了進來，兩人雖然在外面，不過也從種種跡象猜到了裡面的狀況。

羅獵率先爬上缺口，又伸手將同伴逐一拉了過去，這邊的地面上散落著許許多多的白骨，不過這些白骨七零八落，和外面整具的骨骸不同，應當是剛才爆炸引發的氣浪將骸骨震碎，瞎子在地上找到了一個青銅燭台，旁邊還有兩根散在地上的蠟燭。

羅獵走過去將蠟燭點燃，舉起燭台照亮這黑暗的地下世界，卻見他們前方不遠處有一個圓形的蓄水池，水池直徑在十米左右，看得出水池極深，水面在距離水池邊緣半米左右的地方。

幾人圍繞這裡搜索了一遍，除了他們剛才進入的那條洩洪通道，就再也沒有其他的通道和外界相通，難道這裡已經走到了盡頭？

水池的邊緣橫七豎八地躺著數十具骸骨，這些骸骨因為距離爆炸點較遠，並未受到嚴重的衝擊，基本保持完整，可以看出，骸骨的頭顱都在，這一點和外面完全不同，這裡面的骸骨應當沒有受到斬首之刑。

瞎子不知從何處找來一根近三米長度的木棍，向水池內插了進去，手都沒入了水中，仍沒有探到池底，瞎子感歎道：「好深。」

阿諾隨身帶著繩索，他挑揀了一塊石頭，用石頭拴住，向水中沉去，放了約莫十米都未見底，轉向瞎子說了一句：「果然好深。」

瞎子道：「我有個預感……」話還沒說完已被麻雀打斷：「別說！」其實就算瞎子不說，她也知道瞎子想說的是什麼。

瞎子預感秘藏就在這水池內，其實羅獵也和他有同樣的想法，麻雀之所以阻止瞎子說出來，真正的用意卻是不想讓羅獵冒險，她知道羅獵是不會輕言放棄的人，甚至已經斷定羅獵要隻身涉險。

羅獵已經來到水池邊，伸手探了探水溫，水溫有些涼，不過還在他身體能夠承受的範圍內，羅獵道：「我下去看看。」這話其實是對麻雀說的。

麻雀沒說話，她發現自己從未像現在這樣關心一個人，關心則亂，正是因為她對羅獵的關心而導致她的性情發生了改變，她變得猶豫不決，患得患失，連她自己都有些不認識自己了。

羅獵已經開始脫去外衣，露出裡面的黑色水靠，幸好他們此前做好了準備，不然直接下水恐怕承受不住低溫。

瞎子走過來道：「羅獵，不如還是我去吧，我比你重，下潛肯定比你快。」

羅獵笑了起來，瞎子水性雖然不錯，可是他並沒有專門學習過潛水，在這一點上自己強出他太多，更何況自己跟隨吳傑學會呼吸吐納方法之後，感覺在閉氣方面比起過去增強了不少，趁著這次的機會剛好可以挑戰一下極限。

瞎子道：「我水性比你好，而且我能在暗中視物。」

羅獵望著這個可以託付生命的朋友，心中一陣感動，他輕聲道：「潛水不同於游泳，你雖然可以在暗中視物，可是在水下也跟瞎子一樣，主要靠的是感覺。」他將繩索纏在自己的右腳上：「我下去看看，我在水下憋氣十分鐘沒有任何問題，你們幫我讀錶，十分鐘內，我必然返回。」

阿諾擼起手脖子，露出自己擁有絕佳防水性能的軍錶，從手腕上解下遞給了羅獵：「戴上，別忘了時間。」

羅獵點了點頭，接過他的手錶戴上。

久未說話的麻雀終於開口道：「七分鐘，我們只給你七分鐘，如果你七分鐘還不回來，就一起將你拖上來。」

一切準備停當之後，羅獵從水池邊緣跳了下去，他下潛的速度很快，一會兒功夫就已經來到水下二十米，水下一片漆黑，池水寒冷但是非常平靜，羅獵有一點並沒有說錯，瞎子的夜視能力在水下並沒有用武之地，而且一個沒有經過專門訓練的人是不可能下潛到如此深度的。

抬手看了看時間，腕錶在水下螢光閃爍，這微弱的光芒也足以給處在黑暗中的潛行者相當的慰藉，剛剛過去了一分多鐘，羅獵決定繼續下潛，阿諾帶來的這根繩索共五十米長，他還有足夠的下潛空間。

羅獵越往下潛，內心越是驚奇，想不到圓明園下竟有一口如此之深的水池，在下潛到三十多米時，水中突然現出大片星星點點的磷光，羅獵定睛望去，那點點磷光卻是來自於一條條的小魚，小魚最大不過寸許長度，成百上千聚攏在一起，在水池內巡游，連接成一條美麗的長長光帶，魚群環繞羅獵周圍巡游，借著魚群散發出的光芒，羅獵看清在他右側池壁之上有一個兩米見方的洞口，有綠色光芒從洞口中透射而出。

羅獵仔細望去，確信不是自己的錯覺，光芒的確來自於洞口之中，羅獵並未急於進入洞內，而是選擇繼續向下方潛游，足踝繩索突然一緊，卻是繩索已經到了盡頭，可仍然未能抵達水池的底部，羅獵看時間已經差不多了，不想讓同伴擔心，於是選擇迅速上浮。

羅獵重新回到水面之上，時間才過去了六分鐘。

麻雀看到羅獵這麼快就返回，自然歡欣雀躍。

瞎子湊過來道：「怎麼？這麼快就憋不住了？」他倒是小看了羅獵，羅獵在水下的這段時間並沒有任何窒息感，他過去曾試過，自己在水下憋氣的最長時間能夠達到十五分鐘，從吳傑那裡學會呼吸吐納方法後，這一時間應當大大延長。

幾人聽說羅獵還要再次下潛不禁有些擔心，羅獵讓他們儘管放心，他心中的好奇已經徹底被激起，今天必然要查出綠光的來源是什麼。

羅獵重新下潛，這次下潛之前他堅持解開了繩索，和幾人將時間約定到十五分鐘，這也是過去他能夠在水下憋氣的極限。

羅獵並未選擇深潛，這次目的明確，直奔水下三十米左右的方洞，順利來到洞口前方，抓住洞口邊緣向裡面游了過去，他在心中定下時間，六分鐘後，無論能否游到綠光的源頭都必須返回，否則就是拿自己的性命去冒險。

剛才的那群小魚此時又來到羅獵身邊，魚群好奇地窺視著這個不速之客，圍繞他左右游來游去，羅獵雖然看到了綠光，可是真正游過去方才發現距離並不算近，他以最快的速度游了二百米左右，發現綠光仍在前方，不過光芒越變越強，證明他離光源處已經不遠，距離他返回的時間還剩下半分鐘不到，羅獵並未有任何的窒息感。

就在他猶豫是否繼續前行的時候，在他的右側出現了一個磨盤大小的轉盤，這轉盤製成了船舵的形狀，羅獵游到轉盤旁，憑直覺判斷，這轉盤應當是閥門，屬於圓明園龐大地下排洪工程的一部分，他嘗試著順時針轉動了一下，卻想不到沉浸在水中無數日月的轉盤仍然可以轉動自如。

羅獵將轉盤只轉了半圈，就感覺到一股潛流從他的正前方突然襲來，羅獵猝不及防，險些被這股暗流沖了出去，他死命抓住轉盤，以免被暗流沖走，卻進一步將轉盤逆時針轉動。

一直蹲在水池邊觀察羅獵何時返回的三人，幾乎同時發現了水池內的水面開始迅速向下退去，瞎子驚呼道：「我靠，水退了！」

阿諾點了點頭，瞪大雙眼，水面正以肉眼可見的速度迅速下降，這會兒功夫已經下降了三米，他喃喃道：「那傢伙幹了什麼？」

麻雀最關心的是時間，距離羅獵返回還剩下四分鐘，可是眼前的狀況讓他的返回已經變成了未知，她緊握雙拳，一顆心已經提到了嗓子眼。

無論他們如何擔心，現在唯一能做的事情就是等待。水面在迅速下降十米之後開始減慢，時間一分一秒地過去，他們也變得越來越擔心，已經整整十五分鐘了，不知水下的羅獵能否支持得住。

瞎子趴在水池邊緣，小半個身子都探了進去，他竭力想看清羅獵所說的那個洞，不停眨動的小眼睛終於看到了羅獵所說的綠光，水面已經下降到了那洞口的上緣，瞎子大叫道：「羅獵，能聽到嗎？」

他的聲音在空洞的水池內壁中迴盪，許久都未曾平歇，可惜並未聽到羅獵的回覆。

阿諾也叫了起來：「羅獵，你還活著嗎？」話音剛落，腦袋上就被瞎子狠拍了一巴掌，顯然是責怪他胡說八道。

麻雀此刻連眼淚幾乎都要流出來了。

就在此時，下方傳來了一個聲音：「我沒事……」

瞎子和阿諾聽出這聲音來自羅獵，兩人興奮的同時大叫起來，麻雀卻喜極而泣，他們三人自然無法想像羅獵這幾分鐘內經歷了什麼。

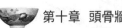

對羅獵來說這幾分鐘猶如噩夢，他擰開那轉盤後，就被那股強大的潛流險些沖出去，唯有死死抓住轉盤，他在強勁的暗流下猶如秋風中的落葉，抓著那轉盤轉了一圈又一圈，四肢如同被一隻無形的大手反覆撕扯，周身無一處不疼痛，在撕裂般的痛楚中苦捱了十多分鐘，通道中的水面方才下降，他也得以自由呼吸。

水面下降到他腰部的時候，聽到了外面阿諾和瞎子的呼喊聲，羅獵大聲回應，以免同伴擔心。

水池上方的三人確信羅獵平安無事，全都放下心來，不過從他們現在的位置到水面上露出的洞口有接近三十米的距離，剛才水池中有水，可以自由潛入，現在只能依靠繩索進入其中了，還好阿諾帶來了足夠長的繩索。

瞎子道：「羅獵，你別怕，我這就下來幫你。」

羅獵本想阻止他們下來，可是在這一點上麻雀和瞎子都表現得非常堅決，兩人讓阿諾在上面守著，先後循著繩索下降，來到羅獵所在的洞口，羅獵伸手將他們一一拉了進去。

看到羅獵安然無恙，麻雀顧不上瞎子還在身邊，叫了聲羅獵就撲到了他的身上，緊緊抱住羅獵道：「你混蛋，知不知道人家擔心你？」

瞎子看到眼前一幕，趕緊轉過身去，羅獵難免有些尷尬，輕聲道：「瞎子在呢。」

麻雀此刻表現得極其勇敢：「在就在，我才不怕他。」

瞎子道：「你不怕我怕，拜託你們兩人下次親熱的時候找個背著我的地方，有沒有考慮過一個單身人士的感受？」

麻雀禁不住笑了起來，這才放開了羅獵，想起剛才自己情難自禁的表現，此時有些害羞了，岔開話題道：「那綠光是什麼？」

羅獵道：「我還沒來得及去看，剛才差點被水給沖出去。」回想起剛才的情景，羅獵難免也有些後怕。

他帶著兩人來到剛才的轉盤處，此時已經能夠確定這轉盤其實就是控制排水的閥門，剛才羅獵將閥門打開，導致水池內的水迅速排空，這水下通道是用一個個巨大的石塊疊合而成，地面上沉澱著一層淤泥，水已排空，可是仍濕滑無比。

麻雀點燃燭台，湊近閥門，發現閥門之上銘刻著一行法文，羅獵和麻雀都懂得法文，從銘文上得知，上面寫的是伯努瓦・蜜雪兒。

麻雀道：「圓明園的設計師中有不少外國人，其中最有名的是法國人王致誠和蔣友仁，這個蔣友仁的本名就是伯努瓦・蜜雪兒，他是在義大利人郎世寧的推薦下，被乾隆皇帝委派參加修造圓明園長春園的西洋樓建築群。」

羅獵點了點頭，這段時間他也參閱了不少圓明園方面的資料，對這個蔣友仁有所瞭解，蔣友仁主要負責圓明園人工噴泉的設計和施工指導。諧奇趣、蓄水樓、養雀籠、黃花陣、海晏堂、遠瀛觀多處水法工程都是在他的設計主持下完成，其中就包括海晏堂前的十二生肖噴水池。

羅獵道：「如此說來，咱們應當到了大水法的下面。」

麻雀道：「現在還不好說，僅憑著這個法國人的名字還無法斷定我們進入了大水法下面的區域。」她心中也有些驚喜，此前羅獵拿來的那幅地圖隱藏著幾個標記，其中最主要的一個標記就在錫海，他們雖然推演出了可能藏寶的位置，但是現實狀況卻無法進行尋寶，而今天他們卻從正覺寺的排洪井中很可能找到了另外的一條通路。

瞎子聽他們說完，憤然道：「這個蔣友仁肯定是法國奸細，這貨表面上幫著修圓明園，背地裡向法國人通風報信，所以才有了後來火燒圓明園的劫難。」

麻雀笑道：「這你可誤會他了，蔣友仁死於一七七四年，英法聯軍火燒圓明園發生在咸豐十年，兩者相差接近百年，說他通風報信應該可能性不大。而且我聽說他的死也是因為圓明園。」

瞎子一點就透，倒吸了一口冷氣道：「你是說那時的皇帝為了守住秘密，把他殺人滅口？」

麻雀道：「傳言罷了，未必是真。」

三人繼續向前方走去，越走綠光越是強烈，瞎子不由得瞇起了那雙小眼睛，幾人覺得光芒強盛原因卻是他們的眼睛已經習慣了黑暗的環境，羅獵舉目望去，卻見前方有一個巨大的綠球，光芒就是從那綠球發出，綠球的直徑約有三米。羅獵本以為是螢石之類的東西，可後來一想，螢石應當不會自行發光。

來到綠球前方，看到綠球之上刻有山川河流，卻是一個巨大的地球儀，這地球儀根據坤輿全圖刻成，當年蔣友仁將坤輿全圖敬獻給乾隆帝，引得龍顏大悅，得到乾隆帝的重用，後來主持繪製《乾隆十三排圖》，應當說此人對中華地理學的發展做出過極其卓越的貢獻。

瞎子望著這巨大的地球儀，臉都綠了，嘖嘖讚道：「我靠，好大一顆夜明珠，值老錢了。」

羅獵心中暗忖，這顆到底是不是夜明珠還不清楚，不過在地下存在的時間或許已有百年，這麼長時間仍能夠發出光芒，也必然是極其罕有極其珍貴之物。

瞎子圍著這顆碩大的夜明珠轉了一圈，心中琢磨著如何將這顆夜明珠運回去，可很快他就意識到想要將這麼大的夜明珠運出去應當沒有任何可能。

麻雀留意的卻是這顆綠球上的地形圖，在地形圖之上有數道明顯的黑線，羅獵也留意到了這一點，他仔細辨認了一下，這些黑線都發源於崑崙山的位置。

麻雀道：「這應當是龍脈！」

瞎子在風水學方面頗有造詣，聽到麻雀這樣說不禁笑了起來：「龍脈有二十四條，每條龍脈都象徵一朝天子，要不要我指給你看？」

麻雀道：「須彌山是天地骨，中鎮天地為巨物。如人背脊與項梁，生出四肢龍突兀。四肢分出四世界，南北西東為四派。西北崆峒數萬程，東入三帷為杳冥。惟有南龍入中國，胎宗孕祖來奇特……」

瞎子聽到這裡已是目瞪口呆，他對麻雀誦讀的這段口訣當然不會陌生，這是唐人楊筱松所著的《撼龍經》，楊筱松乃是一代風水宗師，在他的論著中，認為歐亞地脈全都源起於崑崙山，除喜馬拉雅山及天山山脈之外，其他山脈都是崑崙山脈的延續，他認為龍脈就是崑崙山。崑崙山脈分東西南北四龍，東龍南龍入中國，西龍到印度北部，北龍直達阿爾卑斯山脈，在龍與龍之間或兩邊孕育文明。

不過在中國流傳更為廣泛的是二十四龍脈，相對而言楊筱松的龍脈說知道的人反倒不多，瞎子沒想到麻雀居然對《撼龍經》如此熟悉，果真龍生龍鳳生鳳，老鼠的兒子會打洞，麻博軒這位著名考古學家的女兒也是博聞廣記，學識淵博。

羅獵在這些方面瞭解不多，聽他們解釋之後方才明白，不過龍脈之說未免玄奇，他從不相信龍脈關係到王朝興衰。

三人研究這顆綠球的時候，球體散發出的綠光卻開始迅速衰減起來。

瞎子禁不住叫起了邪乎，這顆大球在地底存在了那麼多年都光芒不滅，想不到他們一來，這顆球就迅速黯淡了下去。羅獵卻不認為是他們的緣故，這顆球光芒的衰減應當和水有著直接的關係，剛才大球浸泡在水中，它的光芒很可能是因為和水分相互作用的緣故，而自己打開閥門，將裡面的水全都排了出去，大球失去了水浸泡的環境，所以才失去光彩，迅速黯淡下來。

果不其然，一會兒功夫那顆綠球已變得黯淡無光，從剛才的通體碧綠變成了灰溜溜一片，現在看起來只是一顆普通的石球。

瞎子伸手拍了拍，證實這顆大球應當是實心的。

麻雀卻道：「別碰！」

瞎子慌忙將手拿開，卻看到大球之上浮現出一幅金光閃閃的圖案。

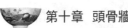

麻雀在第一時間就已看出這大球上出現的是圓明園下方水道的結構圖。

羅獵看出這綠球上變化雖然神奇，可本質無非是化學反應，這大球不知是什麼材質，遇水發光，積水退去之後，大球本身和空氣又發生了反應，隱藏在球上的結構圖方才暴露出來，想通了其中的原理也不算複雜，可是能夠設計出這顆大球的人必然智慧超群。

麻雀道：「這裡距離錫海已經不遠，周曉蝶給你的那張藏寶圖所指示的另一個藏寶處應當就在錫海下方。」她指了指左前方。

瞎子快步走了過去，果然看到了一個直徑一米左右的管道，低頭朝裡面看了看，管道幽深看不到頭。

麻雀此時卻充滿勇氣，舉著蠟燭第一個鑽入了管道裡，揚聲道：「從這裡向前，直行三百米左右就可抵達錫海的正下方，在那裡應當有一個和我們剛才被激流沖落的排洪中樞。」短時間內她已強行記住了綠球上方所刻畫的下水道結構。

羅獵關切道：「你慢些。」他也跟著麻雀爬了進去。

瞎子落在了最後，他畢竟體型臃腫，在這樣的管道裡爬行對他來說是一件極其吃力的事情。

管道內仍然潮濕，羅獵剛才開啟閘門之前，這裡也一定全都是水，麻雀第一個鑽出了管道，發現這邊卻是一口豎井，井內雖然還有一些存水，不過堪堪淹沒他們的足踝，抬頭望去，這豎井至少要有五十米，頂部被封，地面上有一個絞盤，和羅獵觸發排水的轉盤幾乎一模一樣。

麻雀指了指上方道：「在上方二十米處有一條通道，直達福海的下方。」

瞎子抬頭看了看，周圍井壁嚴絲合縫極其光滑，找不到任何可以著手攀援之處，他搖了搖頭道：「這咱們可爬不上去。」

麻雀道：「現在的確爬不上去，可是如果將進水閥門打開，我們借助水的浮力就應該可以抵達那裡。」

瞎子低頭看了看那絞盤道：「你是說，這就是進水閥門？」

麻雀點了點頭道：「不錯！根據剛才看到的地下水網結構圖，這應當就是進水閥門，這邊開啟，剛才的排水閥門就會關閉，水就會重新將這裡淹沒，隨著水位的上升，我們可以浮到上方，進入二十米處的通道，沿著那條通道，我們就可以直達福海下方的地宮。」

聽到地宮兩個字，瞎子和羅獵同時對望了一眼，麻雀口中的地宮十有八九就是葉青虹所說的秘藏，雖然種種跡象表明圓明園下藏有寶藏，可是他們也沒想到藏寶地居然如此隱秘，而且和圓明園錯綜複雜的地下水網有著這麼密切的關係。

瞎子聽說秘藏就在近前，心中難免感到激動，走上前去準備擰開進水閥門，羅獵卻道：「有沒有想過咱們如何出去？」

瞎子被他給問住了，排水閥門位於另外一邊，和這裡約有一百多米的距離，如果回頭想從原路離開，必須要先啟動排水閥才有可能，他可無法保證自己在氧氣耗盡之前能夠完成這件事。

羅獵擔心的卻不是這一點，而是打開進水閥之後水面到底會上漲到什麼位置，如果水面一直漫過了上方通道，就會隔絕這裡的空氣，他們三人之中恐怕只有自己才有能力游回去，瞎子和麻雀是不可能在水下憋氣那麼久的。

羅獵道：「不如你們先回去，我一個人上去看看。」

麻雀搖了搖頭道：「你能不能記住水網結構圖？你知不知道下一步應當怎樣做？」她指了指頂部道：「那裡的位置應當比正覺寺的那口井高出不少，我相信就算水位達到最高，也不可能觸及頂部，換句話來說我們都可以有呼吸的機會。」她停頓了一下又道：「其實不用回去打開泄水閥，只要我們進入上面的通道，裡面一樣有泄水閥。」

羅獵露出欽佩的目光，短時間內麻雀不但理解了那張水道結構圖，而且將其中的關鍵牢記，單單是這份記憶力就讓他自愧不如。

瞎子道：「不入虎穴焉得虎子，幹！」

麻雀笑道：「那張圖我看得很清楚，其實出路不止一條，咱們應當不用走回頭路。」

羅獵看到麻雀表現出如此信心，證明她心中必然有了把握，既然如此，不妨按照她的指引去做，於是先讓瞎子將阿諾叫了進來，既然決定繼續前進，就不能將阿諾獨自留在那裡，一旦開閘放水，等於斷絕了和阿諾之間的聯繫。

四人重新會合之後，一起動手，合力逆時針擰動閥門，旋轉三周之後，感覺腳下一沉，然後下方水位迅速上漲。

因為水流從下方湧入，他們又處在豎井之中，所以受到的衝擊力並不大，四人不停踩水，水面的上升將他們漸漸帶向高處。

足足過去了半個小時，水位方才上升到二十米的高度，已經可以看到麻雀所說的地宮通道，不過就算羅獵伸直了手臂，指尖距離通道的下緣還差三十公分，羅獵先托起麻雀幫她爬了上去，然後麻雀伸手將水中的幾名同伴一一拉了上去，換成平時她是沒有那麼大的力量的，不過借助水的浮力，完成這件事她並沒有花費太大力氣。

水位似乎停止了上漲，麻雀找出剛才的半截蠟燭點燃，瞎子卻道：「死路，這裡是死路！」

請續看《替天行盜》卷七　心機深沉

替天行盜 卷6 鎖龍之井

作者：石章魚
發行人：陳曉林
出版所：風雲時代出版股份有限公司
地址：10576台北市民生東路五段178號7樓之3
電話：(02) 2756-0949
傳真：(02) 2765-3799
執行主編：劉宇青
美術設計：許惠芳
行銷企劃：林安莉
業務總監：張瑋鳳

初版日期：2021年9月
版權授權：閱文集團
ISBN ：978-986-5589-45-5
風雲書網：http://www.eastbooks.com.tw
官方部落格：http://eastbooks.pixnet.net/blog
Facebook：http://www.facebook.com/h7560949
E-mail：h7560949@ms15.hinet.net
劃撥帳號：12043291
戶名：風雲時代出版股份有限公司

風雲發行所：33373桃園市龜山區公西村2鄰復興街304巷96號
電話：(03) 318-1378
傳真：(03) 318-1378
法律顧問：永然法律事務所 李永然律師
北辰著作權事務所 蕭雄淋律師

行政院新聞局局版台業字第3595號 營利事業統一編號22759935

定價：290元

國家圖書館出版品預行編目資料

替天行盜 ／ 石章魚 著. -- 臺北市：風雲時代出版股份有限公司，2021.05- 冊；公分

ISBN 978-986-5589-45-5（第6冊；平裝）

857.7 110003703